Shusako Endo · Schweigen

Shusako Endo

Roman

Verlag Styria
und
Verlag der Ev.-Luth. Mission

Aus dem Japanischen von
Ruth Linhart

1977 Verlag Styria Graz Wien Köln
Alle Rechte der deutschen Übersetzung vorbehalten
Printed in Austria
Umschlaggestaltung: Christoph Albrecht
Satz und Druck: Druck- und Verlagshaus Styria, Graz
Bindearbeit: Wiener Verlag, Himberg
ISBN 3-222-11033-6 (Verlag Styria)
ISBN 3-87214-086-8 (Verlag der Ev.-Luth. Mission)

I.

Dem Vatikan wurde eine Nachricht überbracht. Sie besagte, daß Pater Christovão Ferreira, den die portugiesische Gesellschaft Jesu nach Japan gesandt hatte, in Nagasaki der Grubenfolter unterzogen worden sei und dem Glauben abgeschworen habe. Dieser Pater war ein altgedienter Missionar, der dreiunddreißig Jahre in Japan verbracht und dort als Provinzial die Priester und Gläubigen geleitet hatte.

Die Briefe des Paters, den seltene theologische Fähigkeiten auszeichneten und der auch während der Verfolgung die Mission fortgesetzt hatte, indem er sich im Gebiet um Kyoto verborgen hielt, waren immer voll unerschütterlichen Glaubens gewesen. Daß dieser Mensch in irgendeiner Situation die Kirche verraten könnte, schien unglaubhaft zu sein. Daher gab es innerhalb der Kirche und vor allem auch in der Gesellschaft Jesu viele, die diese Nachricht für ein Machwerk von irrgläubigen Holländern oder Japanern oder aber einfach für eine Falschmeldung hielten.

Natürlich wußte Rom aus den Briefen der Missionare, daß die Mission in Japan sich in einer problematischen Situation befand. Im Jahre 1587 hatte der Generalgouverneur von Japan, Hideyoshi, die bisherige Politik plötzlich geändert und das Christentum zu unterdrücken begonnen. Damals wurden als erste Maßnahme sechsundzwanzig Priester und Gläubige in Nishizaka bei Nagasaki zum Flammentod verurteilt, und man vertrieb eine Menge Christen aus ihren Häusern, folterte und ermordete sie auf grausame Weise. Auch Hideyoshis Nachfolger, der Shogun Ieyasu Tokugawa, verfolgte die gleiche Politik; so ließ er 1614 alle christlichen Geistlichen ins Ausland verbannen.

Den Berichten der Missionare zufolge trieb man am sechsten und siebenten Oktober desselben Jahres über siebzig Priester, unter denen sich auch Japaner befanden, in Kibachi in Kyushu zusammen, pferchte sie in fünf Dschunken und verstieß sie ins Exil nach Makao und Manila. Dies geschah an einem Regentag: Grau stürmte das Meer, als die durchnäßten Schiffe sich den Weg aus der Bucht bahnten und jenseits des Vorgebirges am Horizont entschwanden.

Diesem strengen Ausweisungsbefehl zum Trotz blieben heimlich siebenunddreißig Priester versteckt in Japan zurück: sie hatten es nicht über sich gebracht, die Gläubigen im Stich zu lassen. Auch Ferreira ist einer dieser verborgenen Priester gewesen. Er fuhr fort, seinen Vorgesetzten die Lage der Priester und der Gläubigen in Japan zu beschreiben, und berichtete, wie einer nach dem anderen festgenommen und verurteilt wurde. Ein Brief, vom zweiundzwanzigsten März 1632 datiert und an den Visitator André Palmeiro gerichtet, führt uns auch heute noch die Situation der Christen zu dieser Zeit lebendig vor Augen.

„Schon in früheren Briefen habe ich Euer Hochwürden die Situation der Christenheit in diesem Land geschildert. Daran anschließend erlaube ich mir heute, die nachfolgenden Ereignisse zu übermitteln. Leider ist es so, daß immer wieder alles in Verfolgung, Unterdrückung und Schmerzen endet. Lassen Sie mich mit dem Leidensweg beginnen, den die fünf Mönche, nämlich die drei Ordensbrüder des heiligen Augustin, Bartholomeu Gutierrez, Francisco de Jesus und Vicente de San Antonio, sowie Bruder Antonio Ishida von unserem Orden und Pater Gabriel de Santa Magdalena vom Franziskanerorden beschritten haben, seitdem sie 1629 für ihren Glauben verhaftet worden sind.

Um unsere heilige Lehre lächerlich zu machen und den Mut der Christen zu brechen, hatte der Gouverneur von Nagasaki,

Uneme Takenaka, sich vorgenommen, die fünf Mönche von ihrem Glauben abzubringen. Bald indes erkannte Uneme, daß er mit Worten die Entschlossenheit der Patres, am Glauben festzuhalten, nicht zu zerstören vermochte. Hierauf entschied er sich für die Anwendung einer anderen Methode — dies bedeutete die Folterung in den heißen Quellen von Unzen.

Er befahl, die fünf Priester nach Unzen zu bringen und sie so lange zu martern, bis sie von ihrem Glauben abließen, jedoch sie auf keinen Fall zu töten. Außer diesen fünf Männern sollten auch die Frau von Antonio da Silva, Beatrice da Costa, und deren Tochter Maria der Folter unterzogen werden, denn diese Frauen hatten trotz anhaltenden Drängens, ihren Glauben aufzugeben, nicht davon abgelassen.

Am dritten Dezember brach die ganze Gruppe von Nagasaki auf, um sich nach Unzen zu begeben. Die zwei Frauen bestiegen eine Sänfte, die fünf Mönche Pferde; so nahmen sie Abschied von den Ihren. Im nur eine Seemeile entfernten Hafen Himi angekommen, schnürte man ihre Hände und Arme zusammen, steckte ihre Füße in Fußfesseln und brachte sie auf ein Schiff. Dort band man sie einzeln straff an die Breitseite des Bootes.

Abends erreichten sie den Hafen von Obama am Fuße von Unzen. Am nächsten Tag erklommen sie den Berg. Dort warf man jeden einzeln in eine Hütte. Bei Tag und bei Nacht blieben Hände und Füße in Fesseln, bei Tag und bei Nacht umgaben sie Wächter. Obwohl zahlreiche, Uneme untergebene Beamte mitgekommen waren, schickte auch der Bezirksvorsteher Polizisten, um die Bewachung noch zu verschärfen. Beobachtungsposten standen auf den über den Berg führenden Straßen, und keiner durfte ohne offiziellen Erlaubnisschein passieren.

Die Folter, wie ich sie im weiteren beschreiben werde, nahm am nächsten Tag ihren Anfang. Jeden der sieben Männer und Frauen brachte man allein an den Rand des brodelnden Teiches. Im Angesicht der Fontänen, die hoch aus dem wallenden Wasser aufspritzten, forderte man sie auf, von der christlichen Lehre abzulassen oder fürchterlicher Qualen gewärtig zu sein. Hätte nicht das Wissen um Gottes Hilfe ihnen Kraft gegeben, so wären sie wohl beim bloßen Anblick des wegen des kalten Wetters mit entsetzenerregender Gewalt heraufkochenden Wassers in Ohnmacht gefallen. Doch die Gnade Gottes verlieh ihnen allen große Kraft und Mut, und sie antworteten, daß sie gefoltert werden wollten und niemals die Lehre, an die sie glaubten, verwerfen würden. Als die Beamten diese standhafte Antwort vernahmen, entkleideten sie die Gefangenen, schnürten Hände und Füße mit Stricken zusammen und gossen mit einem Schöpfer heißes Wasser über sie. Sie machten das aber nicht in einem Zug, sondern bohrten Löcher in diese Schöpfer, um die Qualen der Gefolterten zu verlängern.

Ohne eine einzige Bewegung erduldeten die Gläubigen, wahrhaftige Helden des Christentums, diese schrecklichen Leiden. Nur die junge Maria brach unter den allzu entsetzlichen Schmerzen am Boden nieder. Die Beamten, die dies sahen, riefen sofort: ‚Sie hat den Glauben aufgegeben, sie hat den Glauben aufgegeben!' und trugen sie in die Hütte. Am nächsten Tag sandten sie Maria nach Nagasaki zurück, obwohl diese sich weigerte und darauf beharrte, daß sie wie eh und je glaube und gemeinsam mit der Mutter und den anderen gefoltert zu werden wünsche. Jedoch dies wurde ihr nicht gestattet.

Die übrigen sechs blieben dreiunddreißig Tage am Berg. Pater Antonio, Pater Francisco und Beatrice litten je sechsmal unter dem siedenden Wasser, Pater Vicente viermal und Pater Gabriel zweimal. Keiner stöhnte dabei auch nur ein einziges Mal. Wie schon gesagt, wurden Pater Antonio, Francisco und Beatrice länger als die anderen gefoltert. Beatrice da Costa hatte sogar außer der Folter durch das siedende Wasser noch andere Qualen zu erdulden, denn obgleich sie den Körper einer Frau besaß, bewies sie, ob nun während der Folterung oder im Angesicht der verschiedensten Drohungen, eine

Tapferkeit, die selbst die der Männer übertraf. Man hieß sie, stundenlang auf Kieselsteinen stehen, oder überschüttete sie mit Beleidigungen und Beschimpfungen. Aber sie brachte die Beamten zur Raserei, so unerschrocken war und blieb sie auch.

Die übrigen besaßen eine schwächere Konstitution, und man konnte sie nicht übermäßig quälen, da sie kränklich waren.

Der Statthalter wünschte ja nicht, sie zu ermorden, sondern sie von ihrem Glauben abzubringen. Aus diesem Grund kam auch eigens ein Arzt auf den Berg, der ihre Wunden behandeln sollte.

Schließlich erkannte Uneme, daß er diesen Kampf nicht gewinnen würde, was er sich auch einfallen ließ. Seine Untergebenen überbrachten ihm vielmehr die Nachricht, daß man wohl eher alle Quellen und Teiche von Unzen geleert haben würde, als daß die Gefolterten von ihrem Glauben abließen. Da entschloß sich Uneme, die Patres nach Nagasaki zurückkehren zu lassen. Am fünften Jänner steckte er Beatrice da Costa in ein gewisses anrüchiges Haus, die fünf Priester warf er ins Gefängnis der Stadt. Auch jetzt sind sie noch dort. So endete der Kampf ganz anders, als der Tyrann ursprünglich geplant und erwartet hatte, nämlich mit seiner Niederlage. Unsere heilige Lehre aber wird im Volk gerühmt und geachtet, und der Mut der Gläubigen ist dadurch noch größer geworden."

Daß ein Priester wie Pater Ferreira, der solche Briefe geschrieben hatte, unter irgendeiner Folter von seinem Glauben und seiner Kirche abgelassen und sich den Heiden unterworfen habe, vermochte man sich in Rom nicht vorzustellen.

Im Jahre 1635 scharten sich in der Heiligen Stadt vier Priester um Pater Rubino. Diese Männer beabsichtigten, koste es, was es wolle, sich nach Japan zu begeben und dort die geheime Missionsarbeit fortzusetzen, um die Schmach, die Ferreiras Abfall vom Glauben für die Kirche bedeutete, wiedergutzumachen.

Dieser Plan, der auf den ersten Blick verwegen anmutete, vermochte anfänglich nicht die Billigung der zuständigen kirchlichen Behörde zu erlangen. Wenn man auch ihren Eifer und ihren Missionsgeist durchaus verstehe, so müsse man als vorgesetzte Behörde doch zögern, die Reise der Priester in ein höchst gefährliches heidnisches Land zu erlauben. Auf der anderen Seite stand das Argument, daß man die Gläubigen in Japan, in dem Land, in dem seit dem heiligen Franziskus Xavier die reichste Ernte der im Fernen Osten gesäten Samen der Kirche aufgegangen war, nicht führerlos und der allmählichen Entmutigung preisgegeben im Stich lassen durfte. Außerdem erschien die Tatsache, daß ein Priester wie Ferreira in einem aus der Sicht des zeitgenössischen Europäers kleinen Land am, man kann ruhig sagen, Ende der Welt zum Wechsel seines Glaubens gebracht worden war, nicht nur als das Scheitern eines Individuums, sondern sie kam vielmehr einer demütigenden Niederlage der Gesamtheit des europäischen Glaubens und Denkens gleich. Diese Ansicht trug den Sieg davon, und nach langem Zögern erhielten Pater Rubino und die vier anderen Priester schließlich die Erlaubnis zur Reise.

Außer ihnen gab es in Portugal eine Gruppe von drei jungen Priestern, die, wenn auch aus anderen Gründen, den Plan gefaßt hatten, heimlich in Japan einzudringen.

Ferreira, der in früheren Jahren im alten Kloster von Campolido Theologie unterrichtet hatte, war ihr Lehrer gewesen. Sie konnten nicht glauben, daß ihr verehrter und geliebter Lehrer, von dem sie ein glorreiches Martyrium erwartet hatten, sich den Heiden ergeben haben sollte. Dieses Gefühl der drei jungen Leute Francisco Garpe, Juante Santa Marta und Sebastian Rodrigo, entsprach der allgemeinen Stimmung unter der portugiesischen Geistlichkeit. Die drei wollten nun nach Japan segeln, um dort den wahren Stand der Dinge mit eigenen Augen zu überprüfen. Wie in Rom stimmte auch hier anfangs die vorgesetzte Behörde nicht zu, jedoch bald unterlag diese der Begeisterung der Priester, und schließlich entschied man sich, ihnen die gefährliche Mission nach Japan zu erlauben. Das war im Jahr 1637.

Die drei stürzten sich nun sofort in die Vorbereitungen für die lange Fahrt. Zu dieser Zeit war es üblich, daß Missionare, die in den Fernen Osten reisten, zuerst mit einem Schiff der indischen Flotte von Lissabon aus nach Indien fuhren. Der Aufbruch der indischen Flotte war damals eines der größten Ereignisse im Jahr, das die ganze Stadt in Aufregung versetzte. Japan, im äußersten Winkel des Fernen Ostens, war ihnen bisher buchstäblich als das Ende der Welt erschienen, jetzt aber nahm es vor den Augen der drei Männer lebhafte Gestalt an. Wenn sie die Karte aufschlugen, so sah man gegenüber von Afrika das portugiesische Territorium in Indien, wandte man den Blick weiter, tauchten die zahllosen Inseln und Länder Asiens auf. Und Japan, aufs Haar einer Larve gleich, war klein in dessen östlichsten Winkel gezeichnet. Um dorthin zu gelangen, mußten sie sich zuerst nach Goa in Indien begeben und von dort noch einmal viele Monate weite Meere überqueren. Goa war seit den Zeiten des heiligen Franziskus Xavier der Hauptstützpunkt der fernöstlichen Mission. In den beiden theologischen Schulen des heiligen Paulus trafen sich die europäischen Priester, die die Absicht hatten, in die Mission zu gehen, mit Theologiestudenten, die aus allen Gegenden des Fernen Ostens dort zu Studienzwecken zusammenkamen; dort lernten sie die Verhältnisse der einzelnen Länder kennen und warteten oft ein halbes oder ein ganzes Jahr auf eine Fahrgelegenheit in das betreffende Missionsgebiet.

Die drei bemühten sich, so viel wie möglich über die Lage in Japan in Erfahrung zu bringen. Glücklicherweise hatten seit Luis Frois zahlreiche portugiesische Missionare Situationsschilderungen aus Japan geschickt. Aus diesen ging hervor, daß der neue Shogun Iemitsu eine noch grausamere Unterdrückungspolitik als sein Großvater und sein Vater verfolgte. Besonders in Nagasaki schien der 1629 eingesetzte Gouverneur Uneme Takenaka die Christen auf unbarmherzige, unmenschliche und widernatürliche Weise zu foltern; so heißt es, daß er die Gefangenen, um sie zur Aufgabe oder zur Änderung ihres Glaubens zu zwingen, in kochend heißes Wasser zu tauchen befiehlt und daß es Zeiten gibt, in denen täglich mindestens sechzig bis siebzig Menschen seine Opfer sind. Da auch Hochwürden Ferreira selbst von Ort und Stelle solche Nachrichten übersandt hatte, waren sie ohne Zweifel zuverlässig. Die drei Männer mußten jedenfalls von Anfang an darauf gefaßt sein, daß das Schicksal, das sie nach der langen und mühevollen Reise erwartete, noch härter als diese Reise sein würde.

Sebastian Rodrigo wurde 1610 in der für ihr Bergwesen berühmten Stadt Tasco geboren und trat mit siebzehn Jahren ins Kloster ein. Juante Santa Marta und Francisco Garpe kamen in Lissabon zur Welt. Alle drei erhielten im Kloster Campolido ihre Ausbildung. Lebhaft erinnerten sich die drei Schulkameraden, die den Alltag des Seminars geteilt hatten, an ihren Theologieprofessor Pater Ferreira, der jetzt irgendwo in Japan lebte. Rodrigo und seine Freunde überlegten, wie sich wohl das Gesicht Ferreiras mit den blauen klaren, stets von einem milden Licht erfüllten Augen unter der Folter der Japaner gewandelt haben mochte. Aber sie sind außerstande, sich auf diesem Gesicht den verzerrten Ausdruck im Augenblick der Erniedrigung vorzustellen. Sie können es nicht glauben, daß ihr Lehrer Ferreira Gott verworfen, jene Sanftmut verworfen hat. Und darum wollen Rodrigo und seine Kameraden, was immer auch dieses Abenteuer für sie bringen mag, nach Japan fahren, um sein Schicksal zu klären.

Am fünfundzwanzigsten März 1638 stach die indische Flotte mit den drei Priestern an Bord unter den Salutschüssen der Festung Belém von der Mündung des Tajo aus in See. Mit dem Segen des Bischofs João Dasco versehen, hatten sie die Santa Isabél, das Schiff des Kommandanten, bestiegen. Als die Schiffe und Kriegsschiffe aus der gelben Flußmündung auf das Meer, das blau im Tageslicht lag, hinausfuhren, blickten sie noch lange, ans Verdeck gelehnt, auf die golden glänzenden

Landzungen und Berge zurück, auf die Bauernhäuser mit roten Wänden, auf die Kirchen. Der Wind trug den Klang der Glocken, die von den Türmen dieser Kirchen die Flotte eskortierten, bis zu ihnen aufs Verdeck des Schiffes.

In jenen Tagen mußte man, wenn man nach Ostindien wollte, den Süden Afrikas umfahren. Am dritten Tag nach der Abreise aber geriet die Flotte an der Westküste Afrikas in einen Orkan.

Nachdem sie am zweiten April die Insel Porto Santo passiert, bald danach Madeira und am sechsten April die Kanarischen Inseln erreicht hatten, überfielen sie nicht endenwollender Regen und Windstille. Infolge der Meeresströmung wurden sie vom dritten Grad nördlicher Breite bis zum fünften Grad zurückgetrieben und trafen auf die Küste von Guinea.

Die Windstille brachte unerträgliche Hitze mit sich. Dazu kam noch, daß auf jedem Schiff zahlreiche Krankheiten ausbrachen; auf der Santa Isabél waren schon mehr als hundert Seeleute erkrankt und stöhnten auf Deck und in ihren Betten. Zusammen mit den Matrosen eilten Rodrigo und seine Gefährten auf dem Schiff umher, pflegten die Kranken und halfen beim Aderlassen.

Erst am fünfundzwanzigsten Juli, dem Fest des heiligen Jakob, umsegelte das Schiff das Kap der Guten Hoffnung. Am gleichen Tag überraschte sie der zweite heftige Sturm. Er zerriß das Hauptsegel des Schiffes, das mit lautem Krach auf das Deck herabfiel. Man trieb alle, sogar die Kranken sowie Rodrigo und seine Gefährten, zusammen, da das vordere Segel der gleichen Gefahr ausgesetzt war. Als man dieses mit knapper Not gerettet hatte, geschah es, daß das Schiff auf ein verborgenes Riff auflief. Hätte nicht ein anderes Schiff sofort Hilfe geleistet, wäre die Santa Isabél wahrscheinlich gesunken.

Nach dem Sturm flaute der Wind wieder ab. Das Segel hängt kraftlos am Mast, nur ein tiefschwarzer Schatten fällt auf die Gesichter und Körper der Kranken, die gleich Toten auf das Deck hingestürzt liegen. Tag für Tag das gleiche, die

Meeresoberfläche schimmert drückend heiß, und keine Welle bewegt sich. Als die Schiffsreise sich immer länger hinzog, wurden auch die Lebensmittelvorräte und das Wasser knapp. Endlich, am neunten Oktober, erreichten sie ihr Ziel Goa.

Hier in Goa konnten sie sich genauer als in ihrem Heimatland über die Lage in Japan informieren. So erfuhren sie, daß im Jänner des Jahres, in dem sie ihre Reise begonnen hatten, nämlich 1638, in Japan ein Aufstand von 35.000 Christen ausgebrochen war, in dessen Verlauf bei verzweifelten Kämpfen gegen die Truppen der Zentralregierung — hauptsächlich im Gebiet von Shimabara — Alte und Junge, Männer und Frauen, ohne eine einzige Ausnahme, niedergemetzelt worden seien. Und nicht genug damit, daß dieses Gebiet durch den Krieg entvölkert und verwüstet worden war; es heißt, daß man jeden noch am Leben gebliebenen Anhänger des Christentums ohne Gnade verfolgt. Die Neuigkeit jedoch, die Rodrigo und die zwei anderen Patres am härtesten traf, war die Tatsache, daß als Folge dieses Aufstandes Japan den Handelsverkehr mit ihrem Heimatland Portugal vollkommen abgebrochen und die Überfahrt aller portugiesischen Schiffe verboten hatte.

Die Priester, die nun wußten, daß überhaupt kein Schiff des Mutterlandes bereitlag, sie nach Japan mitzunehmen, begaben sich in verzweifelter Stimmung nach Makao. Diese Stadt war der äußerste Stützpunkt Portugals im Fernen Osten und diente als Basis für den Handel mit China und Japan. Die Patres, die mit der Hoffnung auf irgendeine glückliche Wendung in Makao an Land gegangen waren, wurden auch hier sofort nach ihrer Ankunft mit ernsten Warnungen vom Visitator, Hochwürden Valignano, begrüßt. Der Pater hielt ihnen vor Augen, daß für die Mission in Japan keinerlei Hoffnung mehr bestünde, und er eröffnete ihnen, daß die Missionskirche von Makao nicht daran denke, Missionare auf eine riskante Reise dorthin zu schicken.

Schon vor zehn Jahren hatte dieser Priester in Makao eine Schule zur Ausbildung der Missionare, die nach Japan und

China gingen, gegründet. Seit der Christenverfolgung in Japan unterstand ihm auch die ganze Administration des Verwaltungsbereiches der japanischen Gesellschaft Jesu. Über Ferreira, den die drei Priester nach ihrer Landung in Japan zu suchen beabsichtigten, wußte Pater Valignano nur wenig zu berichten, denn seit 1633 waren auch die schriftlichen Mitteilungen der im verborgenen wirkenden Missionare gänzlich zum Stillstand gekommen. Er hatte zwar von der Besatzung eines holländischen Schiffes, das aus Nagasaki nach Makao zurückgekehrt war, gehört, daß Ferreira verhaftet und in Nagasaki der Grubenfolter unterzogen worden sei, jedoch die näheren Umstände und die Folgen seien unklar, und man könne ihnen auch nicht nachgehen, denn das betreffende holländische Schiff sei gerade an jenem Tag von Nagasaki abgesegelt, an dem für Ferreira die Folter begann. Wie dem auch sei, er könne vom Standpunkt der Missionskirche von Makao aus nur abraten, in solch einer Situation nach Japan überzusetzen. Dies sei seine, Valignanos, ehrliche Überzeugung.

Unter den Dokumenten im Besitz des portugiesischen Forschungsinstitutes für ausländische Gebiete befinden sich auch einige Briefe jenes Sebastian Rodrigo. Er beginnt seinen Bericht mit der oben bereits wiedergegebenen Schilderung der japanischen Situation durch Hochwürden Valignano.

II.

Brief des Sebastian Rodrigo

Der Friede des Herrn sei mit Ihnen. Gelobt sei Jesus Christus. Wie ich Ihnen schon geschrieben habe, erreichten wir am neunten Oktober des Vorjahres Goa. Von dort kamen wir am ersten Mai in Makao an. Francisco Garpe und ich erfreuen uns bester Gesundheit, unser Kollege Juante Santa Marta ist jedoch von den Strapazen der Reise sehr erschöpft und leidet häufig an fiebrigen Malaria-Anfällen, so daß nur wir beide den herzlichen Willkommensgruß des hiesigen Missionarseminars entgegennehmen konnten.

Allerdings lehnte Hochwürden Valignano, der hier seit zehn Jahren als Leiter dieser Lehranstalt lebt, anfänglich unsere Entsendung nach Japan strikt ab; wir saßen in seinem Zimmer, von dem aus wir mit einem Blick den ganzen Hafen überschauten, als er uns seine Einwände zu bedenken gab:

„Wir haben es aufgeben müssen, Missionare nach Japan zu schicken. Für portugiesische Handelsschiffe ist es auf dem Meer außerordentlich gefährlich. Schon vor der Ankunft in Japan würde ein solches Schiff noch auf hoher See zahlreichen Gefahren begegnen."

So gesehen war Valignanos Widerstand durchaus berechtigt. Nicht nur, daß die japanische Regierung ab 1636 den Handel mit Portugal vollkommen untersagt hatte, da sie den Verdacht hegte, daß zwischen dem Aufstand von Shimabara und den Portugiesen ein Zusammenhang bestanden habe, überall auf dem Meer zwischen Makao und der japanischen

Küste tauchten überdies holländische und englische protestantische Kriegsschiffe auf und griffen unsere Handelsschiffe an.

„Aber es ist doch nicht auszuschließen, daß wir dennoch mit Gottes Hilfe unsere heimliche Fahrt nach Japan gut überstehen", warf Juante Santa Marta ein, und er blinzelte mit seinen fiebrigen Augen.

„Die Gläubigen haben dort keine Priester mehr, sie sind hilflos wie eine Herde Lämmer. Irgend jemand muß hinfahren, um ihren Mut anzufachen und zu verhüten, daß die glimmende Glut ihres Glaubens ganz erlischt — koste es, was es wolle."

Auf diese Worte zog Hochwürden Valignano seine Stirne in Falten, und er gab keine Antwort. Der Zwiespalt zwischen seiner Pflicht als Vorgesetzter und seiner Sorge um das Los der erbarmenswerten verfolgten Christen in Japan muß den alten Priester bis zum heutigen Tag tief gequält haben. Die Ellbogen auf den Tisch gestützt, den Kopf in den Händen vergraben, versank er für einige Zeit in Schweigen.

Das Zimmer gab den Blick weit über den Hafen frei, das Meer empfing rot die Sonnenstrahlen der Abenddämmerung, und Dschunken tauchten hier und dort wie schwarze Kleckse auf.

„Wir haben aber in Japan noch eine Verpflichtung. Und zwar möchten wir ausforschen, wie es unserem früheren Lehrer, Pater Ferreira, ergangen ist."

„Von Hochwürden Ferreira selbst haben wir schon seit geraumer Zeit nichts mehr gehört. Die Informationen über ihn sind ausnahmslos unzuverlässig. Jedoch bis jetzt haben wir nicht einmal die Möglichkeit gehabt, deren Authentizität zu überprüfen."

„Angefangen damit, ob er überhaupt noch lebt."

„Nicht einmal das wissen wir!" Hochwürden Valignano atmete tief, es klang wie ein Ächzen oder ein Stöhnen, und er hob sein Gesicht.

„Seit 1633 sind die Nachrichten, die er mir bis dahin regelmäßig zukommen ließ, abgebrochen. Unglücklicherweise habe ich keine Ahnung, ob er nun einer Krankheit erlegen ist, von den Heiden gefangengehalten wird, ob er, wie ihr annehmt, als glorreicher Märtyrer ins Himmelreich eingegangen ist, oder ob er, am Leben geblieben, uns einen Brief schicken will, aber keinen Weg dazu finden kann."

Mit keinem Wort erwähnte Valignano das Gerücht, daß Ferreira sich unter der Folter den Heiden ergeben habe. Wie wir scheute auch er sich, einen alten Gefährten mit solchen Vorstellungen in Zusammenhang zu bringen.

„Noch dazu", murmelte Valignano warnend, wie im Selbstgespräch, „ist jetzt in Japan ein Mann in Erscheinung getreten, der für die Christen wahrhaft eine Katastrophe bedeutet. Er heißt Inoue."

So vernahmen wir denn zum erstenmal den Namen Inoue, gegen den, wie Valignano sagte, sein Vorgänger Takenaka, der eine große Zahl Christen grausam hinmorden hatte lassen, sanft wie ein Lamm gewesen sei. Um uns den Namen jenes Mannes, dem wir vielleicht bald nach unserer Ankunft in Japan begegnen würden, einzuprägen, wiederholten wir dessen ungewohnte Aussprache immer wieder.

Aus den letzten Berichten japanischer Christen auf Kyushu besaß Hochwürden Valignano einige Kenntnis über diesen Inquisitor. Ihnen zufolge schien Inoue nach der Rebellion von Shimabara zum Führer der Unterdrückung des Christentums geworden zu sein, und es scheint, daß er mit der Hinterlist einer Schlange von seinem Vorgänger vollkommen verschiedene, heimtückische Methoden einsetzt, mit Hilfe derer es ihm gelingt, einen nach dem anderen der Gläubigen, die bisher Folterungen und Drohungen widerstanden haben, zur Aufgabe ihres Glaubens zu bewegen.

„Besonders traurig ist es", sagte Hochwürden Valignano, „daß er sich einst zu unserer Religion bekehrt und sogar die Taufe empfangen hat."

Aber über diesen Verfolger unserer Religion werde ich ganz bestimmt in der Zukunft wieder berichten können...

Für uns ist es nur wichtig, daß Valignanos Bedenken als

verantwortungsbewußter Vorgesetzter schließlich unserer Begeisterung (besonders der Garpes) unterlagen und er uns doch die Erlaubnis erteilte, heimlich nach Japan überzusetzen.

Endlich waren die Würfel gefallen! Für die Bekehrung Japans und Gott zum Ruhme haben wir uns in Mühsal und Beschwerden bis in den Fernen Osten durchgeschlagen. Und die Anstrengungen und Gefahren, die uns am Ziel der Reise erwarten, übertreffen wahrscheinlich um ein Vielfaches jene der Schiffsreise um Afrika und durch den Indischen Ozean. Aber wie sprach der Herr? „Verfolgt man euch in einer Stadt, so flieht in eine andere" (Evangelium des heiligen Matthäus). Und in meinem Herzen tönen die Worte der Offenbarung wider: „O Gott, du mein Gebieter! Dir, mein Gebieter, sei alleine Ehre, Ruhm und Kraft!" Was zählt alles andere, wenn uns solche Worte beherrschen.

Wie schon früher erwähnt, liegt Makao an der Mündung eines Stromes namens Chukiang. Die Stadt, der gleich allen Städten des Fernen Ostens eine Stadtmauer fehlt, wurde auf die Inseln vor der Bucht gebaut. Die chinesischen Häuser breiten sich aus wie aschbrauner Abfall: Man weiß nicht, wo sie anfangen, wo sie aufhören. Auf jeden Fall wäre es ein Irrtum, wenn Sie glaubten, Makao wäre einer kleineren oder größeren Stadt in Portugal ähnlich. Die Bevölkerung soll sich auf etwa 20.000 Menschen belaufen (was nicht stimmen muß!). An die Heimat erinnern nur die im Zentrum errichtete Residenz des Generalgouverneurs sowie das Handelshaus im portugiesischen Stil und die steingepflasterten Wege. Die Kanonen auf der Festung sind stets gegen die Bucht gerichtet, aber glücklicherweise wurden sie bisher noch kein einziges Mal benützt.

Der Großteil der Chinesen hört nicht auf unsere Lehre. Es muß wirklich so sein, wie der heilige Franziskus Xavier behauptet hat, daß nämlich Japan unter den Ländern des Fernen Ostens die besten Voraussetzungen für die christliche Religion besitzt. Da die japanische Regierung den eigenen Schiffen die Fahrt ins Ausland untersagt hat, fiel den portugiesischen Kaufleuten in Makao das Monopol für den gesamten Seidenhandel im äußersten Osten zu, und ironischerweise dürfte dadurch der totale Export im heurigen Jahr bei vierzigtausend Ratin liegen (also das vorletzte und letzte Jahr um zehntausend Ratin überrunden).

Heute kann ich Ihnen etwas Erfreuliches mitteilen. Gestern haben wir endlich Gelegenheit gehabt, einen Japaner zu treffen. Früher sollen ziemlich viele japanische Handelsleute und Mönche Makao aufgesucht haben, aber seit der erwähnten Abschließung des Landes haben diese Besuche aufgehört, und die wenigen, die noch hier waren, sind mittlerweile in ihre Heimat zurückgekehrt. Auch Hochwürden Valignano antwortete uns auf unsere Fragen, daß sich in dieser Stadt kein Japaner mehr aufhalte. Jedoch ganz zufällig erfuhren wir, daß doch ein Japaner unter den Chinesen lebt.

Gestern regnete es, als wir uns in das chinesische Viertel begaben, um uns nach einem Schiff für die heimliche Überfahrt nach Japan zu erkundigen, denn wir müssen, koste es, was es wolle, ein Schiff auftreiben und dazu einen Kapitän und Matrosen heuern.

Makao im Regen — da sieht diese erbärmliche Stadt noch armseliger aus. Meer und Häuser sind in nasses Grau getaucht, die Chinesen verkriechen sich in ihre Wohnungen, die nicht anders aussehen als die Ställe ihrer Haustiere, und in den schlammigen Straßen ist keine Menschenseele zu erblicken. Ich weiß nicht, warum, aber wenn ich solche Straßen sehe, denke ich an das menschliche Dasein und werde traurig.

Wir besuchten das Haus eines Chinesen, den man uns empfohlen hatte. Als wir zum Geschäftlichen kamen, platzte er plötzlich damit heraus, daß er einen Japaner kenne, der aus Makao in die Heimat zurückkehren wolle. Auf unsere Bitte hin holte sein Kind den Mann sofort. Was soll ich Ihnen über den ersten Japaner, den ich in meinem Leben gesehen habe, sagen! Ein Betrunkener taumelte in den Raum herein. Kichijiro hieß der in Lumpen gehüllte Mann, und sein Alter war zwischen achtundzwanzig und neunundzwanzig Jahren. Nach seinen Antworten, die er mit Mühe und Not auf unsere Fragen hervorbrachte, ist er ein Fischer aus dem nahe bei Nagasaki liegenden Gebiet von Hizen, und es war noch vor dem Aufstand von Shimabara, daß ihn ein portugiesisches Schiff rettete, als er in Seenot auf dem Meere herumtrieb. Er war ein Mann, der auch in betrunkenem Zustand seinen durchtriebenen Blick nicht verlor. Während unseres Gespräches wich er immer wieder unseren Augen aus.

„Sie sind ein Christ?"

Als mein Gefährte Garpe ihm diese Frage stellte, verfiel er mit einemmal in Schweigen. Wir begreifen nicht ganz, warum diese Frage ihn so verstörte. Anfangs schien er nicht allzu sehr mit der Sprache herauszuwollen, aber als er dann von uns gedrängt wurde, begann er wie ein Sturzbach hervorzusprudeln, was er über die Christenverfolgung auf Kyushu wußte.

Dieser Mann scheint Zeuge einer Wasserkreuzigung gewesen zu sein, zu der der Landesfürst von Hizen vierundzwanzig Christen verurteilt hatte. Was bedeutet Wasserkreuzigung? Die Gläubigen werden straff an Holzpfosten gefesselt, die man am Meeresufer aufstellt. Nicht lange, und die Flut strömt heran. Das Wasser bedeckt die Menschen bis zu den Schenkeln. Allmählich ermatten die Verurteilten. Aber es dauert bis zu einer Woche, ehe sie eines qualvollen Todes sterben. Nicht einmal Nero im alten Rom ersann eine so grausame Hinrichtungsmethode!

Mitten im Erzählen benahm sich Kichijiro plötzlich ganz merkwürdig. Er beschrieb gerade flüsternd diese entsetzliche Szene, als er unvermittelt verstummte. Sein Gesicht verzerrte sich. Er schlug mit den Händen um sich, als ob er jene furchtbare Erinnerung auf diese Weise aus seinem Gedächtnis vertreiben wollte. Kann sein, daß sich unter den vierundzwanzig Christen, die bei dieser Wasserkreuzigung gestorben waren, Freunde oder Verwandte von ihm befanden. Vielleicht hatten wir die Finger in eine Wunde gelegt, die wir besser nicht berührt hätten.

„Sie sind also Christ, nicht wahr?" sagte Garpe, als ob er sich dessen ganz sicher wäre. „So ist es doch?"

„Nein, das stimmt nicht!" Kichijiro schüttelte seinen Kopf. „Ich bin kein Christ!"

„Aber auf jeden Fall wollen Sie nach Japan zurückkehren. Diesbezüglich sind wir in der glücklichen Lage, genug Geld zu besitzen, um ein Schiff zu kaufen und Matrosen zu heuern. Wenn Sie also ebenso wie wir nach Japan fahren wollen...."

Bei diesen Worten glomm in den vom Alkohol gelblich getrübten Augen des Japaners ein verschlagenes Funkeln auf, und, seine Knie in eine Ecke des Raumes gepreßt, wisperte er, gerade so, als ob er sich vor uns rechtfertigen müßte, daß er nur deshalb heimzukehren wünsche, weil ihn nach einem Wiedersehen mit den in der Heimat verbliebenen Eltern und Geschwistern verlange.

Sogleich machten wir uns daran, diesem verschreckten Menschen unseren Standpunkt darzulegen. Eine Fliege zog in dem schmutzigen Raum summend immer wieder denselben Kreis. Die Weinflasche, aus der Kichijiro getrunken hatte, rollte am Boden. Für uns galt es zu bedenken, daß wir uns nach der Landung in Japan überhaupt nicht auskennen würden und daher auf Kontakte mit den einheimischen Christen angewiesen sind, die uns Unterschlupf gewähren und in vielerlei Beziehung zur Seite stehen müssen. Um uns die Bekanntschaft solcher Leute zu vermitteln, brauchten wir am Anfang diesen Mann.

Lange Zeit starrte Kichijiro, seine Arme um die Knie gelegt, an die Wand und sann über die gegenseitigen Bedingungen nach. Schließlich stimmte er zu. Ohne Zweifel läßt er sich in ein nicht zu unterschätzendes Wagnis ein, aber die Überlegung, daß er wahrscheinlich nie mehr nach Japan zurückkehren könne, wenn er diese Gelegenheit versäumte, hat wohl den Ausschlag gegeben.

Dank Pater Valignano haben wir eine große Dschunke aufgetrieben. Jedoch die Pläne der Menschen sind eben wahrlich sehr zerbrechlich! Heute benachrichtigte man uns, daß Termiten das Schiff angenagt hätten. Eisen, Pech und ähnliches sind aber hier kaum aufzutreiben...

Dieser Brief, dem ich jeden Tag einige Zeilen hinzufüge, gleicht eigentlich eher einem undatierten Tagebuch. Bitte haben Sie beim Lesen Geduld. Vor einer Woche erwähnte ich, daß die Dschunke, die wir uns beschafft haben, von Termiten befallen wurde. Zum Glück hat man mit Gottes Hilfe eine Methode gefunden, diesen Schaden zu reparieren. Man will das Loch von innen mit einer Planke zunageln und so bis Taiwan schiffen. Angenommen, das Provisorium hält, werden wir versuchen, damit direkt nach Japan zu fahren. Der göttliche Schutz des Herrn möge uns bewahren, daß uns im ostindischen Meer ein Sturm begegnet!

Heute habe ich eine traurige Nachricht. Wie Sie wissen, hat die lange und beschwerliche Seereise Santa Marta seiner ganzen Körperkraft beraubt. Er ist an Malaria erkrankt. Nun hat ihn wieder hohes Fieber befallen, so daß er in einem Zimmer der Missionarsschule das Bett hüten muß. Ich glaube, Sie können sich nicht vorstellen, wie abgemagert und geschwächt dieser früher so kräftige Mensch jetzt ist. Seine Augen sind rot und trüb, legt man auf seine Stirn ein feuchtes Tuch, so wird es innerhalb eines Augenblickes so heiß, als ob man es in siedendes Wasser getaucht hätte. Unter diesen Umständen ist es natürlich ganz und gar unmöglich, daß er mit uns gemeinsam nach Japan reist. Pater Valignano machte ebenfalls deutlich, daß er unsere Überfahrt nach Japan nur gestatte, wenn wir Santa Marta hier unter ärztlicher Betreuung zurückließen.

„Wir fahren voraus", versuchte Garpe unseren Gefährten zu trösten, „und bereiten alles für deine Ankunft vor, wenn du dann gesund geworden bist."

Aber wer kann voraussagen, ob er tatsächlich genesen wird und ob nicht wir dann schon, wie so viele andere Gläubige

Gefangene der Heiden geworden sind? Marta, auf dessen Kinn und eingefallenen Wangen sich dunkler Bart ausbreitet, starrte schweigend zum Fenster. Von dort hat man einen Blick auf die untergehende Sonne, wie sie, einer undurchdringlich roten Kugel gleich, zwischen Hafen und Meer versinkt. Sie, der Sie ihn lange Zeit kennen, wissen ohne Zweifel, was unserem Gefährten in diesem Moment durch den Kopf ging. Er dachte wohl an den Tag, an dem wir uns, gesegnet von Ihnen und Bischof Dasco, an der Mündung des Tajo einschifften. An die lange beschwerliche Reise. An das Schiff, das nacheinander Durst und Krankheit heimsuchten. Und wozu wir dies alles erduldet haben. Warum wir uns in diese Stadt im Fernen Osten mit ihren windschiefen Häusern begeben haben. Wir Priester sind doch nur in diese Welt geboren, um den Menschen zu dienen, und es gibt keine einsameren und bedauernswerteren Menschen als Priester, die diesem Dienst am Menschen nicht gewachsen sind. War es doch vor allem Marta, der eine besonders tiefe Verehrung für den heiligen Franziskus Xavier hegte und der, als wir uns in Goa aufhielten, jeden Tag zum Grabe dieses Heiligen, der in Indien gestorben war, pilgerte, um dessen Segen für eine sichere Ankunft in Japan zu erflehen.

Jeden Tag beten wir, daß er sobald als möglich genesen möge, jedoch der Zustand des Kranken bessert sich kaum. Allein, wenn wir es auch mit unserem Verstand nicht zu durchschauen vermögen, Gott gewährt sicher jedem Menschen das für ihn beste Los. In zwei Wochen werden wir abreisen; es ist nicht ausgeschlossen, daß unser Gebieter in seiner Allmacht durch ein Wunder alles zu einem guten Ende führt.

Die Reparatur des erstandenen Schiffes schreitet den Umständen entsprechend voran. Man hat mit den Händen neue Bretter eingefügt, so daß die Nagespuren der Termiten nicht mehr zu sehen sind. Mit Hilfe Pater Valignanos haben wir fünfundzwanzig Matrosen aufgetrieben, die uns auf irgendeine Weise bis an die Küste Japans bringen werden. Diese chinesischen Seeleute sind mager wie Kranke, welche einige Monate keine Mahlzeit zu sich genommen haben, jedoch ihre drahtigen Hände besitzen erstaunliche Kräfte. Gelassen tragen sie mit den dünnen Armen, die mich an den eisernen Stiel einer Ofenschaufel erinnern, die schwersten Lebensmittelkisten. Nun warten wir nur noch auf einen für die Seereise günstigen Wind.

Auch Kichijiro, der früher erwähnte Japaner, gesellt sich zu den Matrosen und hilft hier beim Aufladen der Schiffsfracht und dort beim Ausbessern der Segel. Wir versäumen es nicht, bei solchen Gelegenheiten den Charakter dieses Japaners, der vielleicht unser künftiges Schicksal in seiner Hand hat, zu studieren. Bis jetzt wirkt er auf uns ziemlich verschlagen, aber ich vermute, daß auch seine Falschheit nur eine Folge der Schwäche dieses Mannes ist.

Neulich wurden wir zufällig Zeugen der folgenden Szene. Solange er die Augen des Aufsehers in der Nähe weiß, gibt er sich den Anschein, als ob er fleißig arbeite, aber kaum entfernt sich dieser von der Stelle, läßt sein Arbeitseifer nur allzu schnell nach. Anfangs schwiegen die Matrosen dazu, aber allmählich wurde es ihnen wohl zuviel, und sie begannen Kichijiro zu beschimpfen. Dies allein wäre sicherlich nichts Ungewöhnliches; verblüfft waren wir jedoch, als Kichijiro, nachdem ihn drei der Seeleute weggestoßen und in die Hüfte getreten hatten, kreidebleich wurde und, auf den Knien im Sand liegend, demütig um Vergebung bat. Wie weit war doch die Haltung dieses erbärmlichen Hasenfußes von der christlichen Tugend des Duldens entfernt! Er erhob sein Gesicht, das im Sand vergraben gewesen war, und rief etwas auf japanisch. Der Sand bedeckte Wangen und Nase, aus dem Mund rann ekelhaft der Speichel. Ich weiß nicht, warum, aber in diesem Augenblick hatte ich das Gefühl, als begriffe ich, weshalb Kichijiro damals beim ersten Treffen plötzlich nicht mehr weitergesprochen hatte, als er über die japanischen Christen berichtete. Vielleicht hatte ihn der Inhalt seiner eigenen Erzählung allzusehr in Angst versetzt. Wie dem auch sei, wir schritten eiligst ein und beendeten schließlich den ungleichen Streit. Seither begegnet uns Kichijiro immer mit einem unterwürfigen Lächeln.

„Bist du denn wirklich ein Japaner?"

Wie nicht anders zu erwarten, war es Garpe, der ihm verdrießlich diese Frage zuwarf, worauf Kichijiro bestürzt versicherte, ein Japaner zu sein. Garpe schwebte allzusehr die unbeugsame Haltung der Japaner vor Augen, die viele Missionare als ein Volk, „das selbst den Tod nicht fürchtet", beschrieben hatten. Aber neben solchen Japanern, deren Standhaftigkeit auch dann nicht zerbricht, wenn sie gefoltert und ihre Knöchel fünf Tage lang im Wasser eingeweicht werden, gibt es eben auch Schwächlinge wie Kichijiro. Und gerade so einem Mann müssen wir nach der Ankunft in Japan unser Schicksal anvertrauen! Er hat uns zwar versprochen, daß er uns mit Gläubigen, die uns aufnehmen könnten, in Verbindung bringen würde, aber wie dieser Mann sich jetzt entpuppt, wissen wir nicht, inwiefern wir diesem Versprechen auch wirklich Glauben schenken dürfen.

Aber bitte schließen Sie auf keinen Fall aus diesen Zeilen, daß unsere Energie und unser Mut nachgelassen haben. Es scheint mir nur zum Lachen, wenn ich daran denke, daß ich meine eigene Zukunft einem Mann wie Kichijiro übergebe. Wenn ich es jedoch recht bedenke, hat auch unser Gebieter, Jesus Christus, sein Los in die Hände unglaubwürdiger Menschen gelegt. Wie dem auch sei, in unserer Situation bleibt uns gar nichts anderes übrig, als Kichijiro zu vertrauen.

Das einzige, was mich wirklich beunruhigt, ist die Tatsache, daß er übermäßig trinkt. Es scheint, daß er die Bezahlung, die er jeden Tag nach der Arbeit vom Aufseher erhält, ausschließlich in Alkohol umsetzt. Die Art und Weise, wie er säuft, ist unbeschreiblich. Ich kann es mir nicht anders erklären, als daß er sich betrinkt, um irgendeine Erinnerung, die, tief in seinem Herzen verborgen, ihn nicht in Ruhe läßt, zu vergessen.

Die Nächte in Makao senken sich unter den Tönen der Trompeten, die die Soldaten langanhaltend und schwermütig von der Festung herabsenden. Wie in der Heimat ist es auch hier üblich, daß nach beendeter Mahlzeit und dem Segen in der Kapelle Priester und Mönche sich mit Kerzen in den Händen in ihre Räume zurückziehen. Jetzt sind die dreißig Bediensteten über das steinerne Pflaster im Innenhof gegangen. Auch im Zimmer von Garpe und Santa Marta ist das Licht verlöscht. Hier ist wirklich das Ende der Welt.

Die Hände auf die Knie gelegt, sitze ich ruhig im Schein der Kerze. Bewegungslos in dieser Stille lasse ich mich ganz erfüllen von der Empfindung, daß ich jetzt in diesem fernen Land bin, das Sie nicht kennen, das Sie in Ihrem ganzen Leben nicht besuchen werden. Es ist dies ein schmerzliches Gefühl, und ich finde keine Worte, es Ihnen zu erklären... Einen Augenblick erscheinen vor meinem inneren Auge jenes weite, so entsetzlich gewesene Meer, die Häfen, die wir angelaufen sind, und alles drückt auf meine Brust, daß es schmerzt. Auch daß ich jetzt in dieser fremden Stadt im Fernen Osten bin, ist wahrhaftig wie ein Traum, nein, nicht wie ein Traum, denke ich und möchte auf einmal mit lauter Stimme rufen: Es ist ein Wunder! Bin ich denn wirklich in Makao? So unvorstellbar scheint mir dies, daß ich noch immer nicht glauben kann, es sei wahr.

Auf der Wand kriecht eine große Küchenschabe. Das trockene Geräusch zerbricht die Stille dieser Nacht.

„Geht hin in die Welt und verkündigt das Evangelium allen Geschöpfen. Wer glaubt und sich taufen läßt, wird gerettet werden; wer aber nicht glaubt, wird verdammt werden." So sprach Christus nach der Auferstehung zu den Aposteln, die zur Mahlzeit zusammengekommen waren. Diese Worte rufen auch jetzt sein Antlitz in mein Gedächtnis. Nirgends in der Bibel erwähnt auch nur ein Wort, was für ein Antlitz der Herr besaß. Wie Sie natürlich wissen, haben sich die Christen der ersten Zeit Christus in der Gestalt eines Schafhirten vorgestellt. Christus als Schafhirt mit kurzem Mantel und Gewand,

in der einen Hand die Beine eines Schafes, das er auf den
Schultern trägt, in der anderen Hand einen Stock, ist das
Ebenbild junger Burschen, wie wir sie in unserem Land immer
noch finden können. Dies war das schlichte Antlitz Christi,
das die Gläubigen am Anfang hegten. Die oströmische Kultur
formte in der Folgezeit ein orientalisches Christusgesicht mit
langer Nase, gelocktem Haar und schwarzem Bart. Mittelalterliche
Künstler schließlich verliehen seinem Antlitz die
Würde eines Königs. Jedoch in der heutigen Nacht ersteht sein
Antlitz so, wie ich es zum erstenmal in Burgo San Sepulcro
erblickte und wie ich es seither in meinem Herzen aufbewahre.
Einen Fuß auf das Grabmal gestützt, in der rechten Hand das
Kreuz, wendet Christus sein Antlitz voll dem Betrachter zu,
das ermutigende männliche und krafterfüllte Antlitz, das den
Jüngern am Ufer des Tiberias-Sees dreimal befahl: „Hütet
meine Lämmer! Hütet meine Lämmer! Hütet meine Lämmer!"
Ich liebe dieses Antlitz. So wie das Gesicht der Geliebten
einen Mann bezaubert, so bezaubert mich das Antlitz Christi.

In fünf Tagen reisen wir ab. Da wir außer unseren Herzen
keinerlei Gepäck nach Japan mitnehmen, haben wir nichts
vorzubereiten als diese. Über Santa Marta mag ich Ihnen gar
nichts mehr berichten. Gott hat unserem Gefährten die Freude
der Genesung von der Krankheit nicht zuteil werden lassen.
Aber was Gott tut, ist wohlgetan. Ich bin sicher, daß der
Gebieter im geheimen eine Aufgabe für Santa Marta vorbereitet
hat.

III.

Brief des Sebastian Rodrigo

Der Friede des Herrn sei mit Ihnen. Gelobt sei Jesus Christus. Wie kann ich auf diesem schmalen Papier alle Erlebnisse unterbringen, die uns in den letzten zwei Monaten widerfahren sind!

In unserer gegenwärtigen Lage weiß ich auch nicht einmal, ob dieser Brief in Ihre Hände gelangen wird. Dennoch habe ich das Gefühl, daß ich schreiben muß und es meine Pflicht ist, einen Brief zu hinterlassen. Nach der Abfahrt von Makao war unser Schiff acht Tage lang von so günstigem Wind gesegnet, daß es fast ans Wunderbare grenzte. Der Himmel leuchtete blau und heiter, die Segel blähten sich in einer leichten Brise, und die ganze Zeit sahen wir Schwärme silbern glänzender Flugfische zwischen den Wellen springen. Garpe und ich dankten dem Herrn jeden Morgen bei der Messe, die wir an Bord hielten, aufs neue für die sichere Seereise. Doch bald gerieten wir in den ersten Sturm. Das war in der Nacht des sechsten Mai. Zunächst kam vom Südosten her ein starker Wind auf. Die in der Seefahrt bewanderten Matrosen holten das Segel ein und ließen nur am Vordermast ein kleines Segel steigen. Jedoch am Bug des Schiffes, das so allein Wind und Wellen überlassen war, entstand gegen Mitternacht ein Riß, und die Fluten strömten herein. Wir verstopften diesen notdürftig mit Fetzen, und fast die ganze Nacht mußten wir ohne Unterlaß Wasser aus dem Schiff schöpfen.

Als die Nacht sich zu lichten begann, hörte der Sturm

endlich auf. Sowohl die Matrosen wie auch Garpe und ich waren mit unserer Kraft am Ende. Wir warfen uns einfach zwischen die Gepäcksstücke und starrten hinauf zu den tiefschwarzen regenschweren Wolken, die gegen Osten trieben. In dieser Stunde gedachte ich des heiligen Franziskus Xavier, der vor achtzig Jahren unter noch größeren Schwierigkeiten Japan zu erreichen versucht hatte. Zweifellos hat auch er nach solch stürmischen Nächten bei Tagesanbruch zum milchweißen Himmel hinaufgeblickt. Und nicht nur er! Wie viele Missionare und Theologiestudenten haben wohl in den darauffolgenden Jahrzehnten Afrika umschifft und von Indien aus dieses Meer überquert, um in Japan Mission zu betreiben. Bischof Cerqueira, Hochwürden Barinia, Hochwürden Organtino, Hochwürden Gomez, Hochwürden Pomerio, Hochwürden Lopez, Hochwürden Gregorio..., man könnte noch viele nennen. Unter ihnen befanden sich auch zahlreiche, die, wie Hochwürden Gil de la Matta, Japan vor Augen, mit ihrem Schiff untergingen. Jetzt begreife ich, was ihre große Begeisterung anfachte und ihnen die Kraft gab, all diese Leiden zu ertragen. Auch diese Menschen haben auf den milchweißen Himmel und die nach Osten treibenden schwarzen Wolken gestarrt. Heute verstehe ich, was diese damals dachten.

Zwischen der Schiffsfracht vernahm ich Kichijiros gepeinigte Stimme. Während des Sturmes hatte er, anstatt den Matrosen zu helfen, leichenblaß zwischen den Gepäcksstücken gezittert und rücksichtslos seine ganze Umgebung mit Erbrochenem beschmutzt. Nun wisperte er ununterbrochen auf japanisch vor sich hin. Anfangs streiften auch wir ihn, so wie die Seeleute, nur mit verachtungsvollen Blicken. Die japanischen Worte, die er murmelte, drangen kaum in die todmüden Ohren. Jedoch plötzlich glaubte ich so etwas wie „Graça" und „Santa Maria" zu hören. Ja, ganz sicher stammelte dieser Mann, während er wie ein Schwein sein Gesicht im Erbrochenen wälzte, zweimal hintereinander das Wort „Santa Maria". Garpe und ich warfen uns Blicke zu. Ist es denkbar, daß dieser Mensch, der auf der Schiffsreise, weit davon entfernt, sich als nützlich zu erweisen, im Gegenteil sogar ausgesprochen lästig gefallen war, daß dieser Mensch dieselbe Geisteshaltung vertrat wie wir? Nein, das kann und darf nicht sein! Nie und nimmer ist es möglich, daß der Glaube aus einem Menschen solch einen Taugenichts und Feigling werden läßt.

Kichijiro erhob sein Gesicht, das über und über mit Erbrochenem beschmiert war, und schaute uns von unten her verlegen an. Auf die Frage, die wir jetzt an ihn richteten, verzog er seine Wangen zu einem unterwürfigen Grinsen und stellte sich schlau, als ob er nichts verstanden hätte. Es ist eine unangenehme Gewohnheit dieses Menschen, gegen jedermann sein kriecherisches Lächeln aufzusetzen; mich auf jeden Fall und auch Garpe beleidigt es nur. Der unbeugsame Santa Marta würde an unserer Stelle zweifellos in echten Zorn geraten sein.

„Ich habe dir eine Frage gestellt!" Garpe erhob seine Stimme: „Sage uns jetzt klar und deutlich: Bist du ein Christ oder bist du kein Christ?"

Kichijiro schüttelte heftig den Kopf.

Die chinesischen Matrosen beobachteten uns zwischen den Gepäcksstücken heraus mit Blicken, in denen sich Neugier mit Verachtung mischte. Angenommen, Kichijiro ist ein Christ, warum verbirgt er dies dann vor uns, die wir doch Priester sind? Ich kann es mir höchstens so erklären, daß dieser Feigling befürchtet, wir würden diese Tatsache womöglich nach unserer Ankunft in Japan den dortigen Behörden verraten. Wenn er jedoch nicht an Gott glaubt, warum stammelte er dann in Todesangst die Worte „Graça" und „Santa Maria"? Mag es sein, wie es will, dachte ich, dieser Mann interessiert mich, und nach und nach werde ich ihm sein Geheimnis entlocken.

Bis zu diesem Tag war vor unseren Augen nicht eine Spur von Land oder einer Insel aufgetaucht. Dann und wann fielen auf das Schiff dünne Sonnenstrahlen, die schwer auf die Augenlider trafen. Von Traurigkeit niedergedrückt, starrten wir auf das eiskalte Meer, das seine weißen Wellenzähne fletschte. Jedoch Gott hat uns nicht im Stich gelassen.

Plötzlich schrie ein Matrose auf, der bisher wie tot auf dem Boden des Schiffes gelegen war. Er wies mit dem Finger auf einen kleinen Vogel, der vom Horizont her in unsere Richtung flog. Dieser kleine Vogel überquerte wie ein schwarzer Punkt das Meer und setzte sich auf die Segelstange, deren Tuch im Sturm der letzten Nacht zerrissen war. Schon trieben im Meer unzählige Holzsplitter. All das ließ uns hoffen, daß Land nicht ferne war. Aber sogleich verwandelte sich unsere Freude in Sorge. Denn wenn dieses Land Japan hieß, mußten wir vermeiden, daß uns auch nur ein einziges kleines Schiff entdeckte. Unverzüglich würden die Fischer von ihren Booten zur Behörde laufen, um eilends zu melden, daß sich eine Dschunke mit Ausländern an Bord nähere.

Bis die Dunkelheit hereinbrach, versteckten Garpe und ich uns wie zwei Hunde eng aneinandergedrückt zwischen der Schiffsfracht. Die Matrosen zogen nur das kleine Segel am Vordermast auf und bemühten sich, Punkte, die Land glichen, in so großer Entfernung wie möglich zu umfahren.

Tief in der Nacht setzte sich das Schiff erneut, so leise es ging, in Bewegung. Glücklicherweise verhinderte die mondlose Nacht mit dem tiefschwarzen Himmel, daß uns jemand entdeckte. Stück für Stück rückte das Land heran. Als sich an beide Seiten des Schiffes steile Berge drängten, erkannten wir, daß wir nun in einen Meeresarm hineingefahren waren. Am Strand gegenüber löste sich eine Gruppe niedriger Häuser aus der Dunkelheit.

Bei einer Sandbank verließ als erster Kichijiro das Schiff, dann tauchten Garpe und ich die Körper in das noch eiskalte Meerwasser. Alle drei hatten wir offen gesagt keine Ahnung, wo wir uns befanden, ob wir hier nun in Japan waren oder auf einer Insel, die zu einem anderen Land gehörte. Kichijiro schlich davon, um die Lage zu erkunden, wir duckten uns in eine Einsenkung des Sandstrandes. Nicht weit von unserem Versteck näherten sich Schritte im Sand. Direkt vor uns, die wir mit angehaltenem Atem unsere durchnäßten Gewänder umklammerten, ging eine alte Frau vorbei. Den Kopf hatte sie mit einem Tuch bedeckt, auf den Schultern trug sie einen Korb. Sie bemerkte uns nicht. Als das Geräusch ihrer Tritte sich in der Ferne verlor, überfiel uns wieder die Stille.

„Er kommt nicht mehr zurück. Er kommt nicht mehr zurück", sagte Garpe tränenerstickt. „Dieser Feigling hat uns im Stich gelassen."

Aber das schien mir nicht das schlimmste Los zu sein. Er ist nicht geflohen. Er ist wie Judas gegangen, uns anzuzeigen. Bald werden die Beamten, von ihm hierhergeführt, erscheinen.

„Also kamen dorthin eine Abteilung Soldaten mit Fackeln und Waffen...", flüsterte Garpe die Worte der Bibel.

„Nun wußte Christus alles, was da über ihn kommen sollte..."

Ja, in dieser Stunde sollten wir an den Gebieter denken, der in jener Nacht am Ölberg sein eigenes Los ganz in die Hände der Menschen gab. Die Zeit verging so langsam, daß es mir fast die Brust abschnürte. Ich glaubte, es nicht mehr ertragen zu können. Ich hatte nackte Angst. Schweiß rann mir von der Stirn in die Augen. In meinen Ohren hallten die Fußtritte einer Abteilung Soldaten. Näher und näher kamen sie, die Flammen ihrer Fackeln loderten unheimlich in der Dunkelheit.

Eine Hand streckte eine Fackel vor, und im dunkelroten Licht dieses Feuers tauchte undeutlich das Gesicht eines kleinen alten Mannes auf, um den herum fünf, sechs junge Burschen standen, die verlegen auf uns herunterschauten.

„Padre, Padre!" flüsterte der alte Mann mit einer Stimme voll Mitleid und Sanftheit. Nicht einmal im Traum hatte ich mir erwartet, in diesem Augenblick die teuren portugiesischen Worte „Padre" — Vater — zu vernehmen. Natürlich hieß das nicht, daß der alte Mann Portugiesisch konnte. Aber er schlug vor unseren Augen ein Kreuz, das alle Christen verbindende Symbol. Die Leute waren japanische Gläubige.

Als ich mich mühsam am Sandstrand aufrichtete, überkam mich ein Schwindelgefühl. Zum erstenmal betrat ich nun japanische Erde. In diesem Moment durchdrang mich dies überwältigend klar.

Hinter den anderen verkroch sich Kichijiro, jenes unterwürfige Lächeln im Gesicht. Er benimmt sich wie eine Maus, die immer auf der Lauer sitzt, um sich bei der geringsten Gefahr davonmachen zu können. Vor Scham beiße ich mir in die Lippen. Der Gebieter hat sein Schicksal jederzeit anderen Menschen und ohne zu fragen, wer sie waren, anvertraut. Denn er liebte die Menschen. Ich aber hatte sogar an dem einen Menschen, der da Kichijiro hieß, gezweifelt.

„Schnell, gehen wir!" drängte der alte Mann leise. „Denn die Gentios dürfen uns nicht sehen."

Dieser Mann kennt sogar „Gentio", das portugiesische Wort für „Heide"! Sicher haben unsere Vorgänger, die seit dem heiligen Franziskus Xavier in dieses Gebiet kamen, diese Worte gelehrt. Wie schwierig mag es gewesen sein, in dieses unfruchtbare Land die Hacke zu setzen, es zu düngen und zu bebauen, bis aus den gesäten Samen solch herzerfreuende Keime wuchsen! Und ich stellte mir vor, daß es nun meine und Garpes große Sendung sein werde, diese jungen Pflanzen aufzuziehen.

Diese Nacht versteckte man uns in einem ihrer Häuser. Nebenan befand sich der Kuhstall und sandte seinen Gestank herüber, aber wie man uns sagte, waren wir nicht einmal hier in Sicherheit. Dreihundert Silberstücke erhalten diejenigen von den Ungläubigen, die uns auffinden und ausliefern, daher können wir nichts und niemandem vertrauen.

Jedoch, wie kam es wohl, daß Kichijiro mit solcher Schnelligkeit Christen aufgespürt hatte?

Am nächsten Morgen weckten uns zwei von den jungen Leuten, die wir am Vorabend getroffen hatten. Sie hießen Garpe und mich unsere Kleider wechseln, und angetan mit Kitteln, wie sie die Bauern zur Feldarbeit tragen, erstiegen wir den Berg hinter dem Ort. Denn die Gläubigen beabsichtigten, uns in einer Köhlerhütte ein sichereres Versteck zu bieten.

Nebel verhüllte den ganzen Wald und den Weg vor uns. Bald wandelte sich dieser Nebel in feinen Regen.

Nachdem wir die Hütte erreicht hatten, vernahmen wir zum erstenmal, an welchem Ort wir gestern nacht eigentlich angekommen waren. Das Fischerdorf heißt Tomogi und liegt etwa sechzehn Seemeilen von Nagasaki entfernt. Es umfaßt mehr als zweihundert Häuser. Früher war es die Regel, daß fast alle Bewohner des Dorfes die Taufe empfingen.

„Und jetzt?"

„Ja, Padre..." Der Bursche namens Mokichi, der uns heraufbegleitet hatte, wandte sich zu seinem Freund. „Jetzt können wir gar nichts machen. Wenn jemand merkt, daß wir Christen sind, werden wir umgebracht."

Wir nahmen kleine Kreuze von unserem Hals und überreichten sie ihnen. Ihre Freude war unbeschreiblich. Sie senkten voll Ehrfurcht ihre Köpfe zu Boden und verharrten lange in Andacht, die Kreuze an die Stirn gepreßt. Offenbar war schon viel Zeit vergangen, seit sie zum letztenmal ein solches Kreuz in den Händen gehabt hatten.

„Gibt es in eurer Gegend einen Padre?"

Mokichi schüttelte den Kopf, die Hände hatte er fest zusammengeballt.

„Einen Irmão?"

Seit sechs Jahren hatten diese Leute schon keinen einzigen Laienbruder und natürlich auch keinen Priester zu Gesicht bekommen. Bis zu diesem Zeitpunkt hielten ein japanischer Priester namens Miguel Matsuda und Hochwürden Mattheo de Couros von der Gesellschaft Jesu eine geheime Verbindung zwischen den Nachbardörfern aufrecht. Dann, im Oktober 1633, erlagen beide den übergroßen Strapazen.

„Wie habt ihr es denn mit der Taufe und den anderen Sakramenten gemacht in diesen sechs Jahren?" forschte Garpe.

Nichts hat jemals mein Herz so bewegt wie der Inhalt des Berichtes, den Mokichi und sein Freund uns zur Antwort gaben. Ich bitte Sie, unter allen Umständen diese Fakten unseren Vorgesetzten zu übermitteln. Aber nicht nur unseren Vorgesetzten, ich ersuche Sie, unbedingt die gesamte katholische Kirche davon in Kenntnis zu setzen.

„Jener Samen fiel auf guten Grund, ging auf, wuchs und brachte Frucht und trug dreißig-, sechzig-, ja hundertfach." Unwillkürlich drängen sich mir hier diese Worte aus dem Evangelium des heiligen Markus auf, denn ohne Unterstützung eines Priesters oder Laienbruders organisierten sie trotz der Bespitzelung durch die Beamten eine geheime religiöse Vereinigung. Der Aufbau dieser Vereinigung sieht nun in Tomogi folgendermaßen aus: Aus der Menge der Gläubigen wird ein alter Mann ausgewählt, der die Vertretung des Priesters übernimmt. Aber ich möchte Ihnen wirklich genau das wiedergeben, was mir Mokichi und sein Freund über die Situation in Tomogi erzählten.

Der alte Mann, der uns gestern am Strand begegnete, wird „Großvater" genannt und steht an der Spitze der Gemeinde. Da er ein keusches Leben führt, spendet er die Taufe, wenn im Dorf ein Kind zur Welt kommt. Dem Großvater unterstehen Leute, die mit „Vater" angeredet werden. Ihnen obliegt es, die Gläubigen in der heiligen Lehre und den Gebeten zu unterweisen. Sie und die übrigen Dorfbewohner, die sich als „Jünger" bezeichnen, halten auf diese Weise, so gut sie es vermögen, das vom Erlöschen bedrohte Licht des Glaubens weiter am Leben.

„Dann gibt es sicher nicht nur in Tomogi", fragte ich ermutigt, „sondern auch in anderen Dörfern der Umgebung ähnliche Organisationen?"

Auch diesmal verneinte Mokichi. Da in diesem Land, in dem die Blutsverwandtschaft eine überragende Rolle spielt, die Bewohner einer Ortschaft eine solch enge Gemeinschaft wie eine Familie bilden, hegen sie anderen Ortschaften gegenüber bisweilen sogar Feindschaft, nicht anders wie zu einem fremden Volk. Jedoch das alles wurde mir erst später klar.

„Wissen Sie, Padre, wir vertrauen nur den Leuten aus unserem Dorf. Wenn die Leute aus den anderen Ortschaften etwas erfahren, verraten sie uns sofort beim Bezirksvorsteher. Jeden Tag einmal überprüft ein Spion Dorf für Dorf."

Dennoch bat ich Mokichi und seinen Freund, auch in den anderen Dörfern und Ortschaften nach Christen zu forschen. So schnell wie nur irgend möglich sollen sie erfahren, daß wiederum Priester im Zeichen des Kreuzes in diese verödete und einsame Gegend zurückgekehrt sind.

Vom nächsten Morgen an vollzog sich unser Tagesablauf etwa so: Wir lesen die Messe in tiefer Nacht wie zur Zeit der Katakomben und warten auf die Gläubigen, die gegen Morgen zu uns heraufsteigen. Jeden Tag kommen zwei, die bei dieser Gelegenheit ein wenig Essen mitbringen. Nachdem wir ihnen die Beichte abgenommen haben, ermahnen wir sie, zu beten und sich unserer heiligen Lehre gemäß zu verhalten. Während des Tages ist die Tür fest verschlossen. Wir hüten uns, auch nur das kleinste Geräusch zu erregen, um im Fall, daß jemand nahe der Hütte vorbeigeht, keinerlei Aufmerksamkeit auf uns zu ziehen. Natürlich dürfen wir auch kein Feuer anzünden, da dieses verräterischen Rauch erzeugen würde. Für den schlimmsten Fall haben Mokichi und sein Freund unter dem Boden der Hütte ein Loch ausgehoben.

Es scheint mir nicht unmöglich, daß in den Dörfern und auf den Inseln westlich von Tomogi noch Christen übriggeblieben sind. Aber unter den gegenwärtigen Umständen wagen wir es nicht einmal, unsere Hütte zu verlassen. Doch ich muß mir unbedingt irgendeinen Weg einfallen lassen, der mich in die Lage versetzt, mit jeder dieser Gruppen vergessener und isolierter Christen in Kontakt zu kommen.

IV.

Brief des Sebastian Rodrigo

Man hat uns gesagt, daß in diesem Land im Juni die Regenzeit anfängt. Das heißt, daß dann über einen Monat ununterbrochen Regen fällt. Ich trage mich nun mit der Absicht, diese Zeitspanne zu nützen, um in der Umgebung umherzuwandern und nach verborgenen Christen zu suchen, denn die polizeilichen Nachforschungen werden während der Regenzeit stark eingeschränkt. Jeder Tag, an dem die Gläubigen früher erfahren, daß sie nicht völlig verlassen sind, zählt.

Niemals dachte ich, daß die Arbeit eines Priesters so sinnvoll sein kann. Ein Schiff im stürmischen Meer, das ohne Landkarte dahintreibt! So fühlen sich wohl jetzt die Christen in Japan. Wenn sie sich auch gegenseitig aufmuntern, so ist es doch wahrscheinlich, daß sie ohne Priester oder Laienbruder, der ihnen Mut zuspricht, nach und nach die Hoffnung verlieren und sich in der Dunkelheit verirren.

Auch gestern regnete es. Dies hatte natürlich noch nichts mit der bevorstehenden Regenzeit zu tun.

Den ganzen Tag rauscht der Regen trübsinnig im Gehölz, das die Hütte umschließt. Bisweilen erzittern die Bäume, und Regentropfen fallen herab. Dann spähen Garpe und ich jedesmal an die hölzerne Tür gepreßt durch deren schmale Ritzen hinaus. Sobald wir erkennen, daß dies nur ein Werk des Windes war, steigt ein Gefühl wie Zorn in uns auf. Wie lange soll denn dieses Leben noch weitergehen! Ganz ohne Zweifel sind wir beide seltsam nervös und gereizt, und der kleinste

Fehler des Kameraden zieht strenge Blicke auf sich. Das kommt davon, daß unsere Nerven Tag für Tag angespannt werden wie Bogensehnen.

Lassen Sie mich noch ein wenig mehr über die Gläubigen von Tomogi erzählen! Sie sind arme Bauern, die auf weniger als drei Hektar Land mühselig Getreide und Kartoffeln ziehen. Reisfelder haben sie natürlich keine. Betrachtet man, wie sie jedes Krümchen Erde bis zu den Abhängen der Berge, die sich ins Meer hinausstrecken, für die Landwirtschaft nützen, so erregt das noch mehr als Bewunderung für ihren Fleiß Mitleid mit der Unerbittlichkeit ihres kümmerlichen Lebens. Nichtsdestoweniger hat sie der Statthalter von Nagasaki mit grausamen Steuern belegt. Durch lange Zeit hindurch haben diese Bauern nicht anders als Pferde oder Rinder gearbeitet und sind auf ebensolche Weise wie Pferde oder Rinder gestorben. Und wissen Sie, welchen Grund es hat, daß sich unsere Religion unter der Landbevölkerung ausbreitete wie Wasser, das in ausgetrocknete Erde einsickert? Diese Leute lernten zum erstenmal in ihrem Leben die Wärme des menschlichen Herzens kennen. Zum erstenmal trafen sie auf Wesen, die sie als Menschen behandelten. Die Freundlichkeit der Priester bewegte sie zutiefst.

Ich kenne noch nicht alle Gläubigen aus dem Dorf Tomogi. Denn sie können nur zu zweit, und das nur mitten in der Nacht, zu uns heraufsteigen, damit sie nicht von den Polizeibeamten ertappt werden. Ich muß gestehen, daß mir oft unwillkürlich ein Lächeln entflieht, wenn die Lippen dieser unwissenden Bauern Wörter unserer Sprache wie „Deus", „Anjo" oder „Beato" murmeln. Auch das Sakrament der Beichte benennen sie portugiesisch „Confissão", das Himmelreich „Paraiso" und die Hölle „Inferno". Leider sind ihre Namen schwer zu behalten, und außerdem geraten wir oft in Verlegenheit, weil auch ihre Gesichter alle gleich aussehen. Es kommt vor, daß wir Ichizo mit Seisuke verwechseln oder eine Frau namens Omatsu für die namens Saki halten.

Mokichi habe ich schon erwähnt; ich möchte außer ihm

noch zwei andere meiner Gläubigen charakterisieren. Der fünfzigjährige Ichizo kommt des Nachts mit einem Gesicht zu unserer Hütte herauf, als ob er sich gerade geärgert hätte. Er öffnet sowohl während der Messe wie auch nachher kaum den Mund. Aber er ist nicht wirklich zornig, dies ist einfach sein natürlicher Gesichtsausdruck. Als ein Mensch von großer Wißbegier hält er stets ruhig die schmalen, in Runzeln gebetteten Augen offen und beobachtet reglos jede Bewegung, die Garpe und ich vollziehen.

Omatsu, eine Witwe, deren Mann schon vor langer Zeit verstarb, ist anscheinend die ältere Schwester von Ichizo. Wenn ich mich nicht täusche, war zweimal sie es, die gemeinsam mit ihrer Nichte Sei, unser Essen in einem Korb am Rücken, hier heraufschlich. Wie Ichizo kennzeichnet auch sie außerordentliche Neugier. So sitzt sie zum Beispiel mit ihrer Nichte da und beobachtet Garpe und mich beim Einnehmen unserer Mahlzeit. Wenn ich und Garpe die einfachen Speisen — so einfach, wie Sie es sich ehrlich gesagt kaum vorstellen können, nämlich ein paar gebratene Kartoffeln und Wasser —, wenn also ich und Garpe diese hinunterschlucken, erscheint auf ihrem Gesicht ein zufriedenes Lächeln.

„Ist das so merkwürdig", fragte eines Tages mein Kamerad Garpe gereizt, „wenn wir essen?"

Ohne den Sinn seiner Worte zu verstehen, legten die beiden nur ihr Gesicht in Falten und lachten.

Nun werde ich Ihnen noch genauer über die schon erwähnte Geheimorganisation der hiesigen Christen schreiben. Sie wissen bereits, daß es in dieser Vereinigung „Großvater" und „Vater" genannte Personen gibt und daß der Großvater das Sakrament der Taufe betreut, der Vater aber den Inhalt der heiligen Lehren und die Gebete an die Gläubigen weitergibt. Überdies gehört zum Wirkungsbereich eines Vaters auch die Ankündigung der im Kalender aufscheinenden Festtage unserer Kirche. Die Dorfbewohner berichten, daß es allein im Ermessen des Vaters liegt, wie sie die Feiertage Weihnachten, Ostern oder Karfreitag begehen, und daß sie sich darin vollkommen seinen Weisungen unterwerfen. Da es in dieser Gegend keinen Priester mehr gegeben hat, konnten sie natürlich keine Messe hören. Sie treffen sich also nur in irgendeinem Haus, betrachten dort heimlich ein Heiligenbild und beten sodann das Paternoster oder das Ave-Maria, wie sie sagen, auf lateinisch. Zwischen die Gebete mischen sie immer wieder harmloses Geplauder. Auf diese Weise tarnen sie ihre religiösen Versammlungen als freundschaftliche Zusammenkünfte, denn sie sind ja niemals vor einem überraschenden Überfall der Polizei sicher.

Nach dem Aufstand von Shimabara hat der Fürst dieser Region sich auf eine gnadenlose Jagd nach verborgenen Anhängern des Christentums gemacht, und jeden Tag einmal inspiziert ein Polizeispitzel jede einzelne Ortschaft. Zudem kommt es aber eben auch vor, daß Polizei unangekündigt in ein Haus eindringt.

Oder ein anderes Beispiel der Methoden dieser Christenverfolgung: Im vorigen Jahr kam ein Erlaß heraus, daß es verboten sei, zwischen Nachbarhäusern einen Zaun oder eine Hecke zu errichten. Das Innere der Behausungen muß gegenseitig einsichtig sein, und jeder hat seinen Nachbarn, falls dieser ein verdächtiges Benehmen an den Tag legt, sofort zu denunzieren. Ein Mann, der den Aufenthaltsort eines Paters verrät, erhält dreihundert Silbermünzen, für einen Laienbruder werden zweihundert Stück bezahlt, und wenn einer wenigstens irgendeinen gewöhnlichen Gläubigen entdeckt hat, ist die Belohnung einhundert Silberstücke. Stellen Sie sich bitte einmal vor, welch eine Versuchung soviel Geld für die bitterarme Landbevölkerung darstellt! Dies ist der Grund, warum die Christen kaum jemals Bewohner anderer Dörfer ins Vertrauen ziehen. Es stimmt, daß, wie ich Ihnen schon geschrieben habe, die Gesichter aller, ob ich nun an Mokichi oder an Ichizo oder an jenen alten Mann denke, ausdruckslos wie die von Puppen sind, jedoch der Grund dafür ist mir nur allzu klar verständlich. Dürfen sie doch auf ihren Mienen keine Freude und nicht einmal Traurigkeit äußern! Die vielen

Jahre, in denen sie mit einem Geheimnis leben, haben schließlich und endlich die Gesichter dieser Leute zu Masken erstarren lassen. Ich finde dies wirklich schmerzlich und traurig und kann es allmählich nicht mehr begreifen, warum Gott seinen Anhängern solche Leiden auferlegt.

Über das Schicksal Pater Ferreiras, das wir ausforschen möchten, und über Inoue (Sie werden sich vielleicht erinnern, er ist derjenige, den Hochwürden Valignano in Makao den schrecklichsten Mann Japans nannte) werde ich Ihnen im nächsten Brief berichten. Ich bitte Sie, den Vizedirektor, Hochwürden Lucius de Sanctis, meiner immerwährenden Gebete und Verehrung zu versichern.

Auch heute regnet es. Garpe und ich haben unsere Körper im Stroh der Liegestatt vergraben und kratzen uns in der Dunkelheit. Um Kopf und Rücken krabbeln kleine Insekten, die uns nicht schlafen lassen. Die japanischen Läuse verhalten sich am Tag ruhig, bei Nacht aber belästigen uns diese unverschämten Dinger ohne jede Rücksichtnahme.

Da es nicht zu erwarten ist, daß in einer solchen Nacht irgendwer zu uns heraufsteigt, rasten wir nicht nur körperlich, sondern auch die Tag für Tag angespannten Nerven erholen sich. Begleitet vom Geräusch der zitternden Äste, dachte ich an Hochwürden Ferreira.

Die Bauern von Tomogi haben nicht die geringste Ahnung über seinen Verbleib. Aber es ist erwiesen, daß er bis 1633 in Nagasaki, das von hier etwa sechzehn Seemeilen entfernt ist, im Untergrund lebte. Und es war auch in jenem Jahr, daß der Briefverkehr zwischen ihm und Hochwürden Valignano so plötzlich aufhörte wie ein Faden, der von einer Schere durchschnitten worden ist. Ob er noch am Leben ist? Kann es sein, daß er, wie das Gerücht behauptet, vor den Heiden wie ein Hund in die Knie gegangen ist und die Sache im Stich ließ, für die er sein Leben eingesetzt hatte? Und wenn ich annehme, er lebt, wo und mit welchen Gefühlen lauscht er wohl jetzt diesem deprimierenden Geräusch des Regens?

„Wenn ich" — ich konnte nicht anders, ich mußte mich mit Garpe, der sich gerade mit den Läusen plagte, aussprechen. „Wenn ich nach Nagasaki ginge, wäre es doch möglich, daß ich auch Christen treffe, die etwas von Hochwürden Ferreira wissen."

Garpes Bewegungen setzten ab, und er räusperte sich in der Finsternis zwei-, dreimal.

„Werden wir gefangen, ist alles zu Ende. Außerdem geht das nicht nur uns zwei an. Wir bringen auch die Bauern hier, die uns Zuflucht gewährt haben, in Gefahr. Was wir aber keinesfalls vergessen dürfen, ist, daß wir in diesem Land die letzte Hoffnung für die Mission darstellen."

Ein Seufzer entrang sich meinen Lippen. Ich kenne die Stimmung, in der er jetzt, aufrecht im Stroh sitzend, starr zu mir herüberblickt, nur allzugut. In meinen Gedanken lasse ich die Gesichter von Mokichi, Ichizo und all den jungen Leuten des Dorfes vorüberziehen. Vielleicht könnte jemand anderer an unserer Stelle nach Nagasaki wandern? Nein, auch dies ist nicht ausführbar. Alle Leute hier müssen eine Familie ernähren, ganz anders als wir Priester, die wir weder Frau noch Kinder haben.

„Bitten wir doch Kichijiro!"

Da lachte Garpe mit verhaltener Stimme. Auch in meinem Herzen tauchte das Bild von Kichijiro auf, wie er auf dem Schiff sein Gesicht im Erbrochenen vergrub; ich sah ihn vor mir, wie er die fünfundzwanzig Matrosen feige und händeringend um Vergebung bat.

„Du bist wohl von Sinnen!" sagte mein Kamerad. „Oder findest du, daß man sich auf den verlassen kann?"

Auf diese Frage versanken wir beide in langes Schweigen. Draußen rauschte der Regen auf das Dach der Hütte, wie der Sand einer Sanduhr herabrinnt. Hier ist der Ort, wo sich Nacht und Einsamkeit vereinen.

„Ob auch wir ... einmal gleich Hochwürden Ferreira gefangengenommen werden?"

Wieder begann Garpe zu lachen. „Viel mehr als dieses

Problem bekümmern mich die Läuse, die auf meinem Rücken krabbeln!"

Seit wir in Japan gelandet sind, gibt sich Garpe stets aufgeräumt und munter. Möglicherweise gedachte er, mir und ihm selbst Mut einzuflößen, indem er sich immer zu einem Scherz aufgelegt zeigte. Was mich betrifft, so denke ich nie an die Möglichkeit einer Verhaftung. Der Mensch ist schon ein merkwürdiges Wesen, das in einem Winkel seines Herzens immer glaubt, die Gefahr würde natürlich die anderen treffen, er selbst könnte ihr aber entrinnen. Ein Regentag, an dem in der Ferne mattes Sonnenlicht einen Hügel übergießt, bietet einen guten Vergleich mit mir, dem der Gedanke meiner eigenen Verhaftung durch die Japaner gar nicht kommt Ich weiß nicht, warum, und es scheint mir selbst komisch, aber in dieser armseligen Hütte erfüllt mich das Gefühl immerwährender Sicherheit.

Endlich hörte der Regen auf, der drei Tage ununterbrochen gefallen war. Auch in der Hütte merkte man das ganz deutlich, denn durch die Ritzen in der Brettertür sickerten Strahlen weißen Lichtes.

„Gehen wir doch wenigstens für einen Augenblick hinaus!" forderte ich Garpe auf, der erfreut zustimmte.

Als wir die vom Regen durchtränkte Tür einen Spalt aufstießen, strömte uns wie eine hervorsprudelnde Quelle der Gesang der Vögel aus dem Dickicht entgegen. Noch nie hatte ich so intensiv gefühlt, welch ein Glück es war, zu leben.

In der Nähe der Hütte ließen wir uns nieder und schlüpften aus unseren Kleidern. Die Läuse, die sich reglos an den Säumen versteckten, glichen weißem Staub. Erfüllt von einem unbeschreiblichen Lustgefühl, zerdrückten wir eine nach der anderen. Ich könnte mir vorstellen, daß die Polizeibeamten mit solch einem Vergnügen die Christen töten.

Im Wald trieben noch Nebelfetzen, aber durch die Risse im Dunst schimmerten der blaue Himmel und das ferne Meer. Ans Meeresufer klammert sich eine Gruppe Häuser wie eine Auster: Tomogi.

Bei dem Anblick vergaßen unsere Hände auf das Töten der Läuse; lange Zeit eingeschlossen in die vier Wände unserer Hütte, konnten wir uns nun, ausgehungert nach einer von Menschen bewohnten Welt, an diesem Bild nicht sattsehen.

„Warum waren wir nur so ängstlich?" lachte Garpe, seine weißen Zähne entblößend, während er den nackten Körper mit den golden glänzenden Brusthaaren in sichtlichem Wohlbehagen der Sonne aussetzte.

„Mir scheint, wir haben die Gefahr allzusehr überschätzt. So ein Sonnenbad vergönnen wir uns jetzt öfters!"

Es folgte ein heiterer Tag nach dem anderen. Wir wurden immer kühner, und bald schreckten wir nicht mehr davor zurück, auch in den vom Geruch junger Blätter und nassen Schlammes erfüllten Wäldern, die sich an den Abhängen hinzogen, herumzuwandern. Auf solchen Spaziergängen ins Blaue bezeichnete dann Garpe unsere Hütte als Kloster und brachte mich mit seinen Scherzen zum Lachen.

„Jetzt gehen wir zum Kloster zurück und essen eine fette Suppe und Brot. Aber den Japanern verraten wir nichts!"

Wir gedachten des Lebens, das wir zusammen mit Ihnen in Lissabon im Kloster des heiligen Xavier geführt hatten. Und hier gibt es weder eine einzige Flasche Wein noch eine Schnitte Rindfleisch. Unsere Mahlzeiten in diesem Land bestehen aus gebratenen Kartoffeln und gekochtem Gemüse, aus dem, was uns eben die Bauern von Tomogi heraufbringen. Aber dennoch wuchs tief in meinem Herzen die Überzeugung, daß wir von Gott beschützt und vollkommen sicher seien.

Eines Tages saßen wir wieder wie gewöhnlich auf einem Stein zwischen der Hütte und dem Wald und sprachen über dies und jenes. Die Sonnenstrahlen der Abenddämmerung spielten durch die Äste. Im Licht des Abendhimmels, an dem sich noch der sinkende Tag anhielt, flog ein großer Vogel in einem schwarzen Bogen zum Hügel uns gegenüber.

„Irgendwer beobachtet uns!" sagte Garpe plötzlich mit leiser, aber durchdringender Stimme und duckte sich. „Bewege dich nicht! Bleib so sitzen, wie du bist!"

Dort auf dem Hügel, den die scheidende Sonne übergoß, auf diesem Hügel, zu dem gerade der Vogel über den Wald hinweggeflogen war, standen zwei Männer und blickten in unsere Richtung. Es war ganz klar, daß sie nicht Bauern aus Tomogi waren, die wir kannten. Starr wie Steine, rührten wir uns nicht und beteten nur, daß die westliche Sonne unsere Gesichter nicht beleuchten möge.

„Hallo, ist dort wer?" riefen die zwei Männer vom Gipfel des Hügels mit lauter Stimme herüber.

Wir zögerten, ob wir antworten sollten oder nicht, aber die Angst, daß unsere Worte Verdacht erregen würden, überwog, und wir gaben keinen Laut von uns.

„Sie steigen den Hügel hinunter und kommen auf uns zu!" sagte Garpe in unveränderter Haltung leise. „Nein, doch nicht, sie gehen in die andere Richtung."

Die Gestalten der Männer kletterten ins Tal hinab und wurden immer kleiner. Aber wir wissen natürlich nicht, wie genau uns die zwei Männer dort auf dem Hügel in den Strahlen der Abendsonne gesehen haben.

In dieser Nacht besuchte uns Ichizo, begleitet von einem Mann namens Magoichi, der die Funktion eines Vaters innehatte. Nachdem wir ihnen die Begebenheit des Abends erzählt hatten, starrte Ichizo erst einmal bewegungslos vor sich hin. Noch immer ohne ein Wort stand er dann auf und sagte etwas zu Magoichi, worauf die beiden begannen, die Bretter des Bodens aufzureißen. Danach nahmen sie die Hacke, die an der Brettertür hing, und gruben ein Loch in die Erde. Ihr die Hacke schwingender Schatten bewegte sich auf der Wand. Nachdem sie eine Grube geschaufelt hatten, in der wir beide Platz finden konnten, legten sie diese mit Stroh aus und bedeckten sie wieder mit den Brettern. In diesem Loch sollten wir uns in Zukunft im Notfall verstecken.

Seit jenem Tag ließen wir in allem und jedem Vorsicht walten. Wir wagten uns nie mehr aus der Hütte, und auch bei Nacht vermieden wir es, ein Licht anzuzünden.

Der nächste Vorfall ereignete sich am fünften Tag danach. An diesem Tag waren wir spät zur Ruhe gekommen, denn wir hatten einem Säugling, den zwei Männer, die Väter in der religiösen Vereinigung waren, und seine Mutter Matsu heraufgebracht hatten, die geheime Taufe gespendet. Es war die erste Taufe, die wir durchführten, seit wir nach Japan gekommen waren. In dieser Holzkohlenhütte hatten wir natürlich weder Kerzen noch Musik, eine kleine Teetasse, die schon gesprungen war, diente bei der Zeremonie als Gerät. Aber selbst die Feste in den größten Kirchen haben in mir nicht jene Freude geweckt, die mich erfüllte, als Garpe mit würdevoller Stimme in unserer armseligen Hütte die Taufgebete rezitierte, während der Säugling schrie, Matsu ihn tröstend liebkoste und einer der Männer vor der Türe Wache stand. Solch ein Glück wird wohl nur einem Missionar in fremdem Land zuteil! Als wir die Stirn des Säuglings mit dem Taufwasser benetzten, legte er diese in Falten und brach wieder in Weinen aus. Kleiner Kopf, schmale Augen, du Gesichtlein, auch du wirst bald wie Mokichi und Ichizo Bauer werden. Auch diesem Kind ist es bestimmt, wie sein Vater, wie sein Großvater gleich einem Haustier das karge Land, das an jenes finstere Meer grenzt, zu bestellen, ist es bestimmt, gleich einem Haustier zu enden. Aber Christus hat sich nicht für das Schöne und für das Gute aufgeopfert. Ich erfaßte in dieser Stunde mit einemmal, daß es leicht ist, für schöne und gute Menschen zu sterben, aber daß es bitter schwer ist, sein Leben für die Elenden und die Verderbten hinzugeben.

Nachdem sie den Heimweg angetreten hatten, verkrochen wir uns müde ins Stroh. In der Hütte schwebte noch der Geruch des Fischöls, das die Männer mitgebracht hatten. Wieder traten die Läuse ihre genüßlichen Spaziergänge auf unseren Rücken und Schenkeln an. Ich weiß nicht, wie lange ich geschlafen hatte. Ich war wohl nur kurz eingenickt, als Garpes übliches entspanntes Schnarchen mich aus dem Schlaf riß. Mir schien auch, daß jemand in Abständen an der Tür rüttelte. Zuerst hielt ich dies für den Wind, der vom Tal heraufwehte und an die Tür stieß. Ich krabbelte aus dem Stroh und berührte mit meinen Fingern leicht die Bretter des Bodens, unter denen sich das versteckte Loch befand, welches Ichizo für uns gegraben hatte. Das Rütteln an der Tür hörte auf. Gedämpft vernahm ich die traurige Stimme eines Mannes.

„Padre, Padre!"

Dies war nicht das vereinbarte Zeichen der Bauern von Tomogi. Wäre es einer von ihnen gewesen, hätte er nach unserer Übereinkunft dreimal leicht an die Türe geklopft. Auch Garpe, endlich aufgewacht, lauschte wie erstarrt.

„Padre." Wieder drang die traurige Stimme herein. „Sie brauchen sich vor uns nicht zu fürchten!"

Wir hielten in der Finsternis unseren Atem an und schwiegen. Welch ein törichter Polizeibeamter, der versucht, uns auf diese Weise in eine Falle zu locken!

„Glauben Sie uns nicht?... Wir sind Bauern aus dem Dorf Fukazawa... Schon lange möchten wir einen Padre treffen. Wir wollen beichten."

Anscheinend entmutigt durch unser Schweigen, gaben sie es auf, an der Tür zu klopfen. Ihre Fußtritte entfernten sich betrübt. Da griff ich mit der Hand nach der Tür, um sie zu öffnen. Ja, ich muß aufmachen, selbst wenn es Polizeibeamte sind, die uns eine Falle stellen, dachte ich. Denn in meinem Herzen erschallte unüberhörbar eine Stimme, die mich fragte: „Und was ist, wenn es wirklich Christen sind?" Ich war ein Priester und als solcher geboren, um den Menschen zu dienen. Ich schämte mich, daß ich aus körperlicher Angst gezögert hatte, dieser Aufgabe nachzukommen.

„Was machst du?" stieß Garpe hervor. „Bist du verrückt?"

„Es ist egal, wenn ich verrückt bin. Es ist doch meine Pflicht!"

Ich öffnete die Tür. Bleich versilberte das Mondlicht Erde und Wald. Zwei Männer, Bettlern gleich in Lumpen gehüllt, hockten wie Hunde am Boden. Jetzt wandten sie sich mir zu.

„Padre, glauben Sie uns nicht?" Ich merkte, daß Blut vom Fuß des einen Mannes tropfte. Sicher hatte er sich, als sie den

Berg heraufstiegen, an einem Baumstumpf verletzt. Die beiden brachen fast vor Erschöpfung zusammen. Kein Wunder. Denn von der Insel Goto, die zwanzig Seemeilen entfernt im Meer liegt, hatten sie nur zwei Tage bis in diese Gegend gebraucht.

„Wir sind schon länger hier. Vor fünf Tagen haben wir uns dort drüben auf dem Hügel versteckt und herübergeschaut."

Einer von ihnen wies mit dem Finger in die Richtung jenes Hügels gegenüber der Hütte. Diese zwei Männer waren es also gewesen, die uns neulich in der Dämmerung reglos beobachtet hatten.

Wir forderten sie auf, in die Hütte zu kommen. Die getrockneten Kartoffeln, die uns Ichizo mitgebracht hatte, steckten sie mit beiden Händen in den Mund und verschlangen sie gierig wie Tiere. Es war nicht zu übersehen, daß sie zwei Tage fast nichts mehr zu sich genommen hatten.

Während sie aßen, fragten wir sie, ob irgendwelche Gerüchte über unseren Aufenthalt im Umlauf seien. Wer hatte sie eigentlich von unserer Existenz unterrichtet? Das war die Frage, die uns am meisten am Herzen lag.

„Kichijiro, ein Christ aus unserer Gegend, hat uns von Ihnen erzählt."

„Kichijiro?"

„Ja, Padre."

Noch immer Kartoffeln zum Mund führend, kauerten sie wie Tiere im flackernden Schein der Fischöllampe. Der eine Mann besaß fast keine Zähne mehr. Jetzt entblößte er die restlichen zwei, als er wie ein Kind lachte. Der andere Mann saß angespannt und befangen vor uns ausländischen Priestern.

„Aber Kichijiro ist doch kein Christ."

„Padre, er ist ein Christ."

Diese Antwort kam nun doch unerwartet, obwohl wir schon immer vermutet hatten, daß jener Mensch in irgendeiner Beziehung zum Christentum stand.

Nach und nach erfuhren wir den Sachverhalt. Allem zum Trotz war Kichijiro ein Christ, aber einer, der seinen Glauben bereits einmal aufgegeben hatte. Vor acht Jahren hatte ein

Denunziant, der der Familie Kichijiros aus irgendeinem Grund grollte, ihn, seinen älteren Bruder und seine jüngere Schwester angezeigt. Sie wurden einem Verhör unterzogen, bei dem sich Bruder und Schwester weigerten, mit den Füßen auf ein Bild, das das Antlitz des Herrn darstellte, zu treten. Kichijiro jedoch rief sofort, als die Beamten ihm ein wenig drohten, daß er bereit sei, von seinem Glauben abzulassen. Seinen Bruder und seine Schwester warf man in den Kerker; er wurde freigelassen, kehrte aber nicht mehr ins Dorf zurück.

Manche Leute behaupteten, sie hätten unter der Menge, die am Tag, als die Verurteilten auf dem Scheiterhaufen den Tod fanden, die Hinrichtungsstätte umwogte, diesen Feigling erblickt. Sein Gesicht sei schmutzig wie das eines herumstreunenden Hundes gewesen. Da er nicht einmal imstande war, dem Martyrium von Bruder und Schwester auch nur zuzusehen, sei er alsbald verschwunden.

Sie berichteten uns noch eine andere erstaunliche Neuigkeit. Alle Bewohner der Ortschaft Odomeri waren der Christenverfolgung entgangen, und auch heute noch huldigten sie unbemerkt von den Augen der Behörde der christlichen Lehre. Aber nicht nur in Odomeri, ebenso in den benachbarten Siedlungen und Dörfern Miyahara, Dozaki und Egami verbergen sich eine Menge Christen, die nach außen hin vorgeben, Buddhisten zu sein, in Wahrheit jedoch an unseren Gott glauben. Auf den Tag, an dem wir Priester wieder über das weite Meer zu ihnen kommen, sie segnen und ihnen beistehen würden, auf jenen Tag haben sie seit langem gewartet.

„Und Beichte oder Messe haben wir keine. Nur unsere Gebete verrichten wir alle", sagte der Mann mit dem blutbeschmierten Fuß. „Darum kommen Sie bitte schnell in unser Dorf! Auch die kleinen Kinder kennen schon die Worte der Gebete und freuen sich auf den Tag, an dem ein Padre sie besucht."

Der Mann mit den gelben Zahnstumpfen öffnete seine Lippen, wodurch er den Blick auf die dunkle Mundhöhle freigab, und nickte zustimmend. Das Fischöl knackte beim

Verbrennen in der Stille wie Bohnen, wenn man sie aufbricht. Konnten denn Garpe und ich auf diese flehentlichen Bitten hin einfach den Kopf schütteln? Bis heute waren wir zu ängstlich gewesen. Im Vergleich zu jenen Bauern, die im Freien übernachteten und sich auch von einem verwundeten Bein nicht abhalten ließen, zu uns heraufzusteigen, war unsere Furcht wirklich allzu übertrieben gewesen.

Der Himmel färbte sich weiß, kalte Luft, die den milchfarbenen Morgen ankündigte, stahl sich in die Hütte. Wie sehr wir ihnen auch zuredeten, die Bauern schlüpften nicht unter das Stroh, sondern schliefen im Sitzen, die Arme um die Knie gelegt. Nicht lange, und die Strahlen des Morgenlichtes drangen schon durch die Lücken zwischen den Brettern.

Zwei Tage später berieten wir mit den Gläubigen von Tomogi unsere Reise nach Goto. Schließlich entschieden wir, daß Garpe hierbleiben, ich aber fünf Tage lang mit den Christen von Goto Fühlung aufnehmen würde. Die Leute von Tomogi sahen bei diesem Gespräch nicht übermäßig glücklich aus. Manche sprachen offen davon, daß man uns womöglich auf diese Weise in eine Falle locken wollte.

In der vereinbarten Nacht schickte man ein Boot an die Küste von Tomogi. Mokichi und noch ein anderer Mann warteten mit mir, der ich in das Gewand japanischer Bauern gekleidet war, am Ufer, und sie geleiteten mich schließlich zum Schiff. Dann hallte auf dem mondlosen tiefdunklen Meer nur noch das Knarren der Ruder regelmäßig wider. Der Mann, der die Ruder führte, sprach kein Wort. Als wir auf das offene Meer hinausfuhren, wogten gewaltige Wellen gegen das Schiff.

Plötzlich bekam ich Angst. Mißtrauen streifte mich. War es nicht möglich, daß dieser Mann tatsächlich, so wie die Leute von Tomogi argwöhnten, als Werkzeug diente, mich zu verkaufen? Warum holte mich nicht der Mann mit dem verletzten Bein oder sein Gefährte? Unheimlich ausdruckslos wie ein Buddhabildnis starrte der Japaner am Ruder vor sich hin. Ich kauerte am Bug und zitterte, aber nicht wegen der

Kälte, es war nackte Angst. Doch du mußt fahren, ermahnte ich mich.

Das nächtliche Meer erstreckte sich in schwarzer Grenzenlosigkeit, am Himmel blinkte kein einziger Stern. Zwei Stunden vergingen so in dieser dunklen Nacht, da merkte ich, daß sich der pechschwarze Schatten einer Insel langsam neben dem Schiff bewegte. Endlich belehrte mich der Mann, daß dies Kabashima in der Nähe von Goto sei.

Als wir den Strand erreichten, wurde mir vor Seekrankheit, Müdigkeit und Anspannung schwindlig. Unter den Gesichtern der drei Fischer, die mich erwarteten, sah ich nach längerer Zeit das unterwürfige, feige Antlitz Kichijiros wieder. Im Ort waren alle Lampen ausgelöscht. Als ob etwas Feuer gefangen hätte, bellte irgendwo im Dorf ein Hund.

Die Bauern und Fischer von Goto warteten tatsächlich so hart auf einen Priester, wie man es uns geschildert hatte. Ich weiß momentan gar nicht, wie ich diese Situation bewältigen soll. Nicht einmal zum Schlafen finde ich Zeit. Einer nach dem anderen kommt in mein Versteck, ohne sich auch nur im geringsten um das Verbot der christlichen Lehre zu kümmern. Den Kindern spende ich die Taufe, und den Erwachsenen nehme ich die Beichte ab. Obwohl ich vom Morgen bis zum Abend beschäftigt bin, nimmt die Zahl derer, die mich aufsuchen, kein Ende. Wie eine Karawane nicht vom Wasser ablassen kann, nachdem sie durch die Wüste gezogen ist, trinken sie gierig meine Worte. In dem windschiefen Bauernhaus, das als Ersatz für eine Kirche dient, drängen sie sich, um ihre Sünden zu beichten, wobei sie ihre Lippen an mein Ohr bringen und mir fast übel wird von ihrem Mundgeruch. Sogar die Kranken schleppen sich zu mir.

„Padre..., hören Sie mich bitte an!"

„Padre..., hören Sie mich bitte an!"

Kichijiro aber bewegt sich unbegreiflicherweise mit stolzgeschwellter Brust unter den Dorfleuten, welche, ganz anders als früher, um ihn ein Aufhebens wie mit einem Helden machen.

Natürlich brüstet er sich nicht ganz zu Unrecht, denn ohne ihn wäre auch ich, der Priester, nicht hier. Dieses Verdienst scheint alle Ereignisse der Vergangenheit, auch die Tatsache, daß er einmal vom Glauben abgefallen ist, aufzuwiegen. Wahrscheinlich hat dieser Trunkenbold aber zusätzlich vor den Gläubigen über sein Leben in Makao und die Schiffsreise aufgeschnitten, und es könnte sein, daß er die Sache so hinstellt, als ob es ihm ganz allein zu verdanken sei, daß die beiden Priester nach Japan gekommen sind. Jedoch ich habe nicht vor, ihn deswegen zur Rede zu stellen. Kichijiros Geschwätzigkeit ist mir zwar lästig, doch ich kann nicht ableugnen, daß auch ich ihm zu Dank verpflichtet bin. Als ich ihm empfahl, zur Beichte zu gehen, gestand er gehorsam alle seine begangenen Sünden.

Darauf verordnete ich, daß er stets der Worte des Herrn eingedenk bleiben sollte, die da lauten: „Wer immer also mich bekennen wird vor den Menschen, den werde auch ich bekennen vor meinem himmlischen Vater. Wer immer aber mich verleugnen wird vor den Menschen, den werde auch ich verleugnen vor meinem himmlischen Vater."

Bei dieser Gelegenheit hockt Kichijiro da wie ein geprügelter Hund und schlägt mit der Hand auf seine Stirne. Dieser Mann ist von Natur aus ein Schwächling, der einfach keinen Funken Mut aufzubringen vermag. Sein Charakter an sich ist gut; ich beschwor ihn ernstlich, daß ihn nicht der Alkohol von seiner Willensschwäche und Feigheit, welche ihn schon bei der geringsten Gewaltanwendung erzittern ließen, befreien könne, sondern einzig und allein die Kraft des Glaubens.

Ich habe mich nicht geirrt in der Mutmaßung, die ich seit längerem hegte. Was hoffen die japanischen Christen durch mich zu erlangen? Die Antwort lautet, daß diese Leute, die man arbeiten läßt wie Vieh und die wie Vieh sterben müssen, in unserer Lehre einen ersten Hoffnungsschimmer entdeckt haben, der sie auf geradem Wege zur Befreiung von ihren Fesseln geleitet. Die buddhistischen Mönche aber standen auf der Seite derer, die sie wie Rinder ausnützten, und ließen sie lange Zeit in dem Glauben, daß Leben Verzicht bedeute.

Bis zum heutigen Tage habe ich ungefähr dreißig Erwachsenen und Kindern die Taufe gespendet. Nicht nur von hier, auch von weit über die Berge hinter dem Ort kommen Gläubige aus Miyahara, Kuzushima und Harajika heimlich herbei. Über fünfzig Menschen habe ich bereits die Beichte abgenommen. Nach der Messe am Sonntag sprach ich zum erstenmal vor ihnen allen und betete gemeinsam mit ihnen. Die Bauern starrten mich mit von Neugier erfüllten Augen an. Während ich redete, zogen ab und zu das Antlitz des Herrn bei der Bergpredigt und die Gestalten der Menschen, die halb liegend oder die Knie umarmend hingegeben seinen Worten lauschten, durch meinen Sinn. Warum denke ich immer wieder auf diese Weise an das Antlitz des Herrn? Vielleicht weil es in der Bibel nirgendwo beschrieben ist. Weil es keine Beschreibung gibt, ist das Gesicht des Herrn meiner Einbildung überlassen, und seit meiner Kindheit habe ich es in meinem Busen gehegt und gepflegt, so wie andere das Antlitz ihrer Geliebten verschönern. Im Seminar und später im Kloster rief ich mir immer, wenn ich des Nachts keinen Schlaf fand, sein schönes Antlitz vor die Augen. Jedoch ganz abgesehen davon, ich weiß genau, daß diese Zusammenkünfte mit den Gläubigen äußerst gefährlich sind. Früher oder später wird die Behörde auf unser Treiben aufmerksam werden.

Auch hier ist das Schicksal von Hochwürden Ferreira nicht bekannt. Wohl traf ich zwei betagte Gläubige, die erzählten, daß sie ihn früher gesehen haben. Als Ergebnis dieser Begegnung erfuhr ich nur, daß Hochwürden Ferreira in einem Ort namens Shinmachi nahe Nagasaki ein Heim für Findelkinder und Kranke eingerichtet haben soll. Dies ereignete sich natürlich vor der Verschärfung der Christenverfolgung. Während dieses Gespräches tauchte in meinem Herzen verschwommen das Angesicht jenes Lehrers auf, sein kastanienbrauner Bart, der das Kinn bedeckte, und der Blick seiner ein wenig tiefliegenden Augen. Ob er wohl den armseligen Christen Japans ebenso die Hand auf die Schultern gelegt hatte wie seinerzeit uns Studenten? „War dieser Padre...", mit Absicht stellte ich eine solche Frage, „war er ein Mensch, vor dem man Angst hat?" Die alten Männer schauten mich an und schüttelten eifrig die Köpfe. Mit ihren zitternden Lippen murmelten sie, daß sie niemals einen so freundlichen Menschen gesehen hätten.

Vor meiner Rückkehr riet ich den Leuten dieses Ortes, eine Vereinigung gleich der zu bilden, die die Gläubigen von Tomogi in der Zeit ohne Priester insgeheim organisiert hatten. Ich sagte ihnen, daß es meiner Meinung nach in der momentanen Situation keinen besseren Weg gäbe, als mit Hilfe von sogenannten Vätern und Großvätern, die von ihnen gewählt würden, die Glaubenslehre an die Jugend und an die in Zukunft Geborenen weiterzugeben. Die Leute des Ortes zeigten auch Interesse an dieser Methode, aber als es zur Entscheidung kam, wer nun Großvater oder Vater sein sollte, gerieten sie sich, ganz ein Abbild des Wahlvolkes von Lissabon, in die Haare. Besonders Kichijiro beharrte hartnäckig darauf, daß ihm ein Amt zustehe.

Noch ein weiterer Punkt ist hervorzuheben, eine Sache, die mir auch schon bei den Leuten von Tomogi aufgefallen war. Wie auch diese baten mich die hiesigen Bauern häufig um ein kleines Kreuz, Medaillon oder Heiligenbild. Sagte ich ihnen darauf, daß ich solcherlei Dinge alle auf dem Schiff zurückgelassen hätte, wurde ihre Miene traurig und enttäuscht. So blieb mir nichts anderes übrig, als von meinem Rosenkranz eine Kugel nach der anderen herabzufädeln und unter sie zu verteilen. Obwohl natürlich nichts dagegen zu sagen ist, daß die japanischen Christen diese Gegenstände verehren, erregt dieses Phänomen bei mir doch allmählich eine sonderbare Unruhe. Ich frage mich, ob da nicht irgendein Mißverständnis vorliegt.

In der Nacht des sechsten Tages brachte man mich wieder heimlich auf ein Boot, und wir ruderten ins nächtliche Meer hinaus. Wieder knarrten die Ruder, und mit monotonem Rauschen wuschen die Wellen an das Schiff. Kichijiro stand vorne am Bug und sang mit leiser Stimme ein Lied. In der

Erinnerung an die unerklärliche Furcht, die mich während der Überfahrt vor fünf Tagen plötzlich befallen hatte, lächelte ich. Alles und jedes war prächtig abgelaufen. In solche Gedanken vertieft, sann ich vor mich hin.

Seit wir in Japan angekommen sind, ist alles eigentlich viel leichter vonstatten gegangen, als wir es uns vorgestellt hatten. Ohne uns selbst in Gefahr zu begeben, vermochten wir nach und nach eine Menge Christen kennenzulernen, die bis zum heutigen Tag von den Polizeibeamten nicht aufgespürt worden waren. Ich frage mich sogar, ob nicht Hochwürden Valignano in Makao die japanische Christenverfolgung überschätzt hat. Eine Empfindung, weder mit Freude noch mit Glücksgefühl ausreichend zu beschreiben, erdrückte mir plötzlich fast die Brust. Es war das Gefühl der Befriedigung, von Nutzen zu sein. Ja, ich nütze den Menschen in diesem Lande am Ende der Welt, in diesem Lande, das Sie überhaupt nicht kennen.

War es wegen dieser Gedanken — auf jeden Fall erschien mir die Rückfahrt bei weitem nicht so lange wie die Hinfahrt. Und als das Schiff knirschend auf Grund stieß, wunderte ich mich, daß wir schon in Tomogi angekommen waren.

Ich verbarg mich am Sandstrand und wartete alleine auf Mokichi und die anderen, die mich abholen würden. Mir kam vor, daß auch diese Vorsichtsmaßnahme eigentlich überflüssig war. Zufrieden erinnerte ich mich der Nacht, in der Garpe und ich zum erstenmal den Fuß auf japanische Erde gesetzt hatten.

Schritte waren zu hören.

„Padre!"

In übergroßer Freude sprang ich auf und schlug die sandbeschmutzten Hände zusammen.

„Sie müssen fliehen, schnell, Sie müssen fliehen!" stieß Mokichi hastig hervor und drängte mich weiter.

„Die Beamten... im Dorf..."

„Beamte...?"

„Ja, Padre, die Beamten haben uns entdeckt!"

„Auch uns?"

Mokichi schüttelte eilig den Kopf. Sie hatten noch nicht gemerkt, daß wir hier verborgen waren. Es schien mir, als ob Mokichi und Kichijiro mich an den Händen mitzögen; wir rannten in die der Ortschaft entgegengesetzte Richtung, hinaus auf die Felder. Dort eilten wir, so gut es ging in den Kornähren Deckung suchend, auf den Berg zu, über den der Weg zu unserer Hütte führte. Ein leichter Nieselregen fiel. Endlich begann die japanische Regenzeit.

V.

Brief des Sebastian Rodrigo

Vorderhand scheint es, als ob ich Ihnen weiterhin Briefe schreiben könnte. Ich habe Ihnen schon berichtet, daß Beamte im Dorf eine Untersuchung durchführten, als ich von der Missionsarbeit auf Goto zurückkehrte; beim Gedanken, daß Garpe und ich unentdeckt geblieben sind, erfüllt mich tiefe Dankbarkeit.

Zum Glück ließen die Väter der Organisation vor der Ankunft der Beamten alle verräterischen Gegenstände, wie Heiligenbilder oder Kreuze, schnell verschwinden. Wie wertvoll diese religiöse Vereinigung wirklich ist, erweist sich erst richtig in solchen Situationen. Alle setzten mit unschuldigen Mienen ihre Arbeit auf den Äckern fort. Der Großvater genannte alte Mann antwortete schwerfällig und mit teilnahmslosem Gesicht auf die Fragen der Beamten, als ob er von nichts wüßte. Mit der der Landbevölkerung eigenen Weisheit täuschte er gegenüber seinen Unterdrückern Dummheit vor. Nach einem langen Dialog resignierten die Abgesandten der Behörde schließlich erschöpft und räumten das Feld.

Als Ichimatsu und Omatsu uns dies erzählten, entblößten sie mit triumphierendem Lachen die Zähne. Ihre Züge enthüllten die Schlauheit derjenigen, die immer nur mißhandelt werden.

Jedoch bis zum heutigen Tag haben wir keine Ahnung, wer uns bei den Beamten denunziert hat. Sicherlich war es niemand aus Tomogi. Nichtsdestoweniger begegnen sich die Dorfbewohner mit zunehmendem Argwohn. Es wäre schrecklich, würden sie sich deswegen entzweien.

Davon abgesehen aber herrscht vollkommener Friede in dem Dorf, seitdem ich zurückgekommen bin. Sogar in unserer Hütte heroben hört man untertags das Gackern der Hühner. Rot blühend erstreckt sich am Fuße des Berges ein Teppich von Blumen.

Auch in Tomogi erfreut sich Kichijiro großer Beliebtheit, seitdem er mit uns zusammen zurückgekehrt ist. Die Leute erzählen uns, daß dieser Luftikus ein Haus nach dem anderen mit seinem Besuch beehrt, wobei er sich dann mit den Verhältnissen auf Goto brüstet. Damit es womöglich ein jeder im Dorf erfährt, schwätzt er auf seinen Rundgängen über die unbeschreiblich herzliche Aufnahme, die ich in jenem Dorf erfuhr, und er vergißt nicht zu betonen, welches Aufheben um ihn selbst, der er mich mitgebracht hatte, gemacht worden sei; auf das hin erhält er von den Bauern jedesmal etwas zum Essen, und gelegentlich spendet man ihm sogar einen Schluck Alkohol.

Einmal kam er in angetrunkenem Zustand mit zwei, drei Burschen zu unserer Hütte herauf. Während er sich mit der Hand dauernd über das dunkelrote Gesicht strich, prahlte er: „Padre, he! Ich, der Kichijiro, gehe mit dir. Wenn der Kichijiro bei dir ist, dann brauchst du vor nichts mehr Angst zu haben!" Als er merkte, daß die Augen der jungen Männer mit einem Ausdruck von Verehrung auf ihn gerichtet waren, geriet er in immer bessere Laune. Schließlich gab er ein Lied von sich. Nachdem er zu Ende gesungen hatte, lallte er nochmals: „Wenn der Kichijiro bei dir ist, gibt's nichts zum Fürchten!", streckte die Beine von sich und versank in tiefen Schlaf. Ob er nun ein Großmaul ist oder ein Einfaltspinsel, ich kann es nicht beurteilen. Auf jeden Fall ist er ein Mensch, den man nicht wirklich zu hassen vermag.

Nun möchte ich die Gelegenheit nützen und Ihnen noch ein bißchen mehr über das Leben der Japaner erzählen. Da sich mein Bericht auf das, was ich selbst in Tomogi erlebt bzw. von den hiesigen Bauern gehört habe, beschränken muß, ist er natürlich nicht repräsentativ für ganz Japan.

Als erstes sollten Sie wissen, daß es den Bauern von hier noch viel schlechter geht als denen in den abgeschiedensten Gegenden Portugals. Sogar die reichen Bauern kennen den Genuß von Reis, dem Hauptnahrungsmittel der Oberschicht, nur zweimal im Jahr. Gewöhnlich bestehen ihre Mahlzeiten aus Kartoffeln und einer Rettichsorte, die man hier „Daikon" nennt. Dazu trinken sie warmes Wasser. Als zusätzliche Nahrungsmittel verwenden sie Wurzeln von verschiedenen Pflanzen, die sie ausgraben. Ganz sonderbar ist die Art und Weise, wie die Leute sitzen. Sie unterscheidet sich vollkommen von der unseren. Sie legen nämlich die Knie auf den Fußboden oder auf die Erde und lassen den Körper auf den Beinen ruhen, so daß sie eigentlich hocken. Für die Japaner bedeutet dies eine Erholung, Garpe und ich aber mußten eine schmerzhafte Schule durchmachen, ehe wir uns daran gewöhnten.

Nun zu den Häusern. Sie haben Strohdächer; weil sie sehr schmutzig sind, stinkt es im Innern. Nur zwei Höfe in Tomogi besitzen Rinder und Pferde.

Der Lokalfürst herrscht unumschränkt über seine Untertanen; er verfügt über viel mehr Macht als ein Monarch eines christlichen Landes. Besonderes Gewicht wird auf die jährlichen Steuern gelegt. Die Eintreibung ist außerordentlich streng. Versäumt jemand die Frist, so straft man ihn mit erbarmungsloser Härte. Dies bildete auch die Ursache des Aufstandes von Shimabara, die Bauern wollten einfach die Belastung durch die jährlichen Steuern und die Grausamkeit der Eintreibung nicht mehr ertragen und lehnten sich gegen die Feudalherren auf. In Tomogi erzählt man die Geschichte eines Mannes namens Mozaemon, der vor fünf Jahren fünf Säcke Reis nicht ablieferte. Daraufhin warf man seine Frau und Kinder als Geiseln in das Wassergefängnis. Die Bauern sind die Sklaven der Samurai genannten Ritter, und über diese wiederum herrscht der Lokalfürst. Die Ritter schätzen die Waffen sehr hoch; ganz egal, welche Stellung sie bekleiden, ab dem

Alter von dreizehn oder vierzehn Jahren stecken sie sich alle ein kurzes und ein langes Schwert an die Hüfte. Die Feudalherren besitzen absolute Macht über die Samurai; sie können sie nach Belieben und ohne sich vor irgend jemand rechtfertigen zu müssen, töten und deren Vermögen ihrem eigenen Besitz einverleiben.

Im allgemeinen tragen die Japaner weder im Winter noch im Sommer eine Kopfbedeckung, auch ihr Gewand scheint keinerlei Schutz gegen die Kälte zu bieten. Es ist hier üblich, daß das Kopfhaar mit einer Zange ausgezogen wird, so daß die Leute vollkommen kahl sind, nur in der Gegend des Nackens bleibt ein Büschel langer Haare übrig, welche man zusammenbindet. Die buddhistischen Priester rasieren sich die Haare zur Gänze, desgleichen auch die Leute, die ihr Haus bereits dem Sohn übergeben haben, und viele Ritter...

Entschuldigen Sie die plötzliche Unterbrechung. In den folgenden Zeilen möchte ich Ihnen so wahrheitsgetreu wie möglich die Ereignisse schildern, die sich seit dem fünften Juni zugetragen haben. Es kann leicht sein, daß dieser Bericht sehr kurz wird. In der jetzigen Situation müssen wir jeden Augenblick darauf gefaßt sein, daß auch wir in Gefahr geraten. Lange und ausführlich zu erzählen ist daher keine Gelegenheit.

Es war am fünften Juni gegen Mittag, als wir auf einmal das Gefühl hatten, im Dorf unten habe irgend etwas den gewohnten Gang der Dinge unterbrochen. An heiteren und sehr ruhigen Tagen klangen zwar oft das Bellen der Hunde und das Gackern der Hühner bis zu uns herauf, und wir, die wir einsam in dieser Hütte versteckt waren, empfanden diese Stimmen sogar als gewissen Trost; es war dies also nichts Besonderes. Heute aber waren wir aus irgendwelchen unerklärlichen Gründen beunruhigt. Von einer bösen Ahnung getrieben, schlichen wir uns bis zum Wald. An dessen östlicher Seite konnte man den Ort zu Füßen des Berges mit einem Blick erfassen.

Als erstes fiel uns in die Augen, daß auf der Straße, die sich entlang der Küste hinzog, eine weiße Staubwolke aufstieg. Was war da los? Wie von Sinnen raste ein ungesatteltes Pferd aus dem Dorf heraus. Am Ausgang des Dorfes erkannten wir fünf Männer, die ganz offenkundig keine Bauern waren, sondern dort hingestellt, um einen etwaigen Fluchtversuch aus dem Dorf zu vereiteln.

Augenblicklich wurde uns klar, was dies bedeutete. Die Beamten waren zurückgekommen. Sie durchsuchten das Dorf zum zweitenmal. Garpe und ich machten kehrt, rannten stolpernd und uns fast überstürzend zur Hütte, suchten alles zusammen, was die Bewohner der Hütte verraten könnte, und vergruben es in das Loch, das Ichizo seinerzeit ausgehoben hatte. Nachdem wir diese Arbeit beendet hatten, nahmen wir allen unseren Mut zusammen und beschlossen, in den Wald hinabzusteigen, um die Vorgänge im Dorf aus größerer Nähe zu beobachten.

Im Ort war es totenstill. Weiße Sonnenstrahlen brannten auf Häuser und Straße herab. Kein Laut schien sich zu regen, auch das Bellen des Hundes, das der Luftzug gerade noch hergetragen hatte, war verstummt. Tomogi machte den Eindruck einer menschenleeren Ruine. Anderseits spürte ich fast körperlich das Schweigen dieser Menschen, die hier wohnten. Ein entsetzliches Schweigen umhüllt den ganzen Ort. Ich betete inbrünstig. Wohl wußte ich, daß man nicht um Segen und Glück auf dieser Erde beten sollte, aber obwohl ich dies wußte, brachte ich kein anderes Gebet über die Lippen, als daß dieses entsetzliche mittägliche Schweigen den Ort verlassen möge.

Der Hund bellte wieder, die Männer, die den Ausgang des Dorfes bewacht hatten, rührten sich. In ihrer Mitte erkannte ich die Figur jenes alten Mannes, den die Leute Großvater nannten — in Stricken gebunden! Ein Ritter mit schwarzem Hut rief etwas vom Pferd herab, das wir natürlich nicht verstehen konnten, worauf die Männer sich in einer Reihe hinter dem alten Mann aufstellten und — die Blicke auf seinen Rücken geheftet — abmarschierten. Der Ritter schwang die

Peitsche empor und galoppierte, weißen Staub aufwirbelnd, auf der Straße davon; unterwegs blickte er sich noch einmal um. Dieses Bild — das Pferd, das sich aufbäumt, der alte Mann, der, von den Männern mitgezerrt, den Weg entlang taumelt —, dieses Bild weicht nicht mehr von meinen Augen. Wie eine Reihe Ameisen bewegte sich der Zug ohne Ende auf der weißen Straße in der Glut des Mittags, bis er schließlich immer kleiner wurde und entschwand.

In der folgenden Nacht schilderte uns Mokichi, der mit Kichijiro auf den Berg heraufkam, die Ereignisse noch genauer. Die Beamten erschienen vor Mittag. Zum Unterschied vom letztenmal hatten die Dorfbewohner diesmal keine Vorwarnung erhalten. Eilig flohen sie in ihre Häuser. Die Ritter brüllten zornig auf ihre Männer ein und jagten auf ihren Pferden kreuz und quer durch das ganze Dorf. Obwohl sich bald herausstellte, daß in keinem einzigen Haus ein Beweisstück für den christlichen Glauben seiner Bewohner zu entdecken war, zogen sie sich nach der vergeblichen Suche nicht wie bei ihrem letzten Versuch zurück.

Alle Bauern wurden zusammengerufen, und ein Ritter kündigte ihnen an, daß sie, falls kein Geständnis abgegeben würde, eine Geisel mitnähmen. Jedoch keiner der Bauern öffnete den Mund.

„Wir haben regelmäßig die jährlichen Steuern bezahlt und unsere Fronarbeit geleistet, wie es unsere Pflicht ist", sagte der Großvater schließlich entschlossen zu den Rittern. „Unsere Toten lassen wir im Tempel begraben."

Ohne ihn einer Antwort zu würdigen, wies der Ritter mit der Spitze der Peitsche auf ihn. Im selben Augenblick schon legte ein Polizeibeamter, der hinter der Gruppe bereitgestanden war, den Alten in Stricke.

„Ich warne euch, nehmt euch in acht! Wir verhandeln hier nicht! Uns ist dieser Tage eine Klage zugekommen, die besagt, daß unter euch welche sind, die an den verbotenen Christus glauben. Wer mir die Gesetzesbrecher wahrheitsgetreu nennt, bekommt hundert Silberstücke. Wenn ihr nicht gesteht, holen wir uns in drei Tagen neue Geiseln. Ich rate euch nochmals, überlegt, was ihr tut!"

Aufrecht standen die Bauern und schwiegen. Männer, Frauen, Kinder, alle schwiegen. Lange, lange Zeit standen sie regungslos vor ihren Feinden. Es muß diese Totenstille gewesen sein, die ich am Berg oben fühlte.

Dann lenkte der Ritter den Kopf des Pferdes in Richtung Dorfausgang und ritt mit der Peitsche in der Hand davon. Hinter dem Pferd fiel der Großvater zu Boden, rappelte sich auf, brach wieder zusammen und wurde mitgezerrt. Schließlich packten ihn die Männer und stellten ihn wieder auf seine Beine.

Das ist alles, was uns Mokichi über die Vorfälle des fünften Juni berichtet hat.

„Und, Padre, kein Wort haben wir verlauten lassen, daß Sie sich hier verstecken", sagte Mokichi alsdann, die Hände nebeneinander auf den Arbeitskittel, der die Knie verhüllte, gelegt. „Auch das nächstemal verraten wir nichts. Denn niemals, was immer auch geschieht, erfahren die von uns, daß Sie hier sind."

Hatte er sich zu solchen Worten bemüßigt gefühlt, weil er auf unseren Gesichtern einen Schatten von Furcht zu erblicken vermeint hatte? Wäre dies so, müßten wir vor Scham versinken. Doch es war nicht ganz unmöglich, daß er uns in Angst glaubte, denn Garpe, gewöhnlich in jeder Situation seinen frohen Mut bewahrend, fixierte nun Mokichi mit sorgenvoller Miene.

„Das Ende wird sein, daß ihr alle als Geiseln mitgenommen werdet!"

„Möglich, Padre. Aber auch in diesem Fall sagen wir nichts."

„Das geht nicht. Da ist es doch besser, wenn wir beide diesen Berg verlassen." Garpe wandte sich Kichijiro zu, der furchtsam neben Mokichi und mir hockte. „Könnten wir nicht zum Beispiel auf seiner Insel Zuflucht suchen?" Bei diesen Worten breitete sich auf Kichijiros Gesicht Entsetzen aus, er brachte kein Wort hervor. Nun saß er in der Klemme, dieser charakterschwache Kerl, der in die ganze Angelegenheit verstrickt worden war, weil er uns hierher gebracht hatte. Man sah ihm förmlich an, wie er in seinem kleinen Gehirn einen Weg suchte, der ihn aus der Schlinge zog, ohne sein Gesicht als gläubiger Christ neuerdings zu verlieren. Seine Augen funkelten verschlagen, und er rieb seine Hände wie eine Fliege ihre Beine, als er herausstotterte, daß die Nachforschungen der Behörde sich zweifellos in nächster Zukunft auf Goto erstrecken würden und es daher zu empfehlen sei, nicht so nahe, sondern in einer entfernteren Gegend Unterschlupf zu suchen.

Ohne in dieser Nacht zu einem Resultat zu gelangen, stiegen die beiden schließlich wieder unbemerkt ins Dorf hinab. Am nächsten Tag kriselten Nervosität und Unruhe unter den Bewohnern von Tomogi. So wie die Lage jetzt ist, liegt es mir fern, sie deswegen zu tadeln, aber Mokichi hat uns erzählt, daß sich die Dorfleute in zwei Lager gespalten haben: die einen bestehen darauf, uns Zuflucht zu gewähren, komme, was wolle, die anderen verlangen, daß wir den Ort verlassen, um uns woanders zu verstecken. Es tauchten anscheinend sogar Stimmen auf, die äußerten, daß schließlich und endlich ich und Garpe es seien, die alles Unheil über das Dorf gebracht hätten. Unerwarteterweise entpuppten sich gerade Mokichi, Ichizo und Omatsu als die gläubigsten Christen in Tomogi. Sie beharren darauf, uns Priester zu schützen, was auch geschehe.

Genau diese Unruhe lag in der Absicht der Beamten. Am achten Juni erschienen sie wieder, diesmal nicht angeführt von jenem sich wild gebärdenden Krieger hoch zu Roß, sondern von einem betagten Ritter, den ein Gefolge von vier oder fünf Männern begleitete. Ein Lächeln auf seinen Zügen, hieß er die Bauern, Nutzen und Schaden, Vor- und Nachteile der ganzen Angelegenheit zu überdenken. Dieses Mal schlug er ihnen nämlich vor, demjenigen, der ihm offen gestehe, wer an den ketzerischen Christus glaube, von nun an die jährlichen Steuern zu vermindern. Sie können gar nicht ermessen, welch eine überwältigende und süße Versuchung die Herabsetzung des Jahrestributes für die japanischen Bauern bedeutet! Nichtsdestoweniger aber haben die armen Bauern über diese Verlockung gesiegt!

„Wenn ihr sogar das ablehnt, muß auch ich euch wohl glauben!" lachte der bejahrte Ritter zu seinem Gefolge gewandt. „Aber die Entscheidung liegt bei meinen Vorgesetzten, welche Behauptung nun stimmt, die eure oder die des Anklägers. Überdies brauchen wir Geiseln bei der Hand. Drei Männer aus eurer Mitte kommen morgen nach Nagasaki! Da ihr nichts Böses getan habt, braucht ihr euch auch nicht zu fürchten."

Weder in seinen Worten noch in seiner Stimme schwang eine Drohung mit, jedoch umso mehr begriffen die Leute des Ortes, daß es sich dabei um eine Falle handelte. Lange diskutierten die Männer von Tomogi in dieser Nacht, wen man am nächsten Tag nach Nagasaki ins Gouverneursamt schicken sollte. Es war leicht möglich, daß die Leute, die sich dort zum Verhör einfanden, nicht mehr lebend ins Dorf zurückkehrten. Solche Überlegungen schreckten sogar Männer ab, die in der Organisation die Stellung eines Vaters innehatten. Die Bauern, die da ohne Licht in einem Bauernhaus zusammensaßen, beobachteten in der Dunkelheit verstohlen die Gesichter der anderen, und jeder schien heimlich im Herzensgrund einen Ausweg zu suchen, der es ihm selbst ermöglichte, diesem Auftrag zu entkommen.

Schließlich wurde Kichijiro dazu ausersehen, denn erstens stammte er nicht aus Tomogi, sondern aus einer anderen Gegend, und zweitens hatten alle das Gefühl, daß im Grunde dieser Mann die Schuld am Unglück des Dorfes trug. So kam es dazu, daß man diesem jämmerlichen Feigling die Rolle des Stellvertreters der Dorfleute aufzwang. Kichijiro wußte nicht mehr ein noch aus, Tränen stiegen in seine Augen, und schließlich übergoß er alle mit einer Flut von Beschimpfungen. Als ihn jedoch die Dorfleute mit gerungenen Händen anflehten: „Du bist noch jung, wir aber haben Frauen und Kinder.

Sicherlich fragen dich die Beamten nicht so genau, weil du ja nicht von hier bist. Bitte, geh du statt uns!", da vermochte er wohl wieder aus Willensschwäche nicht abzulehnen.

„Ich gehe mit!" stieß plötzlich Ichizo hervor. Alle blickten erstaunt auf diesen Mann, der gewöhnlich als wortkarger Starrkopf angesehen wurde. In der Folge gab Mokichi bekannt, daß er sich den beiden anschließen wolle.

Neunter. Ein Tag, an dem von Morgen bis Abend grauer Nieselregen die Büsche und Bäume vor der Hütte wie Nebel verschleierte. Noch einmal stiegen die drei Männer durch den Wald zu uns herauf. Mokichi schien ein wenig aufgeregt, Ichizo kniff wie immer die Augen verdrossen zusammen. Hinter den beiden Kichijiro; bedrückt blickte er uns an, wie ein geschlagener Hund.

„Padre, dort müssen wir auf das Christusbild treten!" flüsterte Mokichi mit niedergeschlagenen Augen wie im Selbstgespräch. „Wenn wir uns nicht darauf stellen, kommen nicht nur wir, sondern alle Leute vom Dorf unter das Verhör. Ach, Padre, sagen Sie uns doch, was wir machen sollen!"

In meiner Brust wallte Mitleid auf. Ohne zu denken, gab ich eine Antwort, die Sie wahrscheinlich niemals in den Mund genommen hätten. Durch meinen Kopf streifte die Geschichte von Pater Gabriel, der einst während der Verfolgung in Unzen vor dem Tretbild erklärt hatte: „Lieber lasse ich mir diesen Fuß abschneiden, als daß ich darauf trete." Ich weiß, daß viele, viele japanische Christen und Patres in dem Augenblick, in dem man ihnen das Heiligenbild vor die Füße legte, das gleiche empfunden haben. Aber wie konnte ich solchen Opfermut von diesen drei bemitleidenswerten Kreaturen verlangen!

„Tretet nur darauf! Tretet nur darauf!"

Kaum hatte ich dies hervorgestoßen, erfaßte ich, daß ich als Priester solche Worte niemals hätte sagen dürfen. Voll Tadel starrte mich Garpe an.

In Kichijiros Augen standen noch immer Tränen.

„Warum nur auferlegt uns der Herr Jesus diese Leiden? Padre, wir haben doch gar nichts Böses getan!"

Was sollten wir darauf antworten? Auch Mokichi und Ichizo schwiegen, ihre Blicke ziellos auf einen Punkt in der Hütte gerichtet.

Dann sprachen wir gemeinsam die Abschiedsgebete. Als wir sie beendet hatten, machten die drei sich an den Abstieg ins Dorf. Garpe und ich konnten unsere Augen nicht von ihren Gestalten lösen, die schließlich der Nebel verschluckte. Damals ahnten wir nicht, daß wir Ichizo und Mokichi nie mehr wiedersehen würden.

Wieder habe ich lange Zeit den Pinsel nicht zur Hand genommen. Daß Tomogi von den Beamten überrascht wurde, habe ich Ihnen schon berichtet. Erst heute aber haben wir erfahren, wie es jenen drei Männern ergangen ist, nachdem sie sich zum Verhör nach Nagasaki begeben hatten. Sie können sich vorstellen, daß wir aus tiefstem Herzen für eine gesunde Rückkehr der drei und des Großvaters gebetet haben. Auch die Gläubigen von Tomogi sprechen jede Nacht heimlich ihre Gebete für sie.

Sicherlich ist ihnen diese Prüfung von Gott nicht ohne Absicht auferlegt worden. Alles, was unser Gebieter tut, hat seinen Sinn; daher wird, wenn Verfolgung und Leid versunken sind, der Tag kommen, an dem wir erkennen, warum Gott uns dieses Schicksal zuteil werden ließ. Sie werden sich wundern, daß ich so etwas schreibe, aber Kichijiros Worte am Morgen vor dem Aufbruch, die er da mit gesenkten Augen gemurmelt hatte, gehen mir nicht aus dem Sinn und drücken wie eine schwere Last auf mein Herz.

„Weswegen hat uns der Herr Jesus diese Leiden auferlegt?" hatte er, die Augen vorwurfsvoll auf mich gerichtet, gesagt, und dann: „Padre, wir haben doch nichts Böses getan."

Warum nur bohrt sich das Gemurre dieses feigen Kerls, das man eigentlich ohne weiteres überhören könnte, mit der Schärfe einer Nadelspitze in meine Brust? Was bezweckt wohl unser Herr und Gott, wenn er diesen armseligen Bauern, diesen japanischen Leuten hier, Unterdrückung und Folter sendet? Aber in Kichijiros Worten schwang noch etwas anderes mit, etwas noch Schrecklicheres. Nämlich Gottes Schweigen! Obwohl doch in den zwanzig Jahren seit dem Ausbruch der Verfolgung über diese schwarze Erde von Japan das Stöhnen unzähliger Christen hallt, das rote Blut der Priester in ihr versickert und die Türme der Kirchen sich im Zerfallen mit ihr vermischen, schweigt Gott, schweigt im Angesicht dieser allzu grausamen Opfer, die für ihn dargebracht werden, noch immer! Ich kann das Gefühl nicht unterdrücken, daß Kichijiro mit seinem Murren eigentlich dieses Schweigen meint.

Aber jetzt will ich mich auf das weitere Schicksal der drei Männer konzentrieren. Nachdem sie sich am Sitz des Gouverneurs in Sakuramachi eingefunden hatten, wurden sie zunächst zwei Tage in den Kerker hinter dem Amt geworfen, worauf man sie dem Verhör unterzog. Befremdlicherweise eröffnete dieses ein geschäftsmäßiger Dialog.

„Ihr wißt, daß das Christentum Ketzerei ist?" An Stelle aller nickte Mokichi mit dem Kopf.

„Aber hier liegt eine Klage vor, daß ihr an diesen ketzerischen Gott glaubt. Was sagt ihr dazu?"

Als die drei antworteten, daß sie bis zu ihrem Tode Buddhisten seien und den Lehren ihres Heimattempels gehorchten, überrumpelte man sie mit der Forderung:

„Gut, dann tretet auf dieses Bild!"

Vor ihre Füße wurde ein Brett gelegt, das eine Darstellung der heiligen Maria, den Gottessohn in den Armen, umrahmte. Sie folgten meinem Rat. „Tretet nur darauf, tretet darauf!" Kichijiro, sodann Mokichi und als letzter Ichizo stellten ihren Fuß darauf. Jedoch es wäre ein Fehler gewesen, zu glauben, daß man ihnen nun die Freiheit wiedergegeben hätte. Auf den Gesichtern der Beamten, die vor den Angeklagten in einer Reihe saßen, zeigte sich ein Lächeln. Denn diese hatten nicht sosehr auf die Tatsache geachtet, daß die drei Männer auf das Bild traten, sondern vielmehr unbeweglich deren Gesichtsausdruck im Auge gehabt.

„Wollt ihr eure Vorgesetzten auf diese Weise hintergehen?" fragte jetzt ein älterer Beamter. Nun erst bemerkten die Bauern, daß dieser Mann der betagte Ritter war, der sie neulich in Tomogi befragt hatte. „Wir haben nicht übersehen, daß euer Atem heftig geworden ist, als ihr auf das Tretbild gestiegen seid."

„Aber wir regen uns überhaupt nicht auf", versicherte Mokichi verzweifelt. „Wir sind keine Christen."

„Gut, dann macht jetzt auch das, was wir euch nun sagen!" Man befahl ihnen, auf das Tretbild zu spucken und die heilige Mutter Maria als Hure, die ihren Körper fremden Männern überlassen habe, zu bezeichnen. Wie ich später erfahren habe, geht diese Methode auf Inoue zurück, den Hochwürden Valignano für so gefährlich gehalten hat. Inoue, der einmal die Taufe empfangen hatte, als dies für seine Karriere von Vorteil schien, weiß genau, daß die armen Bauern Japans die heilige Mutter mehr als alles andere anbeten. In der Tat ist es auch mir nach meiner Ankunft in Tomogi aufgefallen, daß die Leute manchmal Maria mehr verehren als selbst Christus, und ich muß gestehen, daß mir dies beinahe Sorgen bereitet hat.

„Nun, spuckt ihr nicht darauf? Bringt denn niemand die Worte heraus, die ihr sagen sollt?"

Ichizo faßte mit beiden Händen das Tretbild, von hinten bedrängten ihn die Polizeibeamten. Verzweifelt bemühte er sich, darauf zu spucken, aber er vermochte es einfach nicht. Auch Kichijiro stand bewegungslos mit hängendem Kopf.

„Was ist denn los mit euch!"

Von den Beamten heftig gepackt, quollen endlich weiße Tränen aus Mokichis Augen, sie breiteten sich schnell über seine Wangen aus. Qualerfüllt schüttelte auch Ichizo seinen Kopf. Dadurch hatten die beiden mit ihrem ganzen Körper eingestanden, Christen zu sein. Nur Kichijiro schleuderte keuchend Worte der Entehrung gegen die heilige Jungfrau.

„Spucke."

Und Kichijiro ließ seinen schändlichen, nie mehr abwischbaren Speichel auf das Tretbild hinab.

Nach dem Verhör wurden die zwei, Mokichi und Ichizo, in den Kerker von Sakuramachi geworfen, und zehn Tage lang kümmerte sich niemand mehr um sie. Ich sage, die beiden, denn Kichijiro, der von neuem dem Glauben abgeschworen hatte, wurde aus dem Gefängnis gejagt und verschwand spurlos. Natürlich ist er bis zum heutigen Tag nicht nach Tomogi zurückgekehrt. Es ist aber für ihn wohl auch ganz und gar unmöglich, sich hier jemals wieder sehen zu lassen.

Die Regenzeit hat angefangen. Jeden Tag fällt vom Morgen bis zum Abend dünner Regen. Ich erlebe zum erstenmal diese düstere Periode, in der der Regen alles von der Oberfläche bis zu den Wurzeln der Fäulnis überläßt. Wie ausgestorben liegt der Ort. Jeder wußte, welches Schicksal auf die beiden wartete. Die Bauern schauderten vor Furcht, bald selbst ein gleiches Verhör wie jene durchmachen zu müssen. Fast niemand ging seiner Feldarbeit nach. Schwarz dräute das Meer den frostigen Feldern gegenüber.

Zwanzigster. Wieder kamen Beamte ins Dorf. Sie verkündeten öffentlich, daß Mokichi und Ichizo zuerst in Nagasaki zur Schau gestellt und dann dem Urteil gemäß hier am Strand von Tomogi der Wasserkreuzigung unterzogen würden.

Zweiundzwanzigster. Die Leute von Tomogi entdeckten auf der regennassen aschfarbenen Landstraße eine Prozession, die, von weitem einer Kette von Bohnen ähnlich, auf das Dorf zukam. Nicht lange, und die einzelnen Gestalten erschienen größer und größer. In der Mitte erkannten sie nun Ichizo und Mokichi. Ihre Hände waren an ein ungesatteltes Pferd gebunden, die Köpfe hielten sie gesenkt. Wächter umringten sie. Die Dorfleute verschlossen ihre Türen und wagten sich nicht mehr hinaus. Hinter dem offiziellen Teil des Zuges drängten sich in dichten Scharen die Schaulustigen aus den Dörfern, welche Mokichi und Ichizo durchwandert hatten. Auch von unserer Hütte aus war diese Prozession zu sehen.

Nachdem sie den Strand erreicht hatten, hießen die Beamten ihre Männer ein Feuer anzünden, das die durchnäßten Körper von Mokichi und Ichizo erwärmen sollte. Als besondere Gnade schien man ihnen einen Schluck Reiswein gewährt zu haben. Als ich dies hörte, fielen mir die Worte von jenem Mann ein, der dem sterbenden Jesus einen mit Essig getränkten Schwamm zum Trinken gab.

Zwei Kreuze aus zusammengebundenen Baumstämmen wurden am Ufer aufgestellt. Daran befestigte man Ichizo und Mokichi. Des Nachts, wenn die Flut gestiegen ist, hängen dann die zwei Männer bis zum Kinn im Wasser. Auf diese Weise sterben sie nicht sofort, sondern brauchen zwei, drei Tage, ehe sie vollkommen ermattet an Körper und Seele den Geist aushauchen. Dieser lange Todeskampf unmittelbar vor den Augen der Leute von Tomogi und der Bauern aus den umliegenden Dörfern soll jene davon abhalten, sich jemals wieder dem Christentum zu nähern; dies war die Absicht der Behörde. Es war nach Mittag, als man Mokichi und Ichizo an die Pfähle band. Die Beamten ließen etwa vier Männer zur Bewachung zurück und ritten weg. Auch die Zuschauer, die sich anfänglich an der Küste scharten, traten wegen des Regens und der Kälte nach und nach den Heimweg an.

Die Flut stieg. Die Gestalten von Mokichi und Ichizo bewegten sich nicht. Eintönig rauschend drängten sich die Wellen heran, tauchten die Füße und die untere Körperhälfte ins Wasser, und eintönig rauschend zogen sie sich wieder zurück.

Des Abends brachten Omatsu und ihre Nichte das Essen für die Wachen, und sie bat, auch jenen zwei Männern an den Kreuzen Nahrungsmittel bringen zu dürfen. Da sie die Erlaubnis erhielt, näherte sie sich schließlich den beiden in einem Boot.

„Mokichi, Mokichi!" rief Omatsu ihn an.

Es schien, als ob Mokichi darauf mit einem „Ja?" antwortete. Dann sagte sie auf gleiche Weise: „Ichizo, Ichizo!" Aber der alte Mann vermochte keine Antwort mehr zu geben. Daß er jedoch noch nicht verschieden war, merkte sie an einer matten Bewegung seines Kopfes.

„Es ist arg, gelt! Aber haltet aus! Die Patres und wir, alle

beten wir für euch. Darum geht ihr sicher ins Paradies ein."
So bemühte sich Omatsu unverdrossen, ihnen Mut zuzusprechen. Als sie versuchte, Mokichi einen der mitgebrachten Kartoffeln in den Mund zu stecken, schüttelte dieser den Kopf. Wenn ich schon sterben muß, dann möchte ich diesen Leiden so schnell wie möglich entrinnen, wird er wohl gedacht haben.

„Großmutter", murmelte Mokichi, „laß den Ichizo essen. Ich kann nicht mehr."

Omatsu und ihrer Nichte blieb nichts anderes übrig, als unter Tränen zum Strand zurückzukehren. Dort angekommen, brachen sie in lautes Weinen aus. Bald waren sie vom Regen ganz und gar durchnäßt.

Die Nacht sank herab. Von unserer Hütte aus konnten wir schemenhaft die roten Flammen des Feuers erkennen, das die Wachen angezündet hatten. Aber dort am Meeresufer standen auch die Leute von Tomogi und starrten hinaus auf das dunkle Wasser. Während aus ihren Augen die Tränen rannen, flüsterten sie im Herzen Gebete.

Himmel und Meer verschmolzen tiefschwarz. Sie vermochten nicht einmal mehr auszunehmen, wo sich Ichizo und Mokichi befanden. Auch ob diese schon tot oder noch am Leben waren, wußten sie nicht. Da auf einmal klang zusammen mit dem Rauschen der Wellen eine Stimme an ihre Ohren, die Mokichi zu gehören schien. Ob er nun den Dorfbewohnern auf diese Weise vermitteln wollte, daß sein Leben noch nicht verlöscht war, oder ob er versuchte, sich selbst so Mut und Kraft einzuflößen, auf jeden Fall sang der junge Mann da draußen, um Atem ringend, ein christliches Lied:

Lasset uns wandern, lasset uns wandern,
zum Tempel des Paradieses lasset uns wandern!
Wenn wir vom Tempel des Paradieses sprechen,
wenn wir vom großen Tempel des Paradieses sprechen...

Ergriffen lauschten alle Mokichis Stimme. Auch die Wachen lauschten. Immer wieder brandete seine Stimme, unterbrochen vom Rauschen des Regens und der Wellen, an das Ufer.

Vierundzwanzigster. Den ganzen Tag fiel Nieselregen. Die Bewohner des Ortes Tomogi sammelten sich wieder zu einer Gruppe und hefteten wie gestern unverwandt ihre Blicke auf die Pfähle in der Ferne, an denen Ichizo und Mokichi hingen. Gleich einer eingesunkenen Wüste dehnte sich der Strand vom Regen umschlossen, verlassen und einsam. Heute waren auch keine Schaulustigen aus den Nachbardörfern gekommen. Als mit der Ebbe das Wasser zurückwich, ragten nur die zusammengebundenen Holzstämme in die Höhe, von den Menschen bemerkte man nichts mehr. Es sah nicht anders aus, als ob Mokichi und Ichizo mit den Pfählen, an denen sie hafteten, eins geworden seien. Indessen erkannten die Dorfleute an einem dunklen Stöhnen, das von Mokichi stammen mochte, daß die beiden noch lebten.

Dann und wann brach das Stöhnen ab. Mokichi war die Kraft, sich wie gestern mit einem Lied neuen Mut zuzusingen, abhanden gekommen. Nach etwa einer Stunde Pause trieb der Wind neuerlich das Stöhnen zu den Dorfleuten am Ufer. Jedesmal wenn diese Stimme wie das Heulen eines Tieres an ihre Ohren schlug, durchbebte die Körper der Bauern ein Schluchzen. Am Nachmittag bedeckte die zurückkehrende Flut nach und nach die Pfähle, das Meer vertiefte seine schwarze und eisige Farbe, die Holzkreuze schienen darin zu versinken. Von Zeit zu Zeit überrollten sie weiße, mit Schaum gekrönte Wellen. Ganz in ihrer Nähe streifte ein Vogel das Wasser und flog in die Ferne davon. Sie hatten ausgelitten.

Sie waren Märtyrer. Aber was für ein Märtyrertum war das! Bis zum heutigen Tag hatte ich mir dies so vorgestellt, wie es die Heiligenüberlieferungen allzu glorifiziert beschreiben — so zum Beispiel hatte ich davon geträumt, daß im Augenblick der Heimkehr der gläubigen Seelen Strahlen der göttlichen Gnade das Firmament erfüllen und Engel mit ihren Trompeten sie willkommen heißen.

Jedoch das Martyrium der japanischen Christen, das ich Ihnen eben geschildert habe, glich keinem solch strahlenden Bild, im Gegenteil, wie überaus elend, wie schmerzerfüllt hatten die beiden sterben müssen. Ach, und ohne Unterbrechung fällt weiter der Regen ins Meer. Und das Meer, das sie getötet hat, verharrt ungerührt in seinem Schweigen.

Abends kehrten die Beamten zu Pferd zurück. Auf ihr Geheiß sammelten die Männer der Wache feuchte Holzscheite und machten sich daran, die Leichen von Ichizo und Mokichi, die sie von den Pfählen herabgelöst hatten, zu verbrennen. Dadurch sollte vermieden werden, daß die Gläubigen etwaige Andenken an die Ketzer zur Verehrung als Reliquien mit nach Hause nehmen. Als die Leichen zu Asche zerfallen waren, warfen die Männer sie ins Meer. Die Flammen des Feuers, das sie angefacht hatten, schwankten dunkelrot im Wind. Die Dorfbewohner verfolgten bewegungslos und mit ausdruckslosen Augen den Verlauf der Rauchfahne, die sich von der Feuerstelle erhob und vom Wind getrieben über den Sandstrand hinzog. Nachdem alles vorbei war, gingen sie nach Hause, mit hängenden Köpfen und schweren Füßen wie eine Herde Rinder.

Während ich Ihnen heute diesen Brief schrieb, unterbrach ich manchmal und trat vor die Hütte, um auf das Meer hinabzuschauen, das nun zum Grab jener zwei japanischen Bauern, die an unseren Gott geglaubt haben, geworden ist. Das Meer dehnte sich trübe und schwarz bis an den Horizont, und unter den aschfarbenen Wolken zeichnete sich nicht die Spur einer Insel ab.

Nichts hatte sich geändert. Sie an meiner Stelle würden sagen, daß ihr Tod auf keinen Fall sinnlos gewesen sei. Daß er einen Stein bilde, der bald zum Pfeiler der Kirche werde. Daß unser Gebieter niemals Prüfungen auferlegt, die wir nicht bestehen können. Daß Ichizo und Mokichi jetzt gleich zahlreichen ihnen vorausgegangenen japanischen Märtyrern an der Seite unseres Gebieters die ewige Seligkeit finden. Natürlich stimme auch ich dem allen zu. Warum nur bleibt trotzdem eine Empfindung wie Trauer in meinem Herzen zurück? Warum schmerzt es, wenn ich mich jetzt noch einmal des Liedes entsinne, das Mokichi, an den Pfahl gebunden und um Atem ringend, gesungen hatte?

Lasset uns wandern, lasset uns wandern!
Zum Tempel des Paradieses lasset uns wandern!
Die Leute von Tomogi haben uns erzählt, daß viele Gläubige auf dem Weg zur Hinrichtung dieses Lied gesungen haben. Dieses Lied mit der schwermütigen Melodie, getragen von einem langsamen Rhythmus! Das irdische Dasein ist für jene japanischen Menschen allzu qualerfüllt. So voll Qualen und Schmerzen, daß sie es nur in der Hoffnung auf den Tempel des Paradieses erdulden. Mir scheint dieses Lied übervoll von der Traurigkeit solcher menschlicher Existenz.

Was will ich eigentlich damit sagen? Ich weiß es selbst nicht genau. Ich weiß nur, daß ich es nicht ertrage, daß auch am heutigen Tag, an dem Mokichi und Ichizo ihr Leben unter Stöhnen und Leiden für die Ehre des Herrn gegeben haben, daß auch heute das Meer dunkel und eintönig rauschend ans Ufer schlägt. Hinter der ungerührten Ruhe dieses Meeres ahne ich das Schweigen Gottes; Gott, der, die klagenden Stimmen der Menschen im Ohr, mit verschränkten Armen sein Schweigen bewahrt...

Es kann leicht sein, daß dies mein letzter Bericht wird. Denn heute gegen Morgen hat man uns wissen lassen, daß sich Beamte in großer Zahl zusammenscharten und daher ohne Zweifel beabsichtigen, morgen die Berge zu durchkämmen. So mußten wir noch vorher unsere Hütte in ihren ursprünglichen Zustand bringen, um alle Verdachtsmomente, daß wir uns hier versteckt gehalten hatten, auszutilgen. Garpe und ich hatten uns bisher zu keinem Entschluß durchringen können, wohin wir uns nach dem Verlassen der Hütte wenden sollten. Wir berieten lange. Sollten wir gemeinsam fliehen oder uns trennen? Schließlich faßten wir den Entschluß auseinanderzugehen, damit, falls einer von uns beiden den Heiden zum Opfer fiele, wenigstens der andere am Leben bliebe. Doch was bedeutete dieses „am Leben bleiben" wirklich? Weder Garpe noch ich hatten das brennend heiße Afrika umschifft, den Indischen Ozean überquert und uns von Makao in dieses Land begeben, um immer auf der Flucht zu sein. Wir waren nicht hierhergekommen, um uns wie Feldmäuse in den Bergen zu verstecken und von den armen Bauern eine Handvoll Essen zu erbetteln, um, jeglicher Bewegungsfreiheit beraubt und ohne eine Gelegenheit, Christen zu treffen, in einer Köhlerhütte zu hocken. Wieweit hatten wir schon unsere eigenen Träume aufgegeben?...

Jedoch wir dachten uns, daß es zumindest soviel Sinn hat wie eine Öllampe, die in den römischen Katakomben am heiligen Leuchter weiterbrennt, wenn wenigstens einer von uns Priestern in diesem Land Japan übrigbleibt. Daher gelobten wir uns gegenseitig, alles zu unternehmen, unser Leben zu erhalten. Wenn Sie also nicht so bald wieder etwas von uns hören werden, muß dies nicht unbedingt bedeuten, daß wir gestorben sind. Es ist ja übrigens fraglich, ob Sie meine bisherigen Briefe überhaupt erhalten haben. Denn wir müssen alles daransetzen, in diesem verwüsteten Land eine Hacke, wenn sie auch noch so klein ist, zurückzulassen, um es von neuem zu bebauen...

Ich kann nicht unterscheiden, wo das Meer endet und die Dunkelheit der Nacht beginnt. Auch die Inseln sind in die Finsternis zurückgesunken. Daß ich selbst mich auf dem Meer befinde, erkenne ich nur an den Atemzügen des Burschen, der hinter mir das Boot lenkt, am Knarren der Ruder, am Klang der Wellen, die an das Schiff schlagen.

Eine Stunde ist vergangen, seitdem Garpe und ich uns getrennt haben. Jeder von uns wurde zu einem anderen Boot geführt. Dann verließen wir Tomogi. Ich hörte das knarrende Geräusch der Ruder, als Garpe in Richtung der Insel Hirado davonfuhr. Wir hatten nicht einmal Zeit gefunden, uns in der Dunkelheit auf Wiedersehen zu sagen.

Allein gelassen begann ich, ohne es zu wollen, zu zittern. Ich hätte gelogen, wenn ich behauptete, mich nicht zu fürchten. Es war eine körperliche Angst, die mich überwältigte, trotz meines tiefen Glaubens und obwohl ich mich zu beherrschen versuchte. Als Garpe noch neben mir war, teilten wir uns, ebenso wie man ein Brot in zwei Stücke teilt, auch die Furcht, doch von jetzt an lastet die ganze Kälte und Dunkelheit dieses nächtlichen Meeres allein auf meinen Schultern. Ob auch alle anderen Missionare, die nach Japan gekommen sind, solch ein Zittern erfahren haben? Wie ist es wohl ihnen ergangen? Ich weiß nicht, warum, aber auf einmal fiel mir Kichijiros kleines angstgepeinigtes Mäusegesicht ein. Erinnern Sie sich, er ist der Feigling, der im Amt des Gouverneurs zu Nagasaki auf das Tretbild stieg und sich dann aus dem Staube machte. Wenn ich nicht Priester, sondern irgendein Gläubiger wäre, ergriffe ich womöglich ebenso die Flucht wie er. Was mich in dieser Finsternis aufrecht hält, ist meine Selbstachtung und meine priesterliche Pflicht.

„Gib mir Wasser!" wandte ich mich an den Burschen, der die Ruder führte, aber der gab keine Antwort. Allmählich begann mir zu dämmern, daß uns die Leute von Tomogi nach dem Martyrium von Ichizo und Mokichi als Fremde, die Unheil über sie gebracht hatten, und demzufolge als schwere Belastung empfanden. Auch dieser junge Mann wäre wohl froh gewesen, wenn er mich nicht hätte begleiten müssen. Um meine Zunge zu befeuchten, lutschte ich die mit Meerwasser benetzten Finger; abermals erinnerte ich mich an den Geschmack des Essigs, den Jesus am Kreuz gekostet hatte.

Nach und nach änderte das Schiff seine Richtung. Von links her klang das Rauschen der Wellen so, als ob sie an Felsen brandeten. Auch neulich hörte ich dieses Geräusch der Wellen gleich dunklen Trommeln, als ich zur Insel herüberfuhr. Ich bin mir sicher, daß sich das Meer von hier an zu einem Meeresarm verengt und daß die heranwogende Gischt den Strand dieser Insel wäscht. Die Insel selbst verbirgt jedoch vollständig die tiefschwarze Dunkelheit. Wo der Ort liegt, kann ich nicht entnehmen.

Wie viele Missionare sind wohl so wie ich jetzt in einem Boot zu dieser Insel herübergekommen? Aber dennoch ist meine Situation heute grundlegend anders. Sie hielten sich zu einem Zeitpunkt in Japan auf, an dem die Mission vom Glück begünstigt aufzublühen begann. An ihrem Ziel erwartete sie Geborgenheit, sie fanden Gläubige, die sie mit Freude willkommen hießen, und ein Haus, in dem sie sanft ruhen konnten. Die Feudalherren wetteiferten, sie zu beschützen, wenn auch nicht aus echtem Glauben, sondern nur um der Vorteile im Handelsverkehr willen. Die Missionare wiederum nützten diese Chance und vermehrten ihre Anhänger. Aus irgendeinem Grund gingen mir Hochwürden Valignanos Worte durch den Kopf, mit denen er die Lage damals geschildert hatte: „In jener Zeit war die Frage, ob wir Missionare in Japan nun Gewänder aus Seide oder aus Baumwolle tragen sollten, ein Problem, das man ernsthaft diskutierte."

In Erinnerung an dieses Gespräch lachte ich plötzlich, meine Knie reibend, leise in die Dunkelheit hinein. Mißverstehen Sie mich bitte nicht! Es ist keinesfalls so, daß ich die Missionare jener Periode geringschätze. Es schien mir nur mit einemmal lächerlich, daß auch ich — dieser Mann in dem kleinen Boot, in dem häßliche Insekten herumkrochen, dieser Mann in dem zerlumpten Arbeitsgewand, das ihm Mokichi aus dem Dorf Tomogi geschenkt hatte —, daß auch dieser Kerl ebenso wie jene Männer ein Priester sein sollte.

Allmählich näherten sich pechschwarze Klippen. Vom Strand wehte Gestank verrotteten Seegrases; als Sand den Boden des Schiffes kratzte, sprang der Bursche vom Boot und machte sich, die Füße ins Meerwasser getaucht, daran, mit beiden Händen den Bug des Schiffes gegen den Strand zu stoßen.

Auch ich setzte meine Füße ins seichte Wasser und tastete mich mit Mühe ans Ufer, während ich in tiefen Zügen die salzige Luft einsog.

„Vielen Dank. Der Ort ist da oben, nicht wahr?"

„Padre, ich..."

Ich sah zwar nicht, was für ein Gesicht er machte, aber an seiner Stimme merkte ich, daß er mich nicht weiter als bis hierher begleiten wollte.

Als ich ihm daher mit der Hand zu gehen bedeutete, lief er offensichtlich erleichtert, so schnell er konnte, zum Meer zurück. Ein die Nacht laut durchdringendes Geräusch zeigte mir an, daß er in das Schiff hineinsprang.

Während ich noch dem Plätschern der weggleitenden Ruder lauschte, fragte ich mich, wo Garpe in dieser Stunde wohl sei. Wie eine Mutter, die ihr Kind zu beruhigen versucht, redete ich mir vor, daß ich überhaupt nichts zu befürchten habe, und setzte mich auf dem frierend kalten Sandstrand in Bewegung. Ich kenne ja den Weg. Wenn ich von hier geradeaus weitergehe, gelange ich ganz einfach zu dem Dorf, das mich neulich aufgenommen hat. In der Ferne ertönte etwas wie ein schwaches Wimmern. Es war das Miauen einer Katze. Doch im Augenblick hatte ich keinen anderen Gedanken, als mich sobald als möglich auszuruhen und meinen leeren Magen mit ein wenig Nahrung halbwegs zufriedenzustellen.

Je näher ich zum Dorfeingang kam, desto deutlicher wurde das Jammern der Katzen. Aus der gleichen Richtung trieb mit dem Wind ein widerlicher Geruch und drang in meine Nase, so daß ich fast einen Brechreiz verspürte. Es stank nach verdorbenem Fisch. Als ich das Dorf betrat, begrüßte mich aus jeder Hütte eine erschreckende, unheimliche Stille. Ich bemerkte, daß hier kein einziger Mensch mehr war.

Der Ort glich weniger einer vereinsamten Ruine als vielmehr einem gerade verlassenen Schlachtfeld. Er war nicht niedergebrannt, doch überall auf den Wegen lagen zerbrochene Teller und Holzschüsseln herum, und die Häuser, sofern man sie überhaupt noch als solche bezeichnen konnte, standen offen — sämtliche Türen gewaltsam aufgebrochen. Katzen wanderten, leise jaulend, mit frecher Unverschämtheit herum. Zwischen ihren Zähnen hielten sie gierig irgendwelche Reste, die sie in den leeren Räumen aufgestöbert hatten.

Ziemlich lange Zeit stand ich regungslos mitten im Ort. Merkwürdigerweise fühlte ich dabei weder Angst noch Entsetzen. Von keinerlei Empfindung begleitet, wiederholte sich in meinem Kopf nur immer wieder die gleiche Frage:

„Wie konnte denn das passieren, wie konnte denn das nur passieren?"

So lautlos wie möglich schlich ich von einem Ende des Dorfes zum anderen. Wo ich auch ging, streiften abgemagerte wilde Katzen umher. Sie hockten auf dem Boden oder liefen gelassen zwischen meinen Beinen durch und musterten mich dabei mit funkelnden Augen — woher kamen sie nur alle auf einmal? Meine durstige Kehle und mein hungriger Magen fielen mir wieder ein, und ich betrat auf der Suche nach etwas Eßbarem eines der leeren Häuser. Aber ich fand nicht mehr als eine Handvoll Wasser, das sich in einer Schüssel angesammelt hatte. Müdigkeit überwältigte mich; ich versank mit dem Rücken an die Wand gelehnt wie ein Kamel in Schlaf. Im Dahindösen spürte ich, wie eine Katze mich umschlich, die sich davonmachte, als sie ein Stück verfaulten Trockenfisches gefunden hatte. Von Zeit zu Zeit öffnete ich die Augen; dann wurde ich durch die eingedrückte Tür des sternenlosen tiefschwarzen Nachthimmels gewahr.

Gegen Morgen ließ mich die kühle Luft laut aufhusten. Der Himmel erbleicht schon, und verschwommen sehe ich die Silhouette der Berge hinter dem Dorf. Es ist gefährlich, länger hier zu bleiben. Ich muß mich aufraffen, hinaus auf die Straße und aus dem menschenleeren Ort!

Wohin soll ich gehen? Es dürfte auf jeden Fall sicherer sein, die Berge zu überqueren, als am Meeresufer entlang zu wandern, wo ich die Blicke von nah und fern auf mich ziehe, überlegte ich. Ich nahm an, daß es irgendwo in den Bergen einen Ort geben mußte, in dem, so wie hier noch vor einem Monat, heimliche Christen wohnen. Das beste ist, ich mache solch einen Ort ausfindig, erkunde dort die Lage auf der Insel und richte danach dann meine Entschlüsse. Auch die Frage, welch einem Geschick Garpe begegnet war, nachdem ich mich gestern nacht von ihm getrennt hatte, beschäftigte mich unversehens.

Ehe ich den Ort verließ, durchsuchte ich ein Haus nach dem anderen nach Lebensmitteln. Schließlich entdeckte ich in einem, das so verwüstet war, daß ich kaum Platz zum Stehen fand, ein paar Körner trockenen Reises. Ich wickelte sie in einen Fetzen, der auf der Straße gelegen war, und wandte meine Schritte den Bergen zu.

Bis zum Gipfel der ersten Anhöhe führte der Weg noch durch Felder hinauf. Taunasser Schlamm beschmutzte meine Füße. Man brauchte nur diese bergigen Felder zu sehen, zwischen denen trennende Steinwälle gezogen waren, diese karge, mit Sorgfalt bebaute Erde, um die ganze Armut der Christen hier zu ermessen. Vom Ertrag des schmalen Landstreifens am Meer konnten sie nicht einmal ihr Leben fristen, geschweige denn die jährlichen Steuern aufbringen. Wie ein spitzes Schwert stoßen die Berge in den allmählich hell werdenden Himmel, den auch heute wieder Wolken bedecken. Mit heiserem Krächzen flattert ein Schwarm Krähen in der trüben Luft.

Oben am Hügel rastete ich und schaute auf den Ort zu meinen Füßen hinab. Strohdach scharte sich neben Strohdach wie eine Handvoll brauner Erdklumpen. Aus Lehm und Holz zusammengeknetete Hütten! Keine Spur von Menschen, weder auf den Wegen noch am schwarzen Strand. An einen Baumstamm gelehnt, ließ ich meine Augen über den milchweißen Dunst streifen, der die Täler verhüllte. Nur das morgendliche Meer war klar. Weit draußen auf offener See lagen hier und dort kleine Inseln verstreut. Unter den schwachen Sonnenstrahlen blitzten die Wellen auf wie Nadeln. Die Brandung schäumte weiß an das Ufer. Ich stellte mir vor, wie Hochwürden Xavier, Cabral, Valignano und alle die anderen Missionare im Schutze der Christen diese Gewässer durchkreuzt hatten. Sicher war Hochwürden Xavier auf dem Weg nach Hirado hier vorbeigekommen. Und ohne Zweifel hatte auch Hochwürden Torres, jener vorbildliche Leiter der Mission in Japan, diese Inseln häufig besucht. Aber sie wurden überall von den Gläubigen herbeigesehnt, empfingen eine herzliche Begrüßung und wirkten in zwar kleinen, aber doch schönen und mit Blumen geschmückten Kirchen. Sie hatten es nicht notwendig gehabt, auf der Flucht ziellos in den Bergen herumzuwandern wie ich. Ich weiß wirklich nicht, warum, aber wieder stieg bei diesen Gedanken ein spöttisches Lachen in mir hoch.

Es versprach, ein schwüler Tag zu werden. Der Schwarm Krähen zog beharrlich seine Kreise über meinem Kopf. Sobald ich stehenblieb, verstummten ihre dunklen aufdringlichen Stimmen; sie verfolgten mich aber sofort wieder, wenn ich weiterging. Von Zeit zu Zeit ließ sich einer der Vögel in den Ästen eines nahen Baumes nieder und spähte flügelschlagend zu mir her. Ein-, zweimal versuchte ich diese lästigen Vögel mit Kieselsteinen zu verjagen.

Gegen Mittag erreichte ich den Rücken des schwertförmigen Berges. Ich hatte den Weg so gewählt, daß ich das Meer und die Küste stets im Auge behielt, damit ich einen etwaigen Ort am Meeresufer nicht übersehen konnte. Regensatte Wolken trieben wie Schafe am Firmament. Ich ließ mich im Gras nieder und hielt Mittagmahl mit dem trockenen Reis, den ich aus dem Dorf entwendet, und mit Gurken, die ich da und dort in den Feldern aufgelesen hatte. Der Saft der rohen Gurken erfrischte mich und verlieh mir wieder ein wenig neuen Mut und Kraft. Ein Windzug wehte über die Heide. Mit geschlossenen Augen witterte ich den Geruch von etwas Verbranntem. Ich richtete mich auf. Tatsächlich entdeckte ich die Überreste eines Feuers. Nicht lange vor mir mußte jemand hier gewesen sein, der Äste eingesammelt und angezündet hatte. Legte man die Hand in die Asche, so vermochte man gegen die Mitte zu sogar noch eine schwache Wärme zu verspüren.

Lange Zeit zerbrach ich mir den Kopf, ob ich den Weg, den ich gekommen war, zurückgehen oder aber einfach die einmal eingeschlagene Richtung weiter verfolgen sollte. Dieser eine einzige Tag ohne menschlichen Kontakt in dem ausgestorbenen Ort und auf den braunen Bergen hatte mich schon viel meiner Energie gekostet. Ich konnte mich lange Zeit nicht entscheiden. Auf der einen Seite stand das Verlangen, einen Menschen zu treffen, wer immer es auch sein mochte. Auf der anderen Seite regte sich das Bewußtsein der Gefahr, die eine solche Begegnung in sich barg. Schließlich erlag ich der Versuchung. Nicht einmal Christus hatte dieser Verlockung widerstehen können. Denn er war von den Bergen herabgestiegen, weil er sich nach Menschen sehnte. So rechtfertigte ich mich vor mir selbst.

Es war nicht schwer zu erraten, wohin sich der Mann, der das Feuer anfachte, gewandt hatte. Es gibt nur einen Weg. Er muß am Rücken der Berge entlang weiter in die entgegengesetzte Richtung des Dorfes, von dem ich gekommen bin, gegangen sein. Am Himmel oben dämpfen trübe Wolken das weiße Licht der Sonne. In deren matten Strahlen kreischen Krähen mit rauher Stimme; es sind andere als vorhin.

Ich beschleunigte nun meine Schritte, durchforschte aber gleichzeitig die Gegend mit wachsamen Augen. Auf der Heide wuchsen hier und dort verschiedene Arten von Eichen und Kampferbäume. Manchmal schienen sie menschliche Gestalt anzunehmen. In solchen Augenblicken erstarrte ich wie vom Blitz getroffen. Noch dazu ließen die Krähen nicht ab, mich zu verfolgen. Die schwarzen Vögel steigerten die Vorahnung irgendeines Unglücks, die in meinem Herzen nistete. Um mich abzulenken, betrachtete ich aufmerksam die Bäume, die meinen Weg begleiteten. Seit meiner Kindheit hegte ich eine Vorliebe für Botanik, und ich dachte mir, daß ich auch in Japan eine Menge Bäume kennen würde. Es gab zum Beispiel den chinesischen Nesselbaum, das rote Farnkraut und andere Bäume oder Büsche, die Gott anscheinend jedem Land geschenkt hat, aber die übrigen Hölzer gehörten Arten an, die ich niemals zuvor gesehen hatte.

Am Nachmittag hellte sich der Himmel kurz auf. In den Wasserpfützen, die vom letzten Regen am Boden zurückgeblieben waren, spiegeln sich die Bläue des Himmels und die kleinen weißen Wolken, die darauf treiben. Als ich mich niederkauere, um den schweißnassen Hals zu befeuchten, bringe ich Aufruhr in das weiße Gewölk. Es verschwindet, und statt dessen taucht aus der Lache das Gesicht eines Mannes — ein übermüdetes und abgemagertes Gesicht. Warum fällt mir in solchen Augenblicken das Gesicht eines anderen ein? Das Gesicht jenes ans Kreuz gehefteten Mannes, das viele Jahrhunderte lang immer wieder Künstlerhände anregte. Zwar hatte keiner das Angesicht des Herrn wirklich erblickt, aber dennoch gestalteten sie sein Antlitz, jenes Antlitz, das die Gesamtheit der menschlichen Gebete und Träume umschließt, voll Schönheit und Edelmut. Ich bin aber sicher, daß sein Antlitz noch erhabener war, als sie es jemals darzustellen vermochten. Jedoch dieses Spiegelbild, das mir jetzt aus dem Regenwasser entgegenblickte, war die Fratze eines Gejagten, voll Bartstoppeln und schmutzigem Schlamm, in Angst und Erschöpfung verzerrt.

Ob Sie diese Regung kennen, in solch einem Gefühl der Niedergeschlagenheit plötzlich laut lachen zu müssen? Ich benahm mich wie ein Verrückter, dehnte mein Gesicht im Wasser in die Länge, verzog den Mund, verdrehte die Augen und hörte nicht auf, mich närrisch zu gebärden.

Warum benehme ich mich so lächerlich, warum nur?

Drüben beim Wald zirpte auf einmal eine Zikade. Sonst war alles still.

Als die Sonnenstrahlen allmählich verblichen, Wolken wieder über den Himmel zogen und dunkle Schatten auf die Grasfläche warfen, gab ich die Hoffnung auf, den Urheber des Feuers einzuholen. „Wir wandern begierig nach Zerstörung und Bösem durch die weglose Wildnis." Diese Psalmenworte summend, wie sie mir gerade durch den Sinn zogen, trottete ich den Weg entlang. „Die Sonne steigt auf, die Sonne geht unter. Sie kehrt zum Ursprung zurück. Der Wind weht nach Süden, dann wieder nach Norden, er dreht sich im Kreise, und sein Kommen und Gehn hört nie auf. Obgleich sich die Flüsse alle ins Meer ergießen, geht es nie über. Alles erfüllt jetzt die Finsternis. Was einmal geschehen ist, geschieht niemals wieder. Was einmal getan, wird nie wieder getan."

Da erwachte mit einemmal in meinem Herzen das Brüllen des Meeres, wie es mir und Garpe in unserem Versteck in den Bergen Nacht für Nacht in die Ohren geklungen war. Jenes Rauschen, das in der Finsternis wie die dunklen Schläge einer Trommel zu uns herauf hallte. Jenes Rauschen, das die ganze Nacht ohne irgendeine Bedeutung heranrollte, sich zurückzog und sich zurückziehend wieder heranrollte. Teilnahmslos hatten die Wellen auch die Leichen von Mokichi und Ichizo auf gleiche Weise umspült und sie schließlich verschlungen. Auch nach deren Tod breitete es sich unverändert dort aus. Und Gott schweigt wie dieses Meer. Und schweigt immer weiter.

Das stimmt nicht; ich schüttelte den Kopf. Ohne Gott ertrügen die Menschen nicht die Monotonie dieses Meeres und seine unbewegte Teilnahmslosigkeit.

Aber angenommen, natürlich nur angenommen, raunte gleichzeitig tief in der Brust eine andere Stimme, angenommen, daß es Gott gar nicht gibt...

Der Gedanke war grauenhaft. Was für ein Hohn, wenn Gott nicht existierte! Wäre es so, welch ein groteskes Schauspiel bildete dann das Leben von Mokichi und Ichizo, die, an Pfähle gebunden, von den Wellen überschwemmt worden sind! Welch eine absurde Illusion hätte dann die Missionare angetrieben, die drei Jahre benötigten, um über alle die Meere in dieses Land zu gelangen! Und wie absonderlich verhielte ich mich selbst, herumirrend in den menschenleeren Bergen!

Um diese Vorstellungen, die wie Brechreiz im Halse würgten, hinunterzudrücken, riß ich Gras aus und steckte es verzweifelt in den Mund. Mir war vollkommen klar, daß der Zweifel an Gott die größte aller Sünden ist, aber ich begriff einfach nicht, warum Gott sein Schweigen nicht brach. „Und der Herr rettete die Guten aus den Flammen, die fünf Städte ergriffen." Aber jetzt, da aus der unfruchtbaren Erde Rauch aufsteigt und die Bäume Früchte tragen, die noch unreif sind, jetzt sollte der Herr ein Wort, ein einziges Wort zu seinen Gläubigen sprechen!

Ich rannte, so daß ich auf der Böschung ausglitt. Es war entsetzlich, aber schritt ich langsam dahin, so stiegen wie Wasserblasen üble Gedanken an die Oberfläche meines Bewußtseins. Wenn ich ihnen recht gebe, verneine ich gleichzeitig mein ganzes bisheriges Leben.

Regenspritzer auf den Wangen ließen mich zum Himmel emporblicken. Über das graue Firmament breiteten sich langsam schwarze Wolken gleich riesigen Fingern aus. Die Tropfen nahmen nach und nach zu; nicht lange, und rauschend wie die Saiten einer Harfe überdeckte die Heide ein Vorhang aus Regen.

Ganz in der Nähe entdeckte ich dichtes, schwarzes Gehölz. Dorthin flüchtete ich mich. Auch ein Schwarm kleiner Vögel flog wie ein soeben abgeschossener Pfeil auf der Suche nach einem Zufluchtsort durch die Lüfte. Als würde man Kieselsteine auf Dächern ausstreuen, so trommelte der Regen auf die Blätter der Eichen. Mein Arbeitskittel war bald durch und durch naß. Im silbernen Wasserstaub des Regens zitterten die Wipfel der Bäume wie Seegras. In diesem Augenblick fiel mir eine Hütte auf, hingelehnt an den Abhang auf der anderen Seite der bebenden Baumkronen. Wahrscheinlich diente sie den Leuten vom Dorf, wenn sie hier Bäume fällten, als Unterschlupf.

Der Platzregen endete so jäh, wie er begonnen hatte. Die Grasfläche erblaßte, wie aus einem Traum erwacht hoben die kleinen Vögel zu lärmen an, von den Blättern der Buchen und Kampferbäume fielen platschend große Tropfen. Während ich mir das Regenwasser, das von der Stirne herab in meine Augen rann, mit dem Handrücken abwischte, näherte ich mich der Hütte. An ihrem Eingang empfing mich ekelhafter Gestank. Gleich neben der Tür zogen Fliegen ihre Kreise. Ich verjagte sie von frischen menschlichen Exkrementen.

An diesen Exkrementen erkannte ich, daß mein Vorgänger, der hier eine Rast eingelegt hatte, erst vor kurzem wieder aufgebrochen war. Obwohl in mir einerseits der Zorn über die Frechheit dieses Kerls, der sich gerade hier hatte erleichtern müssen, aufstieg, konnte ich anderseits der Komik dieser Situation nicht widerstehen und brach in Lachen aus. Zumindest hatte diese eigenartige Episode die Folge, daß meine Bedenken gegenüber jenem Unbekannten zu einem guten Teil abnahmen. Aus der festen Substanz der Ausscheidungen schloß ich außerdem, daß dieser nicht alt und der Eigentümer eines gesunden Körpers war.

Im Innern der Hütte schwelte noch der Rauch eines Feuers. Dankenswerterweise glommen noch Kohlenreste, und ich ging mit Muße daran, mein tropfnasses Gewand zu trocknen. Wenn ich sein Tempo bis jetzt mit dem meinen verglich, so schien es mir nicht allzu schwierig, den Unbekannten einzuholen, auch wenn ich jetzt auf diese Art Zeit vergeudete.

Als ich aus der Hütte trat, erstrahlten die Heide und der Wald, der mir vorhin Schutz vor dem Regen gewährt hatte, im goldenen Licht. Das Laub rauschte wie trockener Sand. Mit einem abgebrochenen Ast anstelle eines Stockes ausgerüstet, machte ich mich von neuem auf den Weg und erreichte nach kurzem den Abhang, von dem aus man die ganze Küstenlinie überblickte.

Unverändert und träge rollten die Wellen des Meeres, aufblitzend wie Nadeln, an den Strand, der sich in einem Bogen hinzog und, da von milchweißem Sand bedeckt, an anderer Stelle wieder zu einem Meeresarm verengt, von schwarzem Geröll überzogen ist. Vier, fünf Fischerboote liegen heraufgezogen im Sand. Westlich davon ist deutlich ein Fischerdorf, umgeben von Wald, zu erkennen. Seit dem Morgen zum erstenmal wieder eine menschliche Ansiedlung vor meinen Augen!

Ich setzte mich am Rande der Böschung hin und legte die Arme um meine Knie. Starr und einfältig wie ein streunender Hund glotzte ich hinab auf den Ort. Es war anzunehmen, daß der Mann, den ich einholen möchte, in jenes Dorf hinuntergestiegen war. Auch ich würde dorthin gelangen, wenn ich hinabliefe. Jedoch zuvor suchte ich ein Kreuz oder eine Kirche, die mir als Hinweis dienen sollten, ob im Ort Christen wohnten oder nicht.

Hochwürden Valignano und die übrigen Patres in Makao hatten uns wiederholt darauf aufmerksam gemacht, daß es ein Irrtum wäre, zu erwarten, daß die Kirchen in Japan den Kirchen in der Heimat glichen. Die Feudalherren hatten den Missionaren Tempel oder Häuser, die bisher eine andere Funktion erfüllt hatten, ohne bauliche Veränderung zugewiesen. Daher kam es, daß ein Teil der Landbevölkerung glaubte, unsere heilige Lehre und die Lehren des Buddhismus unterschieden sich nicht. Auch der heilige Xavier hatte durch einen Fehler bei der Übersetzung am Beginn seines Wirkens in Japan ein solches Mißverständnis gefördert. Die Leute dachten, auch wir verehrten, wie ihr Volk seit Urzeiten, die Sonne.

Es hieß also nicht, daß es in dem Dorf keine Kirche gab, nur weil ich kein Gebäude mit spitzem Turm in meinem Gesichtsfeld erblickte. Jede der elenden Hütten aus Lehm und Holz konnte eine Kirche beherbergen. Und es war nicht unmöglich, daß die armen Christen wie Verhungernde einen Priester herbeisehnten, der ihre Kinder taufen, ihre Sünden anhören und ihnen den Leib Christi spenden sollte. Nur ich allein war es doch auf dieser Insel, über die sich nun die Dämmerung senkte, nur ich allein in dieser Wildnis, aus der man die Priester und Missionare vertrieben hatte, der ihnen das Wasser des Lebens zu bringen vermochte. Nur ich war übriggeblieben, mit schmutzbesudelten Kleidern, die Arme um die Knie gelegt. O Herr! Alles, was du geschaffen hast, ist gut! Wie schön ist das Haus, in dem du wohnst!

Überwältigt vom Gefühlsüberschwang in meiner Brust, stürzte ich mich den Abhang hinab, dem Dorf entgegen. Der Stock war auf der glitschigen, vom Regen mit Wasser angesaugten Erde meinem Körper kaum eine Stütze. Wiederholt glitt ich aus, aber dies konnte mich nicht mehr hindern, zu meiner Kirchengemeinde zu eilen. Ja, da unten waren sie, die Gläubigen, die Gott mir anvertraute.

Da plötzlich stieg vom Ende des Dorfes, dort, wo eine Gruppe von Kiefern die Häuser abschirmte, ein Ton empor, als ob die Erde erbebte, eine menschliche Stimme — ob ein

Aufschrei oder lautes Weinen, konnte ich nicht unterscheiden. Wie angewurzelt blieb ich, auf meinen Stock gelehnt, stehen. Es war kein Irrtum möglich, dunkelrote Flammen und Rauch loderten auf.

Instinktiv erfassend, was dort vor sich ging, machte ich kehrt und hastete den Abhang, den ich gerade herabgerutscht war, wieder hinauf. Da fiel mein Blick auf einen Mann, der, wie ich in ein graues Arbeitsgewand gehüllt, die andere Seite des Hügels erklomm. Als der Mann mich bemerkte, hielt er anscheinend erschreckt inne, deutlich erkannte ich seine in Überraschung und Entsetzen verzerrten Züge.

„Padre!" rief er und schwenkte die Arme. Ich verstand nicht, was er weiter schrie, aber ich verstand seine Gesten, als er mit den Fingern auf das Dorf wies und mir mit der Hand deutete, mich zu verbergen. In einem Satz keuchte ich bis zum Rand der Heide hinauf. Dort warf ich mich in den Schatten der Felsen, die hier wie wilde Tiere kauerten, und versuchte meinen Atem zu beruhigen. Ich hörte Fußtritte. Zwischen den Felsen spähten die schmutzigen kleinen Mäuseaugen jenes Kerls verstohlen zu mir her. Ich hatte das Gefühl, meine Hände seien schweißnaß, aber als ich sie betrachtete, entdeckte ich, daß ich blutete. Im Niederfallen mußte ich mich irgendwo angestoßen haben.

„Padre." Zwischen den Felsen heraus beobachteten mich die kleinen Augen. „Es ist lange her, seitdem wir uns das letztemal getroffen haben."

Sein Gesicht, jetzt von einem Kinnbart geziert, verzog sich zu einer unterwürfigen Grimasse, anscheinend um mich in eine ihm wohlgesinnte Stimmung zu versetzen.

„Hier ist's gefährlich. Aber ich passe schon auf!"

Als ich ihn daraufhin schweigend anstarrte, senkte Kichijiro die Augen wie ein Hund, den soeben sein Herr gescholten hat.

Dann rupfte er neben sich einige Grashalme aus, steckte sie in den Mund und zerbiß sie mit seinen gelben Zähnen.

„Wie das brennt! Schrecklich."

Während er seine Augen zum Dorf hinabwandte, führte er

sein Selbstgespräch absichtlich so laut, daß ich es verstehen konnte. Und als ich ihn so von hinten betrachtete, fiel es mir mit einemmal wie Schuppen von den Augen. Er war jener Mann, der auf den Terrassenfeldern ein Feuer angefacht, der sich in der Hütte entleert hatte. Jedoch aus welchem Grund treibt auch er sich so wie ich in den Bergen umher? Ich hatte eigentlich angenommen, daß man, wenn man auf das Tretbild gestiegen war gleich Kichijiro, von den Beamten in Ruhe gelassen wurde.

„Padre, was machen Sie denn nur auf dieser Insel? Auf dieser Insel ist es ja auch schon gefährlich. Aber weil ich einen Ort kenne, wo es Verstecke gibt..."

Ich schwieg noch immer. Ein jedes der Dörfer, die dieser Mensch passiert hatte, war der Säuberung durch die Behörde anheimgefallen. Schon seit einiger Zeit gärte in meinem Kopf ein gewisser Verdacht. Vielleicht war er ein Polizeispitzel. Daß die Obrigkeit Abgefallene zu ihrem Werkzeug macht, habe ich schon öfters gehört. Um ihre Wunden zu vertuschen und die eigene Erbärmlichkeit zu rechtfertigen, versuchen die Abtrünnigen frühere Gefährten in das gleiche Schicksal hineinzulocken. Dieses Verlangen muß demselben Seelenzustand entspringen, der die verbannten Engel veranlaßt, gottgläubige Menschen zur Sünde zu verleiten.

Der Abendnebel zog sich bereits über der Gegend zusammen, das Feuer im Dorf beschränkte sich nicht mehr auf eine Ecke, es griff weiter auf die benachbarten Strohdächer über. Die dunkelroten Flammen bewegten sich im Nebel wie lebendige Wesen. Trotzdem war es entsetzlich still. Das Dorf und seine Bewohner schienen stumm das Unglück auf sich zu nehmen. Vielleicht auch weinten oder klagten sie nicht einmal mehr, weil sie seit langer, langer Zeit zu leiden gewöhnt waren.

Den Ort im Stich zu lassen und wegzugehen, verursachte mir einen Schmerz, wie wenn man von einer zugeheilten Wunde die Kruste herabreißt. Du bist feige und schwach, flüsterte es in einem Winkel meines Herzens, und in einem anderen Winkel beschwor mich eine Stimme, mich nicht von der augenblicklichen Erregung und Sentimentalität hinreißen zu lassen. Wahrscheinlich gibt es in diesem Land nur mehr zwei Priester, Garpe und dich. Wenn ihr sterbt, stirbt mit euch die japanische Kirche. Ihr müßt überleben, welche Demütigungen und Qualen dies für euch auch bedeuten mag.

Dann vermutete ich in dieser Stimme nur einen Vorwand, meiner Schwäche einen Sinn zu verleihen. Aber da erinnerte ich mich auf einmal an eine Geschichte, die ich in Makao gehört hatte. Dort erzählte man von einem Franziskanerpater, der es satt gehabt hatte, sich weiter zu verstecken, um dem Märtyrertod zu entfliehen. Er war am Schloß des Herrn von Omura erschienen und hatte sich unaufgefordert als Priester zu erkennen gegeben. Die Schwierigkeiten, die die übrigen Priester in der Ausübung ihrer heimlichen Tätigkeit erfuhren, und die Verwicklungen, die sich für die Gläubigen ergaben, nur weil dieser Pater seiner augenblicklichen Erregung nachgegeben hatte, sind allseits bekannt. Wir Priester existieren nicht, um den Märtyrertod zu sterben, sondern es ist unsere Aufgabe, weiterzuleben und darauf zu achten, daß das Feuer der Kirche in dieser Zeit der Verfolgung nicht erlischt.

Kichijiro folgte mir. Wie ein streunender Hund ließ er zwischen sich und mir ein paar Schritte Abstand. Wenn ich stehenblieb, blieb auch er stehen.

„Gehen Sie bitte nicht so schnell. Denn ich bin gar nicht gut beisammen."

Wieder kam die Stimme von Kichijiro, der hinter mir dahintrottete:

„Wohin gehen Sie eigentlich? Wissen Sie, daß im Statthalteramt ein Pater dreihundert Silberstücke wert ist...?"

„Mein Preis ist also dreihundert Silberstücke, nicht wahr?"

Das waren die ersten Worte, die ich an Kichijiro richtete, während ich um meinen Mund ein gequältes Lächeln aufsteigen spürte. Judas hat unseren Herrn Christus um dreißig Silberstücke verkauft, für mich wird zehnmal soviel geboten!

„Allein zu gehen ist gefährlich!"

Erleichtert holte er auf und ging nun an meiner Seite. Er klopfte mit einem Zweig, den er von einem Baum abgebrochen hatte, an die Büsche am Wegrand. Im Zwielicht hörte man das Zwitschern der Vögel.

„Padre, ich weiß einen Ort, wo Christen wohnen. Dort wären Sie in Sicherheit. Aber heute ist es schon spät. Schlafen wir hier. Morgen in der Früh zeige ich Ihnen dann den Weg dorthin."

Ohne meine Antwort abzuwarten, kauerte er sich an Ort und Stelle nieder, sammelte geschickt einige dürre Zweige, die der Abendtau noch nicht durchfeuchtet hatte, und entzündete mit einem Feuerstein, den er aus seiner Tasche zog, eine Flamme.

„Sie werden hungrig sein." Und er nahm aus seinem Sack einige getrocknete Fische heraus. Beim Anblick dieses Fisches lief mir, ausgehungert wie ich war, das Wasser im Mund zusammen, und ich schluckte. Seit dem Mittag hatte ich nichts mehr gegessen — da waren es auch nur ein paar Körner Reis und ein Stückchen Gurke gewesen, an dem ich herumgekaut hatte. So stellte dieser Trockenfisch, der da in Kichijiros Händen schimmerte, eine unwiderstehliche Verlockung für mich dar. Als Kichijiro den Fisch über dem Feuer briet, schwebte bald ein unsagbar köstlicher Duft durch die Gegend.

„Essen Sie bitte."

Mit entblößten Zähnen stürzte ich mich gierig auf die ersehnte Mahlzeit. Eine einzige Scheibe Fisch hatte bereits erreicht, daß ich mich mit Kichijiro abfand. Er selbst beobachtete meine Mundbewegungen mit halb zufriedenem, halb verächtlichem Gesichtsausdruck. Noch immer kaute er Gras, als ob es Kautabak wäre.

Um uns schloß sich die Dunkelheit. Hier in den Bergen war es empfindlich kalt, und der Tau drang bis auf die bloße Haut. Ich streckte mich neben dem Feuer aus, aber ich stellte mich nur so, als ob ich schliefe. Sicher hatte Kichijiro im Sinn, sich leise davonzuschleichen, sobald ich in Schlaf gefallen war. Sicherlich hatte er im Sinn, mich zu verkaufen, ebenso wie er seine Gefährten verraten hatte. Vielleicht schon in dieser Nacht.

Welch eine gleißende Verlockung mußten dreihundert Stück Silber für diesen bettelarmen Mann bedeuten? Sobald ich die Augen zumachte, trat auf die Innenseite der Lider lebendig die Aussicht auf das Meer und die Inseln, auf die ich heute morgen von den Hügeln und der Heide hinabgeschaut hatte. Das Meer, das wie Nadeln blitzte. Die kleinen Inseln hier und dort in diesem Meer. Die Zeit, da die Missionare, vom Herrn gesegnet, in ihren Booten jenes schöne Meer durchkreuzten. Die Zeit, in der Blumen die Kirchen schmückten und Gläubige diese mit Reis und Fisch aufsuchten. Hatte doch Hochwürden Valignano erzählt, daß einmal in diesem Land sogar Priesterseminare errichtet wurden, daß die Schüler dort gleich uns lateinische Lieder sangen, daß man in jenen Schulen Instrumente wie Harfe oder Orgel spielte und die Feudalherren dies alles begeistert unterstützten.

„Padre, sind Sie müde?"

Ich gab keine Antwort. Durch einen Spalt zwischen den Lidern beobachtete ich verstohlen Kichijiros Verhalten. Wenn er sich nun leise davonmachte, so war es gewiß, daß er die Beamten holte.

Ohne mich aus den Augen zu lassen, der ich wie im Schlaf regelmäßig atmete, rückte Kichijiro Stück für Stück weg, und schließlich entfernte er sich, wobei er wie ein wildes Tier jegliches Geräusch zu vermeiden wußte. Bewegungslos starrte ich ihm nach, aber nur, um im nächsten Augenblick zwischen Bäumen und Büschen das Rauschen seines Urins zu vernehmen. So, jetzt wird er sich fortstehlen, dachte ich. Jedoch seltsamerweise kehrte er aufseufzend zum Feuer zurück. Er warf einen frischen Zweig in die Glut, in der das dürre Holz schon zu Asche zerfallen war. Beide Hände darüberhaltend, stieß er einen Seufzer nach dem anderen aus. Vor den dunkelroten Flammen erhob sich sein eingefallenes Profil. Die Müdigkeit des langen Tages übermannte mich, ich schlief ein. Wenn ich manchmal die Augen aufschlug, sah ich, daß Kichijiro neben mir saß.

Am nächsten Tag gingen wir weiter hinein in das grelle Sonnenlicht. Vom Boden, der noch naß war vom gestrigen Regen, stieg weißer Wasserdampf in die Höhe, gegenüber den Hügeln glänzten blendend weiße Wolken. Schon eine Weile peinigten mich Kopfschmerzen und Durst. Kichijiro nahm von meinem leidenden Gesichtsausdruck keine Notiz. Von Zeit zu Zeit schlug er mit seinem Stock auf den Kopf einer Schlange, die da langsam den Weg überquerte, um sich im Gebüsch zu verbergen, und steckte sie hierauf in seinen Sack.

„Wissen Sie, wir Bauern essen die Schlangen statt einer Medizin."

Seine gelben Zähne fletschend, zeigte er die Andeutung eines Lächelns. Warum hast du mich gestern nacht nicht für die dreihundert Silberstücke verraten, fragte ich ihn in meinem Inneren, während jene überaus dramatische Szene aus der Heiligen Schrift in mein Gedächtnis zurückkehrte, in deren Verlauf Christus beim letzten Abendmahl zu Judas gewendet spricht: „Wahrlich, wahrlich, ich sage euch, einer von euch wird mich verraten", und ihn dann auffordert: „Was du tun willst, tue bald!"

Seitdem ich Priester bin, konnte ich nie die wahre Bedeutung dieser Worte in den Griff bekommen. Während ich Seite an Seite mit Kichijiro meine müden Füße durch den aufsteigenden Morgennebel schleppte, überlegte ich diese wichtige Bibelstelle noch einmal, nun in bezug auf mich. Was empfand Christus wohl, als er dem Mann, der ihn um dreißig Silberlinge verkaufen sollte, den Satz entgegenschleuderte: „Was du tun willst, tue bald!" Empfand er Zorn oder Haß? Oder aber entsprangen diese Worte der Liebe? Wenn er sie im Zorn rief, so beinhaltete dies auch, daß er von allen Menschen auf der Welt einzig und allein diesem einen die Erlösung verwehrte. In alle Ewigkeit würde Judas, der Angesicht zu Angesicht mit Jesus dessen Zorneswort auf sich gezogen hatte, nicht mehr gerettet werden. Das hieß wiederum, daß der Herr einen Menschen von sich wies, der in den Zustand der immerwährenden Sünde gefallen war.

Doch das glaube ich nicht. Christus wollte Judas sogar retten. Sonst hätte er ihn doch nicht in den Kreis seiner Jünger aufgenommen. Aber dennoch hat Christus ihn nicht zurückgehalten, als er einen falschen Weg einschlug. Und dieser Punkt war es, der, bereits als ich noch ein Theologiestudent war, über mein Fassungsvermögen hinausging. Ich habe mehrere Patres darüber befragt. Sicher habe ich auch an Hochwürden Ferreira die gleiche Frage gerichtet. Aber da ich mich nicht erinnere, gab er wohl keine Antwort, die meine Zweifel mit einem Schlag beseitigten. „Sie entstammen weder Zorn noch Haß. Diese Worte sind aus Abscheu entstanden."

„Aber Hochwürden, Abscheu wovor? Abscheu vor Judas überhaupt? Hat denn Christus in diesem Augenblick Judas nicht mehr geliebt?"

„Nein, das nicht. Stell dir einen Mann vor, den seine Frau betrogen hat. Er liebt seine Frau noch immer. Aber die Tatsache, daß sie ihn hintergangen hat, kann er nicht verzeihen. Wie das Gefühl eines Ehemannes, der seine Frau zwar liebt, aber vor ihrer Tat Abscheu empfindet..., so sah wohl die Einstellung Christi zu Judas aus."

Diese nichtssagenden Erklärungen der Patres wollte ich, der ich damals noch sehr jung war, um keinen Preis akzeptieren. Auch heute begreife ich sie noch nicht. Man mag mir diese gotteslästerliche Vermutung vergeben, aber ich habe den Eindruck, daß Judas selbst nur eine Marionette war, ein bemitleidenswertes Werkzeug, herumgezerrt zur Verherrlichung von Jesu dramatischem Leben und Kreuzestod. Wenn ich jetzt zu Kichijiro nicht sagte: „Was du tun willst, tue bald!", so geschah dies natürlich aus Selbstschutz, aber gleichzeitig auch deshalb, weil ich als Priester hoffte, daß Kichijiro nicht Verrat auf Verrat häufen würde.

„Ihnen fällt wohl das Gehen auf diesem schmalen Weg schwer?"

„Ist hier nirgends ein Bach?"

Ich konnte die Trockenheit in meiner Kehle kaum mehr ertragen.

Kichijiro sah mit dünnem Lächeln auf den Lippen forschend zu mir her.

„Haben Sie Durst? Das kommt davon, weil Sie zuviel von dem Trockenfisch gegessen haben."

Wie gestern zogen in der Luft die Krähen ihre Kreise. Als ich zum Himmel hinaufschaute, stachen blendend weiße Strahlen in meine Augen. Während ich mit der Zunge meine Lippen befeuchtete, bereute ich die Unachtsamkeit, diesen Fisch gegessen zu haben. Das war ein Fehler gewesen, der nicht mehr gutzumachen war.

Ich hielt Ausschau nach einem Sumpf oder einem Teich, aber vergebens. Überall auf der Heide summten dumpf die Insekten, vom Meer herauf wehte ein lauwarmer Wind, der den Geruch feuchter Erde mit sich trug.

„Ist denn da nirgends ein Bach?"

„Ich weiß es nicht. Warten Sie bitte!"

Kichijiro hörte nicht einmal auf meine Antwort, sondern stieg den Abhang hinunter.

Nachdem die Schatten der Felsen seine Gestalt verschluckt hatten, senkte sich plötzlich Stille über die ganze Umgebung. Mit dürrem Ton reiben Insekten im Dunst des Grases ihre Flügel. Eine Eidechse klettert ängstlich über einen Stein und entflieht behende. Die verschreckten Züge dieser Eidechse, die mich von dem sonnenübergossenen Stein her belauert, gleichen aufs Haar denen Kichijiros, der soeben entschwunden ist.

War er denn wirklich Wasser für mich suchen gegangen? Oder aber war er auf und davon, um irgend jemanden heimlich über meinen Aufenthaltsort zu informieren?

Kaum hatte ich den Stock gepackt und auszuschreiten begonnen, als mich der unerträgliche Durst von neuem übermannte. Es war mir jetzt ganz klar, daß mir jener Kerl mit Vorsatz den Fisch zu essen gegeben hatte. „Darauf, da Jesus wußte, daß nun alles vollendet war, spricht er: ‚Mich dürstet!', und so erfüllte sich die Schrift. Nun stand da ein Gefäß voll Essig." Diese Worte aus der Heiligen Schrift stiegen mir ins Gedächtnis. „Die Soldaten steckten also einen

Schwamm voll Essig auf einen Ysopstengel und brachten ihn an seinen Mund." Bei dieser Vorstellung würgte mich selbst der Geschmack des Essigs, und ich glaubte erbrechen zu müssen; ich schloß die Augen.

Von ferne hörte ich eine heisere Stimme auf der Suche nach mir.

„Padre, Padre!"

Ein Bambusrohr hin und her schwenkend, schlurfte Kichijiro den Weg entlang.

„Warum sind Sie davongelaufen?"

Seine Augen, in deren Winkeln wie bei Tieren Augenschmalz klebte, sahen bedrückt zu mir herauf. Ich entriß ihm das entgegengehaltene Bambusrohr, und bereits in einem Stadium, wo ich mich um Scham oder Ehre nicht mehr kümmerte, schlürfte ich das Wasser gurgelnd in mich hinein. Bald waren meine Knie naß von der Flüssigkeit, die zwischen beiden Händen hinabströmte.

„Warum sind Sie davongelaufen? Auch Sie, Padre, vertrauen mir nicht!"

„Sei mir nicht böse. Ich bin müde. Könntest du mich jetzt nicht allein lassen?"

„Allein? Wohin wollen Sie denn gehen? Ich weiß doch einen Ort, wo Christen wohnen. Dort gibt es eine Kirche und daher auch einen Padre."

„Auch einen Priester?"

Ohne es zu wollen, erhob ich die Stimme. Es war undenkbar, daß sich außer mir selbst ein Priester auf dieser Insel aufhielt. Mißtrauisch prüfte ich Kichijiros Gesicht.

„Ja, Padre. Er ist kein Japaner. So hab' ich's gehört."

„Das ist nicht anzunehmen."

„Der Padre glaubt mir nicht", murmelte er mit unsicherer Stimme, im Stehen an einem Grashalm zupfend. „Weil mir niemand glaubt."

„Dafür hast du dich retten können. Mokichi und Ichizo aber hat man wie Steine auf den Boden des Meeres versenkt."

„Mokichi war stark. Er ist so stark wie die Setzlinge, die wir zum Einpflanzen aussuchen. Aber einen schwachen Setzling kann man noch so düngen, er wird schlecht wachsen und kümmerliche Früchte tragen. So einer wie ich, der von Geburt an einen schwachen Charakter hat, gleicht diesem Setzling."

Offensichtlich vermeinte er, von mir streng gerügt worden zu sein, denn er wich ein paar Schritte zurück. Aber ich hatte meine Worte nicht in der Absicht, ihm etwas vorzuwerfen, sondern eher in traurigem Nachdenken vor mich hingemurmelt. Kichijiro hatte ganz recht, die Menschen sind nicht immer Helden oder Heilige. Wie viele Gläubige hätten wohl, wenn sie nicht gerade in die Zeit dieser Verfolgung hineingeboren worden wären, fromm am Glauben festgehalten, ohne vor die Notwendigkeit gestellt zu sein, sich entweder von Gott abzukehren oder ihr Leben zu lassen. Sie unterlagen der körperlichen Angst, weil sie nicht mehr als ganz durchschnittliche Christen waren.

„Und deswegen..., weil ich überhaupt keinen Ort habe, wohin ich gehen kann, wandere ich auf diese Weise in den Bergen herum, Padre."

Ein Gefühl des Mitleids schnürte mir nun die Brust zusammen. Als ich ihn niederknien hieß, kniete sich Kichijiro, wie ihm geheißen, gleich einem Esel scheu auf der Erde hin.

„Hast du nicht das Gefühl, daß du zumindest wegen Mokichi und Ichizo beichten solltest?"

Es gibt zwei Gruppen von Menschen: Starke und Schwache. Heilige und gewöhnliche Menschen. Helden und solche, die diese verehren. Und die Starken werden es auch ertragen, daß sie in der Zeit einer Unterdrückung in den Flammen verbrannt oder im Meer versenkt werden. Die Schwachen jedoch irren wie dieser Kichijiro in den Bergen umher. Zu welcher Gruppe gehörst du selbst? Wenn ich nicht das Bewußtsein des Stolzes, daß ich ein Priester bin, und die daraus folgende Verpflichtung hätte, wäre ich womöglich auch gleich Kichijiro auf das Tretbild gestiegen.

„O Herr, der du gekreuzigt worden bist."

„O Herr, der du gekreuzigt worden bist."

„O Herr, der du die Dornenkrone trägst."
„O Herr, der du die Dornenkrone trägst."
Wie ein Kind die Worte der Mutter nachahmt, wiederholte Kichijiro jedes Wort, das ich ihm vorflüsterte. Im Wald drinnen ertönten keuchend die Stimmen der ersten Zikaden, und zu dem weißen Stein empor, auf dem jetzt wieder die Eidechse herumkroch, trieb der dunstige Geruch des Grases. Da hörte ich die Fußtritte mehrerer Leute aus der Richtung, von der wir eben gekommen waren. Schon eilten ihre Gestalten, aus dem Dickicht heraustretend, mit schnellen Schritten auf uns zu.
„Padre, vergeben Sie mir!" rief Kichijiro am Boden kniend, und es klang, als ob er weinte. „Ich bin schwach. Ich kann nicht so stark werden wie Mokichi und Ichizo."
Die Männer packten mich mit ihren Armen und zogen mich vom Boden auf. Einer von ihnen schleuderte Kichijiro, der unverändert auf den Knien lag, verächtlich ein paar Silberstücke vor die Nase.
Schweigend stießen sie mich vorwärts. Hin und wieder taumelte ich auf dem staubigen Pfad, auf dem wir uns dahinbewegten. Als ich mich einmal umsah, konnte ich von weitem das kleine Gesicht Kichijiros erkennen, der mich verraten hatte. Dieses Gesicht mit den Augen, die so entsetzt blickten wie die der Eidechse...

VI.

Obwohl hell die Sonne strahlte, war es im Ort merkwürdig dunkel. Als er hindurchgeschleppt wurde, starrten ihm aus den Hütten und schilfgedeckten Häusern, deren Dächer von Kieselsteinen beschwert waren, in Fetzen gehüllte Erwachsene und Kinder mit Augen, die funkelten, wie die von Katzen in der Finsternis, reglos entgegen.

Getragen von der Illusion, daß diese Leute Christen seien, zwang er auf seine Wangen ein Lächeln, aber kein einziger gab es ihm zurück. Einmal trat ein nacktes Kind aus der Reihe, worauf die Mutter mit aufgelöstem Haar von hinten vorstürzte, es hastig zurückzerrte und, es an die Brust drückend, entfloh. Um das Zittern seines Körpers zu bekämpfen, klammerte sich der Priester mit aller Macht an die Vorstellung des Mannes, den man da einst in jener Nacht vom Olivenhain herab zum Palast des Kaiphas geführt hatte.

Beim Verlassen des Ortes trafen seine Stirn plötzlich blendend die Strahlen der Sonne. Da ihm schwindelte, blieb er stehen. Die Männer murmelten irgend etwas und stießen ihn von hinten weiter.

Wider Willen verzog er sein Gesicht zu einem Lächeln und ersuchte sie, ein wenig rasten zu dürfen, aber die Männer verweigerten dies mit starren Blicken. Der Geruch von Dünger überzog die gesamte Oberfläche der sonnenbeschienenen Felder. Lerchen trillerten heiter. Große, ihm unbekannte Bäume ließen ihre Blätter erfrischend säuseln und spendeten am Weg wohltuenden Schatten. Der Pfad zwischen den Feldern verengte sich; als sie den Berg hinter dem Dorf erreichten, sah er auf der einen Seite der Mulde, die sich hier in den Berg bettete, eine Hütte aus zusammengelesenen Zweigen. Schwarz fiel der Schatten der Hütte auf die lehmfarbene Erde. Vier, fünf Männer und Frauen saßen in der Kleidung, wie sie bei der Feldarbeit getragen wurde, mit gebundenen Händen am Boden. Sie waren in irgendein Gespräch vertieft; beim Anblick des Priesters unter den herannahenden Männern blieb ihnen jedoch von Staunen überwältigt der Mund offen stehen.

Nachdem die Polizeibeamten den Priester zu diesen Männern und Frauen hingebracht hatten, war ihre Arbeit offenbar beendet, denn sie begannen lachend gegenseitigen Klatsch auszutauschen. Sie alle schienen nicht einmal im entferntesten eine Flucht des Priesters in Erwägung zu ziehen. Während der Priester sich auf die Erde niederließ, senkten die vier, fünf Männer und Frauen in seiner Umgebung ehrerbietig die Köpfe.

Eine Weile schwieg er. Eine Fliege flog beharrlich um sein Gesicht herum und versuchte an dem Schweiß, der von seiner Stirne tropfte, zu lecken. In seinen Ohren das dumpfe Geräusch ihrer Flügel, auf seinem Rücken die warmen Sonnenstrahlen, so erfüllte ihn allmählich sogar eine Art Wohlgefühl. Obwohl er einerseits begriff, daß seine Gefangennahme nicht wegzuleugnen war, fragte er sich in dieser behaglichen Atmosphäre gleichwohl, ob nicht alles doch eine Sinnestäuschung gewesen sein könnte. Ohne Zusammenhang streiften die Worte „Sonntag, Ruhetag" durch seinen Kopf. Mit lachenden Gesichtern unterhielten sich die Polizisten, als ob überhaupt nichts geschehen wäre.

Hell strahlte die Sonne auf das Gebüsch und auf die aus Reisig errichtete Hütte in der Einsenkung. Nie hatte er zu hoffen gewagt, daß der Tag seiner Verhaftung, den er sich seit langem in mit Angst und Unruhe vermischten Vorstellungen ausgemalt hatte, so friedlich verlaufen würde. Ja, er spürte sogar eine schwer in Worte zu fassende Unzufriedenheit — eine Art Enttäuschung, selbst nicht gleich den vielen Märtyrern, gleich Christus zu einem tragischen Helden geworden zu sein!

„Padre", sagte der Mann neben ihm, der ein weißes kaputtes Auge hatte, indem er die gefesselten Hände bewegte. „Was ist geschehen?"

Auf seine Frage hin erhoben auch die übrigen Männer und Frauen alle gleichzeitig ihre Gesichter. Ohne ihre blanke Neugierde im geringsten zu verbergen, warteten sie auf die Antwort des Priesters. Gleich ahnungslosen Tieren schienen diese Leute in vollkommener Unkenntnis ihres eigenen Loses zu sein. Als der Priester erwiderte, daß er in den Bergen gefangen worden wäre, legte der Mann die Hand ans Ohr, wie wenn er diese Antwort nicht richtig verstanden hätte, und stellte nochmals die gleiche Frage.

Dann begriffen sie endlich.

„Oh!" Allen entwich der gleiche Seufzer, ohne Verständnis, ohne Erregung.

„Wie gut er spricht!" rief eine Frau, kindlich das Japanisch des Priesters bewundernd. „Wirklich gut!"

Die Polizisten schalten sie weder, noch geboten sie ihnen Einhalt, sondern lachten ebenfalls. Auch als der Einäugige einen Polizeibeamten vertraulich anredete, reagierte der Befragte lachend.

„Die Leute da...", fragte der Priester die Frau mit leiser Stimme. „Was machen sie?" Darauf antwortete die Frau, daß die Polizisten mit ihnen auf das Eintreffen der Beamten warteten.

„Wir sind Christen, aber die sind keine Christen, die sind Gentios, Heiden", meinte die Frau, der solch ein Unterschied nicht sonderlich wichtig schien.

„Möchten Sie nicht etwas essen?"

Sie regte die zusammengebundenen Handgelenke und zog aus dem an der Brust weit offenen Kimono kleine Beutelmelonen hervor. An einer nagte sie selbst, die andere reichte sie dem Priester. Als er fest hineinbiß, verbreitete sich der unreife Geruch in seiner Mundhöhle. Während er gleich einer Ratte seine Vorderzähne bewegte, durchdrang ihn der Gedanke, daß er seit seiner Ankunft in diesem Land den armen Christen hier nur zur Last gefallen war. Sie gaben ihm eine Hütte, von ihnen erhielt er das Gewand, das er trug, sie spendeten ihm das Essen. Jetzt war er an der Reihe, ihnen etwas zu geben! Aber er besaß, abgesehen von seinen Taten und seinem Tod, überhaupt nichts, was er ihnen hätte anbieten können.

„Wie heißt du?"

„Monika."

Die Frau rückte mit dieser Auskunft ein bißchen verschämt heraus, so als ob sie mit ihrem Taufnamen den einzigen Schmuck, den sie besaß, zur Schau gestellt hätte. Welcher Missionar hatte wohl dieser Frau, deren ganzer Körper Fischgeruch ausdünstete, den Namen der berühmten Mutter des heiligen Augustin verliehen?

„Und er?" Der Priester wies mit dem Finger auf den einäugigen Mann, der mit dem Polizisten über irgend etwas sprach.

„Er heißt Juan."

„Und welchen Namen hatte der Padre, der euch die Taufe spendete?"

„Das war kein Padre. Das war der Irmão Ishida, Padre. Sie werden ihn wohl auch kennen."

Der Priester schüttelte den Kopf. In diesem Land kannte er keinen Geistlichen außer Garpe.

„Sie kennen ihn nicht?" Mit großen Augen starrte sie verwundert in sein Gesicht. „Er ist doch einer von denen, die am Berg von Unzen umgebracht worden sind."

„Seid ihr alle darauf vorbereitet", stellte der Priester schließlich die Frage, die ihn schon eine Weile beschäftigte, „daß wir vielleicht bald auf dieselbe Weise sterben?"

Die Frau schlug die Augen nieder und blickte reglos auf die Gräser zu ihren Füßen. Fliegen kreisten, angezogen von seinem und der Frau Schweißgeruch, erneut um ihre Köpfe.

„Ich weiß nicht. Der Bruder Ishida hat gesagt, im Paradies gibt es ewiges Glück. Dort werden nicht streng die Jahressteuern eingetrieben, oder? Dort gibt es weder Hunger noch die Angst vor Krankheiten. Es gibt keine Fronarbeit. Auf der

Welt aber müssen wir arbeiten, bis wir nicht mehr können." Die Frau stieß einen Seufzer aus. „Ehrlich gesagt, auf dieser Welt gibt es nichts als Qual und Not. Im Paradies ist es anders, nicht wahr, Padre?"

Das Paradies existiert nicht in der Form, wie du es dir vorzustellen scheinst, wollte der Priester sagen, aber er hielt die Worte im Mund zurück. Wie Kinder, wenn sie die Lehren des Christentums lernen, erträumten sich diese Bauern das Paradies als eine andere Welt ohne Steuern und Zwangsarbeit. Niemandem stand es zu, diesen Traum brutal zu zerstören.

„Ja, ja!" flüsterte er im Herzen. „Dort nimmt man uns nichts mehr weg."

Dann stellte er noch eine Frage:

„Einen Padre namens Ferreira kennst du nicht?"

Die Frau verneinte. War Hochwürden Ferreira ebenso wie nach Tomogi auch hierher nicht gekommen? Oder aber, fragte er sich, durften die japanischen Christen womöglich den Namen Ferreira gar nicht mehr aussprechen?

Vom Rand der Mulde tönte eine laute Stimme herab. Im Hinaufschauen traf sein Blick auf einen fülligen älteren Samurai von kleinem Wuchs, der lächelnd auf sie heruntersah. Als er dieses Lächeln des bejahrten Kriegers gewahrte, durchblitzte es ihn, ohne zu wissen, warum, daß eben dieser alte Mann auch das Verhör in Tomogi geleitet haben mußte.

„Heiß!" Sich Kühle zufächelnd, stieg der Ritter langsam den Abhang herab. „Wenn es jetzt so heiß bleibt, wird es schlecht aussehen mit der Ernte!"

Monika, Juan und die anderen Männer und Frauen legten die zusammengebundenen Hände auf die Knie und grüßten respektvoll. Mit einem Seitenblick streifte der alte Mann den Priester, der wie die anderen gesenkten Kopfes kniete, doch er ging an ihm vorbei, als ob er ihn nicht bemerkt hätte. Als er vorüberschritt, raschelte sein Überwurf, und der im Gewand haftende Wohlgeruch verteilte sich in seiner Umgebung.

„Hier gibt's ja nicht einmal einen Abendschauer. Die Wege stauben. Hierherzukommen ist für einen alten Mann wie mich wirklich eine Plage!"

Er kauerte sich zwischen die Gefangenen, ununterbrochen mit seinem weißen Fächer die Luft um seinen Kopf in Schwingungen versetzend.

„Wahrhaftig! So einem alten Mann wie mir solche Plagen zu bereiten!"

Die Strahlen der Sonne glätteten sein von Lächeln erfülltes Gesicht, so daß dieses den Priester an die Buddhastatuen erinnerte, die er in Makao gesehen hatte. Nichts in den Zügen dieser Buddhas deutete auch nur im geringsten auf Empfindungen hin, wie er sie aus dem Gesichtsausdruck Jesu herauszulesen gewohnt war. Die Fliegen flogen brummend durch die Luft. Sobald sie die Köpfe der Gläubigen zu streifen schienen, machten sie kehrt in Richtung des alten Mannes, nur um dann wieder erneut zu ihnen zurückzufliegen.

„Wir haben euch nicht verhaftet, weil wir euch hassen. Das müßt ihr einsehen. Warum sollten wir euch denn hassen und binden, wo ihr doch den Jahreszins erbracht habt und vorbildlich eure Fronarbeit geleistet habt. Wir wissen am besten, daß die Bauern das Fundament des Landes sind!"

In das Surren der Fliegen mischten sich das Rauschen des Fächers und das Gackern von Hühnern, das auf den Strömungen des lauwarmen Windes mitflog. Ist dies nun das Verhör? fragte sich der Priester, während er wie alle zu Boden schaute. Hatte wohl all den vielen Gläubigen und Missionaren eine ähnlich verstellte Stimme in die Ohren gesäuselt, ehe sie Folter und Hinrichtung erlitten? Hatte auch damals inmitten der einschläfernden Stille das Surren der Fliegen ihre Ohren berührt? Er hatte damit gerechnet, daß ihn plötzlich Angst überkommen würde, aber seltsamerweise regte sich in seinem Herzen kein Funken Furcht. Die Gedanken an Folter oder Tod standen nicht im mindesten Zusammenhang mit seiner eigenen Wirklichkeit. Er sah die zukünftigen Ereignisse mit ganz der gleichen Empfindung vor sich wie an einem Regentag einen von der Sonne beschienenen Hügel in der Ferne.

„Ich will euch eine Weile zum Nachdenken lassen, damit ihr mir dann eine vernünftige Antwort wißt."

Mit seinen letzten Worten erlosch das gekünstelte Lachen des alten Mannes. Statt dessen zeigte sich auf seinem Gesicht ein Ausdruck habgieriger Arroganz, wie er dem Priester aufs Haar gleich bei den chinesischen Kaufleuten in Makao aufgefallen war.

„Los!"

Die Polizisten erhoben sich aus dem Gras, um die Gruppe der Gefangenen wegzutreiben. Auch der Priester war im Begriff aufzustehen, als der alte Mann, die Züge wie ein Affe verzerrend, seinen Blick zu ihm wandte. Zum erstenmal tauchte in seinen Augen ein Schimmer von Haß auf.

„Du", sagte er, eine Hand am Schwertgriff und den kurzen Körper, so weit er konnte, in die Höhe gereckt: „Du bleibst hier!"

Der Priester lächelte dünn und ließ sich wieder ins Gras nieder. Nur allzu deutlich sprach aus dem kleinen Körper des alten Mannes, den er wie ein Hahn aufplusterte, das angestrengte Bestreben, ihm, dem Ausländer, hier vor den Gefangenen nicht zu unterliegen.

Wie ein Affe! murmelte er in seinem Innern. Wie ein Affe benimmst du dich. Es ist gar nicht notwendig, mich mit der Hand am Schwertknauf einzuschüchtern. Ich fliehe nicht.

Seine Blicke verfolgten die Schar, die mit zusammengebundenen Handgelenken den Abhang hinaufkletterte, worauf sie am gegenüberliegenden Plateau verschwand.

Hoc passionis tempore. Piis adauge gratiam.

Bitter schmeckten die Worte des Gebetes auf den ausgetrockneten Lippen. O Gebieter! Auferlege ihnen nicht noch mehr Prüfungen als bisher, flüsterte er wieder im Herzen. Schon diese sind für sie wohl allzu schwer gewesen. Bis heute haben sie es ertragen, die jährlichen Steuern, die Fronarbeit, dieses ganze elende Leben. Hast du vor, ihnen noch weitere Prüfungen aufzugeben? Der alte Mann führte ein Bambusrohr an den Mund, und es klang, als ob ein Hahn Wasser trinke.

„Ich habe schon des öfteren Patres getroffen. Es ist auch bereits vorgekommen, daß ich welche verhört habe."

Er benetzte seine Lippen und fragte in einem ganz anderen, einschmeichelnden Tonfall: „Kannst du Japanisch?"

Als sich die Wolken ein wenig vor die Sonne schoben und sich Schatten über die Mulden legten, stieg auf einmal hier und dort aus Gras und Gebüsch ein dumpfes Surren von Insekten, das er bisher nicht wahrgenommen hatte.

„Die Bauern sind dumm. Ob die Bauern gerettet werden oder nicht, Padre, hängt einzig davon ab, wie du dich dazu stellst..."

Der Priester verstand nicht genau, was der andere mit diesen Worten meinte, sein Gesichtsausdruck sagte ihm nur, daß dieser tückische Alte vorhatte, ihn in eine Falle zu locken.

„Die Bauern haben nicht die Fähigkeit, ihren Kopf zu gebrauchen. Mögen sie sich noch so sehr den Kopf zerbrechen, sie werden doch zu keinem Entschluß kommen. Und deshalb wäre es so wichtig, daß du ein Wort sagtest, nur ein Wort!"

„Was soll ich sagen?"

„Einfach: ,Schwört ab!'" Mit dem Fächer spielend, lachte der alte Mann. „Einfach: ,Schwört ab!'"

„Und wenn ich das verweigere", antwortete der Priester, ebenfalls lächelnd, ruhig, „tötet ihr mich, nicht wahr?"

„Nein, nein!" Der alte Mann blickte betrübt. „So was machen wir nicht. Machten wir das, würden diese Bauern nur noch verstockter. Da haben wir schon unsere Erfahrungen aus Omura und Nagasaki. Die Christen sind so impulsiv in ihren Taten."

Der Alte täuschte einen tiefen Seufzer vor, den der Priester aber sofort als unecht erkannte. Das Ganze erregte in ihm nun sogar Lust, den kleinen affenähnlichen Alten seinerseits zum besten zu haben.

„Wenn du ein wahrhafter Priester wärst, hättest du auch mit den Bauern Mitleid!"

Der Priester spürte, wie ihm unwillkürlich der Mund offen blieb. Was für ein naiver Alter war das nur! Denkt er, daß ich mich mit solch einer kindischen Logik zum Schweigen bringen lasse! Jedoch der Priester vergaß, daß ein kindischer und beschränkter Beamter wie jener vor ihm einfach in Zorn ausbricht, wenn er auf Widerstand stößt.

„Also was ist!"

„Bestraft nur mich allein!" Der Priester zuckte mit den Achseln, als ob er den Gegner nicht ernst nehme.

Auf die Stirne des alten Mannes stieg die Farbe nervösen Zornes, in der Ferne grollte schwacher Donner am bewölkten Himmel.

„Weißt du, welche Qualen diese Leute wegen dir ausstehen müssen?"

Man steckte ihn in die Hütte am Rand der Mulde. Weiße Sonnenstrahlen flossen wie Fäden durch die Ritzen der aus Zweigen verfertigten Wand auf den nackten Lehmboden. Vor der Hütte vernahm er undeutlich die Stimmen der Polizisten, die miteinander plauderten. Wohin haben sie jene Bauern geführt? Er hockte auf dem Boden, die Hände um die Knie gelegt, und dachte an die Frau namens Monika, an den einäugigen Mann. Und dann schoben sich darüber die Bilder von Omatsu, Ichizo und Mokichi aus Tomogi. Hätte er nur ein wenig Muße gehabt, um ihnen zumindest noch einen kurzen Segen zu erteilen. Aber lag in der Tatsache, daß ihm dies gar nicht in den Sinn gekommen war, nicht der Beweis, daß einfach die Zeit dafür gefehlt hatte?

Er bedauerte es auch, vergessen zu haben, diese Leute hier wenigstens nach dem Datum zu fragen. Er hatte keine Ahnung, wie viele Tage seit Ostern verstrichen waren oder welcher Heilige am heutigen Tag gefeiert wurde. Seit seiner Ankunft in Japan hatte er jegliches Zeitbewußtsein verloren.

Da er keinen Rosenkranz besaß, versuchte er mit Hilfe der fünf Finger das lateinische Ave-Maria und das Paternoster zu rezitieren. Aber die Gebete streiften nur leer die Lippen, nicht anders, wie Wasser vom Mund eines Kranken herabfließt, wenn der die Zähne fest zusammenbeißt. Weit mehr fesselten die Stimmen der Wächter, die vor der Hütte sprachen, seine Aufmerksamkeit. Er fragte sich, was denn so lustig sein konnte, denn die Wachen stießen von Zeit zu Zeit ein lautes Lachen aus. Ohne Zusammenhang traten vor die Augen des Priesters die Gestalten der Diener, die im Garten um das Feuer saßen. Die Gestalten jener Menschen, die in dieser Nacht in Jerusalem ohne die geringste Anteilnahme am Schicksal jenes Mannes ihre Hände an den dunklen Flammen wärmten. Auch diese Wachen hier, selbst Menschen wie er, auch sie brachten es zustande, ihm, dem Unbekannten gegenüber, völlig gleichgültig zu bleiben! Sie lachten und plauderten mit ungerührten Stimmen. Sünde ist etwas ganz anderes, als man gewöhnlich meint. Stehlen und Lügen sind keine Sünden. Sünde ist es, wenn ein Mensch über das Leben eines anderen hinwegschreitet, ohne einen Gedanken an die Narben, die er dort hinterläßt, zu verlieren.

Plötzlich traf weißes Licht seine geschlossenen Augenlider. Ein Mann bemühte sich, geräuschlos die Tür der Hütte zu öffnen. Kleine hinterlistige Augen spähten reglos herein. Sowie der Priester aufblickte, machte er sich flink aus dem Staub.

„Er ist natürlich ruhig, nicht?" redete ein anderer Mann den Wächter an, der eben hereingelugt hatte, wobei er die Türe aufstieß. Wie heißes Wasser floß das Licht in die Hütte, und in diesem Licht tauchte die Figur eines Japaners auf. Anders als der alte Samurai von vorhin, hatte er kein Schwert umgegürtet.

„Senhor, graça", begrüßte ihn der Mann auf portugiesisch. Seine Aussprache war wunderlich ungeschickt, aber er sprach zweifellos portugiesisch.

„Senhor."

Vom Schwall des Lichtes, das vom Eingang her seine Augen überflutete, ein wenig schwindlig, hörte der Priester dem Japaner zu, dessen Worte wohl hie und da fehlerhaft, jedoch insgesamt klar verständlich waren.

„Sie wundern sich wohl? Aber in Nagasaki und auf Hirado gibt es noch mehr Übersetzungsbeamte wie mich! Ob Sie erraten, Padre, wo ich Ihre Sprache gelernt habe?"

Ohne gefragt zu sein, plauderte der Mann weiter. Während des Sprechens schwenkte er ebenso wie der Ritter vorhin pausenlos einen Fächer in seiner Hand.

„Die Patres aus Ihrer Heimat haben in Arima, in Amakusa und in Omura theologische Schulen errichtet. Ich bin aber nicht vom Glauben abgefallen, wie Sie vielleicht meinen. Ich habe zwar die Taufe empfangen, weil man mich dazu überredet hat, doch hatte ich nie wirklich die Absicht, Christ oder gar Irmão zu werden. Für den Sohn eines hier ansässigen Samurai gibt es in solchen Zeiten kein anderes Mittel, in der Welt fortzukommen, als sich Wissen anzueignen."

Eifrig betonte der Mann, daß er kein Christ sei. Ohne darauf zu reagieren, lauschte der Priester der Stimme, die in der Dunkelheit immer weitersprach.

„Warum schweigen Sie?" sagte der Mann scheinbar erzürnt. „Immer haben die Patres uns Japaner als dumm hingestellt. Einen Pater habe ich gekannt, der hieß Cabral. Dieser Herr hat uns besonders verachtet. Obwohl er in Japan wirkte, verspottete er unsere Häuser, verspottete er unsere Sprache, verspottete er unser Essen und unsere Schrift. Und niemals, auch wenn wir das Seminar abgeschlossen hatten, gestattete man einem von uns, Priester zu werden!"

Im Zuge seiner Worte erinnerte er sich an frühere Vorfälle und geriet in immer größere Erregung. Die Erbitterung dieses Mannes ist nicht ungerechtfertigt, dachte der Priester, dessen Hände auf seinen Knien lagen. Er entsann sich, von Hochwürden Valignano in Makao über Hochwürden Cabral gehört zu haben. Valignano hatte beklagt, daß dessen Einstellung zu Japan viele Gläubige der Kirche entfremdet habe.

„Ich bin nicht so wie Cabral."

„Ob das stimmt?" Der Mann lachte leise. „Das kann ich mir gar nicht vorstellen."

„Warum?"

Die Dunkelheit hinderte ihn, die Gesichtszüge des Dolmetschers auszunehmen, aber obwohl er sie nicht sah, vermochte der Priester allein aus dem leisen Lachen des anderen die tiefere Ursache von dessen Haß und Zorn zu erraten. War es doch sein Beruf, mit geschlossenen Augen auf die Geständnisse der Gläubigen zu hören, wenn er in seinem Beichtstuhl in der Kirche saß. Was dieser Mann ablehnt, ging es ihm verschwommen durch den Kopf, während er in die Richtung seines Gesprächspartners blickte, ist nicht Pater Cabral, sondern seine eigene Vergangenheit, ist die Tatsache, daß er einmal die Taufe empfangen hat.

„Wollen Sie nicht hinauskommen? Sie werden doch nicht davonlaufen oder, Padre?"

„Nun, ich weiß nicht!" lächelte der Priester. „Ich bin kein Heiliger, und Sterben ist schrecklich."

Auch der Japaner brach in Lachen aus.

„Nein, nein! Wenn Sie aber diese Wahrheit anerkennen, dann werden Sie auch nichts dagegen haben, mir gut zuzuhören. Auch der Mut ist zuweilen für andere Menschen eine Last. Das nennen wir einen blinden Mut. Und ich muß Ihnen sagen, daß es unter den Patres viele gibt, die, von diesem blinden Mut besessen, vergessen, daß sie Japan zur Last fallen."

„Haben die Missionare denn nur eine Last bedeutet?"

„Jemandem etwas aufzudrängen, was dieser gar nicht verlangt hat, ist eine überflüssige Wohltat. Die christliche Lehre ist so eine überflüssige Wohltat, die man uns aufgedrängt hat. Wir besitzen unsere eigene Religion. Wir wollen nicht, daß eine ausländische Lehre hier eindringt. Auch ich habe im Seminar den Unterweisungen der Patres gelauscht, aber es fällt mir nichts, überhaupt nichts ein, wozu mir dieses Wissen jetzt noch dienen könnte."

„Unsere Ansichten scheinen nicht die gleichen zu sein", sagte der Priester ruhig mit gesenkter Stimme. „Ansonsten würden wir uns wohl kaum über das weite Meer nach Japan begeben."

Dies war die erste Diskussion, die er mit einem Japaner führte. Seit der Zeit des heiligen Franziskus Xavier waren sicher zahlreiche Patres solcherart argumentierend in einem

Wortstreit mit den Anhängern des Buddhismus verwickelt worden. Hochwürden Valignano hatte gewarnt, die Japaner zu unterschätzen. Seinen Worten zufolge waren sie in der Führung einer Diskussion gut bewandert.

„Ich stelle Ihnen jetzt eine Frage!" sagte der Dolmetscher aufdringlich, während er den Fächer zuklappte und wieder öffnete.

„Die Christen nennen Deus den Ursprung des Mitleids und des Erbarmens, den Ursprung alles Guten und aller Moral. Die Buddhas aber seien Menschen und daher nicht mit solchen Tugenden ausgestattet. Denken Sie ebenso, Padre?"

„Gleich uns entrinnt auch Buddha dem Tod nicht. Er unterscheidet sich also vom Schöpfer."

„Das glauben Sie, Padre, weil Sie vom Buddhismus überhaupt keine Ahnung haben. Aber die verschiedenen Buddhas sind nicht alle allein auf das Menschliche begrenzt. Unter den verschiedenen Buddhas gibt es die drei Personifikationen des Hosshin-Buddha, des Hojin-Buddha und des Oge-Buddha. Oge, der die Geschöpfe erlöst und ihnen ewige Gnade verleiht, nimmt acht Gestalten an; Hosshin aber ist ohne Anfang und Ende und wird auch in den Sutren immer als der ewig Bestehende, sich nicht Wandelnde dargestellt, denn er ist der Buddha, der in Ewigkeit unverändert existiert. Nur die Christen glauben, daß alle Buddhas Menschen sind; wir sind da anderer Meinung."

Der Japaner ratschte diese Antwort in einem Atemzug herunter, als ob er sie auswendig gelernt hätte. Ohne Zweifel hatte er bis zum heutigen Tag immer wieder überlegt, mit welchen Argumenten sich die Missionare, deren er schon mehrere verhört hatte, schlagen ließen. Das wird auch der Grund sein, warum er so schwierige Wörter verwendet, daß er sie selbst kaum verstehen kann, dachte der Priester.

„Aber ihr glaubt doch", der Priester zielte bei seinem Gegenangriff auf einen schwachen Punkt des Gegners, „daß die ganze Schöpfung von selbst existiert und unsere Welt keinen Anfang und kein Ende kennt."

„Ganz wie Sie sagen."

„Ein lebloses Ding kann sich nicht von selbst bewegen, wenn es nicht ein anderes Wesen in Bewegung setzt. Wie sind denn die Buddhas geboren worden? Ich weiß auch, daß die Buddhas ein mitleidiges Herz besitzen, jedoch zuvor muß doch auf irgendeine Weise die Welt geschaffen worden sein! Unser Deus ist das Wesen, das zuerst sich selbst erschuf, dann die Menschen ins Leben rief und der ganzen Schöpfung ihre Existenz verlieh."

„Das heißt also dann, daß vom christlichen Deus auch die bösen Menschen ins Leben gerufen wurden. Ihren Worten zufolge ist auch das Böse ein vom Deus vollbrachtes Werk!"

Der Dolmetscher lachte leise, als ob er einen Sieg errungen hätte.

„Nein, nein, das stimmt nicht." Unwillkürlich schüttelte der Priester seinen Kopf. „Deus hat alle Menschen für das Gute bestimmt. Um dieses Gute zu erkennen, hat Deus den Menschen den Verstand geschenkt. Indes, es gibt Fälle, wo wir, den Verstand außer acht lassend, in Widerspruch zu unserer Erkenntnis handeln. Dies allein nennen wir böse."

Der Dolmetscher schnalzte verächtlich mit der Zunge. Der Priester hatte nicht erwartet, daß seine eigene Erklärung den anderen überzeugen würde. Solch ein Gespräch war kein Gespräch mehr, vielmehr ein Versuch, den Gegner mit dessen Worten zu bezwingen, ob sich das nun logisch ergab oder nicht.

„Hören Sie mit Ihren Spitzfindigkeiten auf! Vielleicht können Sie Bauern, Frauen oder Kindern auf diese Weise imponieren, ich lasse mich auf jeden Fall von solchen Argumenten nicht in die Irre führen. Doch gut. Eine andere Frage! Angenommen, Deus besitzt ein wahrhaft mitleidiges Herz — wie erklären Sie es sich dann, daß er den Weg zum Paradies mit vielerlei Schmerzen und Schwierigkeiten pflastert?"

„Vielerlei Schmerzen? Das mißverstehen Sie! Handeln die Menschen nach den Geboten Gottes, dann können sie sich ein Leben in Frieden erwarten. Gott wird uns niemals befehlen, des Hungertodes zu sterben, wenn wir essen wollen. Gott, den Gebieter, der alles erschaffen hat, anzubeten — beherzigen wir das, so ist alles in Ordnung. Gott zwingt uns zum Beispiel auch nicht, Frauen fernzubleiben, wenn wir es nicht vermögen, den fleischlichen Bedürfnissen zu entsagen. Er sagt nur: Begnüge dich mit einer Frau und lebe nach Gottes Willen!"

Diese Antwort habe ich vorzüglich geschafft, dachte der Priester, nachdem er geendet hatte. In der Dunkelheit der Hütte spürte er lebhaft, daß der Dolmetscher nicht mehr weiterwußte. Eine Weile blieb er stumm.

„Lassen wir es gut sein. Bei dieser Diskussion kommt doch nichts heraus." Dann sagte er verdrießlich zum Priester, nun auf japanisch: „Ich bin eigentlich nicht hier, um darüber zu reden!"

In der Ferne gackerten Hühner. Durch die Tür, die einen Spalt geöffnet war, floß ein Strahl Licht herein. Im Licht flimmerten unzählige Staubflöckchen. Regungslos starrte der Priester darauf. Der Dolmetscher seufzte tief.

„Wenn Sie dem Glauben nicht abschwören, werden die Bauern in die Grube gehängt."

Der Priester begriff nicht ganz, was der andere sagte.

„Die Bauern werden einige Tage mit dem Kopf nach unten in ein tiefes Loch..."

„...In eine Grube gehängt?"

„Ganz recht. Wenn Sie, Padre, nicht abfallen."

Der Priester schwieg. War das nun eine Drohung oder wirkliche Absicht? Bewegungslos saß er da, die Augen in die Dunkelheit gerichtet, und bemühte sich, die Wahrheit herauszufinden.

„Unser Herr Inoue, sicher haben Sie von ihm gehört, er ist der Gouverneur — auf jeden Fall werden auch Sie, Padre, vom Herrn Inoue persönlich einer Befragung unterzogen werden."

Nur das Wort Inoue erreichte von dem, was der Dolmetscher auf portugiesisch sagte, seine Ohren, es schien sich zu bewegen wie ein lebendiges Wesen, und sein ganzer Körper wurde für einen Augenblick von Schauder übermannt.

„Folgende Patres sind bisher nach Verhören durch unseren Herrn Inoue vom Glauben abgefallen", der Dolmetscher zählte diese Namen auf wie eine Huldigung für Inoue: „Padre Porro, Padre Pedro, Padre Cassola, Padre Ferreira."

„Padre Ferreira!"

„Kennen Sie ihn?"

„Nein, ich kenne ihn nicht." Der Priester schüttelte heftig den Kopf.

„Er ist von einem anderen Orden. Ich habe ihn niemals getroffen, seinen Namen habe ich noch nie vernommen. Ist dieser Pater noch am Leben?"

„Gewiß lebt er. Er trägt jetzt einen japanischen Namen, hat in Nagasaki ein Haus und eine Frau zugewiesen erhalten und erfreut sich bester Lebensbedingungen."

Vor den inneren Augen des Priesters tauchten plötzlich die noch nie gesehenen Straßen von Nagasaki auf. Er wußte nicht, warum er sich das so vorstellte, aber in der Stadt seiner Phantasie brannten gleißend die Sonnenstrahlen der Abenddämmerung auf die winzigen Fenster kleiner Häuser in winkeligen Gassen. Und in diesen Gassen ging Hochwürden Ferreira, angetan mit dem gleichen Gewand wie dieser Dolmetscher. Nein, das kann nicht sein. Diese Vorstellung war grotesk.

„Ich kann es nicht glauben!"

Der Dolmetscher trat mit einem höhnischen Lachen vor die Hütte. Die Tür fiel zu, der Strahl weißen Lichtes, der hereingeströmt war, erlosch mit einemmal. Wie vorher vernahm er von draußen die Stimmen der Wachen im Gespräch.

„Nicht dumm, der Kerl!" berichtete ihnen der Dolmetscher. „Aber ich sag's euch, er wird bald abfallen!"

Das betrifft mich, dachte der Priester. Die Hände um die Knie gelegt, nagte er noch immer an den Namen der vier Männer, die der Dolmetscher vorhin heruntergeleiert hatte. Padre Porro und Padre Pedro kannte er nicht, aber er war sich sicher, über Padre Cassola in Makao etwas aufgeschnappt zu haben. Es mußte derjenige portugiesische Pater sein, der sich ebenfalls nach Japan eingeschmuggelt hatte, aber im Unterschied zu ihm nicht von Makao, sondern vom spanischen Territorium Manila aus. Da nach seinem heimlichen Eindringen in Japan jegliche Nachrichten über ihn versiegt waren, hatte man in der Gesellschaft Jesu vermutet, daß er sofort nach der Landung einen glorreichen Märtyrertod erlitten habe. Hinter den Gestalten dieser drei Männer aber schwebte das Gesicht von Hochwürden Ferreira, den er suchte, seitdem er den Fuß in dieses Land gesetzt hatte. Wenn er nun annahm, daß die Worte des Dolmetschers nicht nur leere Drohungen enthielten, dann war Hochwürden Ferreira tatsächlich, wie es das Gerücht behauptete, durch den Gouverneur Inoue zum Verzicht auf seinen Glauben gebracht worden. Stimmte es, daß sogar Ferreira die Kirche verraten hatte, so würde es vielleicht auch für ihn ganz und gar unmöglich sein, die zukünftigen Prüfungen auszuhalten — diese Sorge streifte plötzlich das Herz des Priesters. Er schüttelte wild seinen Kopf. Verzweifelt versuchte er diese bedrückenden Gedanken zu verscheuchen, die ihn wie ein Brechreiz würgten, aber je heftiger er sich bemühte, diese Vorstellungen zu unterdrücken, desto mehr gewannen sie, unabhängig von seinem Willen, Gewalt über ihn.

Exaudi nos, Pater omnipotens, et mittere digneris sanctum angelum tuum qui custodiat, foveat, protegat, visitat atque defendat omnes habitantes...

Er rezitierte ein Gebet nach dem anderen, um seine Gedanken abzulenken, aber die Gebete beruhigten sein Herz nicht. Oh, mein Gebieter! Warum schweigst du? Warum schweigst du noch immer? flüsterte er...

Am Abend öffnete sich die Tür wieder. Ein Wächter stellte eine hölzerne Schüssel, in der einige Kürbisse lagen, vor ihn und ging ohne eine Wort aus der Hütte. Als der Priester die Früchte zum Mund führte, stieg ein ranziger Geruch in seine Nase. Sicher waren sie schon vor zwei, drei Tagen zubereitet worden. Aber in seinem unerträglichen Hunger verschlang er sie bis zur Schale. Er nagte noch daran herum, da begannen die Fliegen schon um seine Hände zu kreisen. Bin ich nicht wie ein Hund? dachte der Priester, während er die Finger abschleckte. In alten Zeiten waren die Missionare sogar des öfteren Gäste der japanischen Landesfürsten und Samurai gewesen. Wie Hochwürden Valignano erzählt hatte, kannten die Missionare keinen Mangel an Wein und Brot, denn regelmäßig besuchten portugiesische Schiffe mit reichlicher Schiffsfracht die Häfen von Hirado, Yokoseura und Fukuda. An reinen Eßtischen sprachen sie ihre Gebete und genossen mit Muße ihre Mahlzeiten. Er aber, er hatte jetzt sogar zu beten vergessen, so gierig war er auf diesen Hundefraß gewesen. Und wenn er betete, war es nicht, um Gott zu danken, sondern um ihn um Hilfe zu bitten, um Vorwürfe oder Klagen zu äußern. Welch eine Schande, welch eine Schmach für einen Priester!

Er ist sich vollkommen klar darüber, daß Gott existiert, um gelobt und gepriesen zu werden, und nicht, um Klagen entgegenzunehmen. Wie schwierig ist es doch, am Tag einer solchen Prüfung oder gar wie der leprakranke Hiob allem Leiden zum Trotz Gott zu verherrlichen!

Die Tür knarrte, der Wächter von vorhin erschien.

„Padre, wir müssen schon gehen!"

„Wohin?"

„Zum Hafen."

Beim Aufstehen übermannt ihn ein Schwindelgefühl, denn er hat außer den Kürbissen nichts im Magen. Vor der Hütte dämmert es bereits, die Bäume und Büsche in der Mulde senken schlaff ihre Blätter, Moskitos streiften sein Gesicht, in der Ferne quaken Frösche.

Es begleiten ihn zwar drei Wächter, aber keiner achtet auf ihn. Mit lauter Stimme beraten sie irgend etwas. Zuweilen brechen sie in Gelächter aus. Einer entfernt sich von der Gruppe, um im Gebüsch zu urinieren. Unversehens durchfährt ihn der Gedanke, daß er jetzt die anderen zwei zur Seite stoßen und entfliehen könnte. Im selben Moment drehte sich unerwartet der Wächter um, der vor ihm ging.

„Padre, in der Hütte war's scheußlich, nicht!" Er lachte gutmütig. „Und heiß!"

Das gutmütige Lachen ließ mit einemmal alle Spannung von dem Priester weichen. Selbstverständlich würden diese Bauern bestraft, wenn ihm die Flucht gelänge. Ein mühsames Lächeln auf den Lippen, nickte er ihm zu.

Sie wanderten den gleichen Weg zurück, den sie am Morgen gekommen waren. Mit eingesunkenen Augen starrte der Priester auf die mächtigen Bäume inmitten der Felder, über die sich das Quaken der Frösche verbreitete. Er erinnerte sich, diese Bäume schon gesehen zu haben. In den Bäumen saßen große Krähen, krächzten und schlugen mit den Flügeln. Ihre Stimmen und die der Frösche vereinigten sich zu einem dunklen Chor.

Im Dorf treibt hier und dort weißer Rauch von den Häusern, der die Moskitos verjagt. Ein Mann im Lendentuch mit einem Kind in den Armen brach, als er des Priesters ansichtig wurde, in idiotisches Lachen aus. Frauen starrten den vier Männern nach, die an ihnen vorbeigingen, ihre Augen bedrückt gesenkt.

Hinter dem Dorf erstreckten sich wieder Felder. Der Weg neigte sich und führte bergab. Schließlich berührt ein salziger Wind die eingefallenen Wangen des Priesters. Direkt unter ihnen liegt der sogenannte Hafen; es gibt aber nur eine einzige Schiffsanlegestelle aus aufeinander geschichteten schwarzen Kieselsteinen. Am Strand liegen zwei einsame Boote. Während die Wächter Holzblöcke nebeneinander unter diese Schiffe schieben, sammelt der Priester pfirsichfarbene Muschelschalen im Sand und bewegt sie spielerisch in seinen Händen. Das waren die ersten schönen Dinge, die er heute zu Gesicht bekam.

Wenn er sie an die Ohren hielt, hörte er aus dem Innern der Muscheln leises Rauschen. Plötzlich ließ er sich von einem dunklen Drang hinreißen. Mit dumpfem Geräusch zerbrachen die Muschelschalen in seiner Hand.

„Steigen Sie ein!"

Das am Schiffsboden angesammelte Wasser war weiß von Staub. Kalt biß es in die geschwollenen Beine. Die Füße im Nassen, hielt er sich mit beiden Händen am Rand des Schiffes, schloß die Augen und stieß einen Seufzer aus.

Während das Boot langsam vom Ufer wegglitt, streiften seine Blicke aus tiefliegenden Augen gedankenverloren die Berge, auf denen er heute morgen noch herumgewandert war. Im Abenddunst erstreckten sie sich blauschwarz, geformt wie die volle Brust einer Frau. Als er sich nochmals zum Strand zurückwandte, lief dort ein Mann, gekleidet wie ein Bettler. Beim Laufen schrie er irgend etwas, beim Schreien rutschte er im Sand aus. Es ist Kichijiro, der ihn verkauft hat.

Kichijiro fällt hin, rappelt sich wieder auf und ruft abermals mit lauter Stimme. Einmal klingt es wie Hohngeschrei, dann wieder hört es sich an wie Weinen, aber der Priester kann keines der Worte deutlich verstehen. Seltsamerweise empfindet er gegenüber diesem Mann weder Haß noch Groll. Das Gefühl der Resignation, die Einsicht, daß er früher oder später auf jeden Fall in Gefangenschaft geraten wäre, beherrscht seine Brust. Endlich nimmt Kichijiro zur Kenntnis, daß er das Schiff nicht mehr erreichen kann. Wie ein Stock steht er am Gestade und starrt in die Richtung des Bootes. Im Abendnebel wird seine Gestalt allmählich immer kleiner.

Nachts ruderten sie in einen Meeresarm hinein. Er hatte geschlafen. Als er die Augen einen Spalt öffnete, sah er, daß hier die Wächter, die ihn bisher begleiteten, ausstiegen und drei andere Männer als Ersatz an Bord des Schiffes kamen. Die alten und die neuen Wächter unterhielten sich in dem verwaschenen Dialekt der Gegend. Vollkommen erschöpft, wie er war, vermochte er sich nicht mehr aufzuraffen, ihr Japanisch zu enträtseln. Nur ab und zu, wenn in ihrem Gespräch Worte wie Nagasaki oder Omura fielen, dachte er zerstreut, daß einer dieser Orte vielleicht sein Ziel sein würde. In der Hütte hatte er noch genug Kraft aufgebracht, um für die anderen Gefangenen, die Frau, die ihm die Beutelmelone geschenkt hatte, und den einäugigen Mann, zu beten, aber jetzt war er zu nichts mehr fähig. Wohin sie ihn auch führten, was sie dort auch mit ihm anstellten — nichts, gar nichts schien ihm mehr von Bedeutung. Die Augen fielen ihm zu, und er schlief wieder ein; manchmal öffnete er die Lider, dann hörte er das eintönige Geknarre der Ruder. Einer der Männer bediente diese, die beiden anderen kauerten mit düsterem Gesicht in der Dunkelheit und sprachen kein Wort. O Herr, alles geschehe nach deinem Willen, murmelte er im Halbschlaf. Obwohl die Stimmung, in die er nun verfiel, auf den ersten Blick der der Demut ähnelte, in der die meisten Heiligen sich selbst der Vorsehung Gottes ergeben hatten, dünkte ihm doch irgendwo ein wesentlicher Unterschied zu sein. Wie wirst du dich denn verhalten, gegenüber all dem, das auf dich zurollt? Wird es soweit kommen, daß du deinen Glauben nach und nach ganz verlierst? So bohrte eine Stimme tief in seinem Gehirn. Allein diese Stimme zu hören, tat ihm weh.

„Wohin?" fragte er die drei neuen Wächter, als er wieder einmal aufwachte, mit heiserer Stimme, aber die Gefragten schienen vor Furcht zu erstarren und antworteten nicht.

Nochmals erkundigte er sich: „Wohin?" Darauf erwiderte einer leise, als ob er sich schämte: „Nach Yokoseura."

Den Namen dieses Ortes hatte er von Hochwürden Valignano häufig gehört. Hochwürden Frois und Hochwürden Almeida eröffneten diesen Hafen mit Erlaubnis der lokalen Fürsten. Von da an liefen die portugiesischen Schiffe, die früher in Hirado vor Anker gegangen waren, nur mehr Yokoseura an. Den Gipfel des Hügels krönte eine Kirche der Gesellschaft Jesu; auch ein großes Kruzifix errichteten die Patres dort. Das Kreuz war so groß, daß es die Missionare, welche aus der Ferne über das Meer nach Japan segelten, schon von weitem begrüßte. Hochwürden Valignano erzählte, daß am Osterfest sich auch die japanische Bevölkerung zur Osterprozession gesellte und mit Kerzen in den Händen auf den Hügel gepilgert war. Sogar der Fürst, der schließlich die Taufe empfing, besuchte die Kirche von Zeit zu Zeit.

Von seinem Boot aus spähte der Priester nach einem Dorf oder einem Hafen, der Yokoseura sein konnte, aber tiefes Schwarz, das kein einziges Licht durchdrang, löschte sowohl das Meer wie auch das Land aus. Dörfer und Häuser versanken darin. Aber war es nicht möglich, daß sich auch hier noch wie in Tomogi und Goto Christen heimlich versteckten? Die ahnen wohl nicht, daß in diesem Schiff, das gerade die Wellen durchschneidet, ein Priester kauert, zitternd wie ein streunender Hund. Auf die Frage des Priesters, wo Yokoseura denn sei, zögerte der Wächter am Ruder eine Weile. Dann sagte er:

„Das gibt es nicht mehr."

Das Dorf wurde niedergebrannt. Die Leute, die darin gewohnt hatten, wurden vertrieben. Außer dem Rauschen der Wellen, die dumpf an das Schiff schlugen, blieben Meer und Land stumm, wie erstorben. Warum hast du alles im Stich gelassen? fragte der Priester schwach. Sogar das Dorf, das wir dir zu Ehren errichtet haben, hast du verbrennen lassen, sogar da hast du in Seelenruhe zugeschaut. Und als man die Bewohner vertrieb, hast du ihnen nicht Mut zugesprochen, sondern geschwiegen wie diese Dunkelheit. Warum? Bitte sage uns wenigstens, warum? Wir sind nicht so starke Menschen wie Hiob, den du, um ihn zu prüfen, mit Aussatz schlugst. Hiob war ein Heiliger, aber die Gläubigen sind doch nur arme schwache Menschen! Auch bei Prüfungen gibt es ein erträgliches Maß. Auferlege doch keine Leiden, die dieses überschreiten! Der Priester betete, jedoch das Meer blieb kalt und die Finsternis schwieg hartnäckig weiter. Nur das schwerfällige Geräusch der Ruder durchbrach mit seinem eintönigen Rhythmus die Stille.

Bald werde ich zu nichts mehr nutz sein, dachte er schaudernd. Wenn mir Gott in seiner Gnade nicht Mut und Kraft verleiht, bin ich mit meiner Kraft in Kürze am Ende.

Das Knarren der Ruder stockte, einer der Männer rief auf das Meer hinaus:

„Wer ist da?"

Obwohl das Schiff stillstand, ertönte von irgendwoher das Plätschern von Rudern.

„Es wird ein Nachtfischer sein. Kümmert euch nicht darum. Fahren wir weiter!" murmelte der ältere der beiden Wächter, die bisher geschwiegen hatten.

„Da ist wer! Was machst du?"

Die Ruder des Nachtfischers hielten an, eine schwache Stimme drang durch die Dunkelheit. Irgendwie schien sie dem Priester bekannt. Aber er vermochte sich nicht zu entsinnen, wo er diese schwache Stimme schon gehört hatte.

Gegen Morgen erreichen sie Omura. Allmählich vertreibt der Wind den milchweißen Nebel und in den ganz und gar ermatteten Augen spiegeln sich die weißen Mauern eines Schloßgebäudes, das von Wald umgeben am Land hingebaut ist. Ein aus Holzblöcken zusammengefügtes Baugerüst läßt vermuten, daß es noch nicht vollendet ist. Über den Wald her fliegt ein Schwarm Krähen. Hinter dem Schloß drängen sich dichte Reihen schilf- und strohgedeckter Häuser. Zum erstenmal sah der Priester eine japanische Stadt vor sich.

Als die Umgebung sich in mattes Weiß färbte, bemerkte er, daß zu Füßen der drei Wachen, die ihn begleiteten, dicke Knüppel lagen. Ohne Zweifel hatten sie den Befehl, den Priester erbarmungslos ins Meer zu stoßen, sobald er nur das geringste Anzeichen eines Fluchtversuches andeutete.

Am Kai standen bereits einige Samurai, in deren wattierten Seidengewändern lange Schwerter steckten, umwogt von einer Schar lärmender Schaulustiger. Mit großer Ausdauer wartete die Menge, stehend oder sitzend, auf einem Hügel über dem Ufer auf die Ankunft des Schiffes, von den Kriegern immer wieder zu Ruhe und Ordnung gemahnt. Als der Priester an Land stieg, brach ein Tumult aus. Während er sich, von den Kriegern eskortiert, einen Weg durch die Männer und Frauen bahnte, begegnete er auf ihren Mienen manch einem schmerzlichen Blick. Er schwieg, und auch diese Gesichter schwiegen. Im Vorbeigehen erteilte er ihnen mit einer leichten Gebärde der Hand den Abschiedssegen. Daraufhin senkten sie sofort angstvoll die Augen, und einige von ihnen wandten den Kopf weg. Eigentlich sollte er auf ihre Lippen, die sich jetzt fest zusammenpreßten, die heilige Hostie legen. Aber zur Meßfeier fehlten ihm auch der Altar, Wein und Becher für die heilige Kommunion.

Hohngelächter erhob sich aus der Menge, als man ihn auf ein Pferd ohne Sattel setzte und seine Handgelenke mit einem Strick anband. Omura nannte sich zwar eine Stadt, aber es war auch nicht anders als die Dörfer, die er bis jetzt gesehen hatte — eine Ansammlung strohgedeckter Häuser.

Im Unterschied zu den Bauerndörfern standen hier am Straßenrand barfüßige Frauen, die zum offenen langen Haar um die Hüften in Falten gewickelte Kleider mit aufgesteckten Ärmeln trugen, und verkauften Meeresprodukte, Feuerholz oder Gemüse. Aus dem Gewoge der Leute überschütteten ihn vor allem die Wandermusikanten — sie hatten Gewänder an, die an den Armen und Beinen aufgeschürzt waren, und spielten auf einem lautenartigen Instrument namens Biwa — sowie die buddhistischen Priester in schwarzgefärbten Trachten mit Hohn und Spott. Die Straße wand sich eng dahin, und nicht selten traf ein Kieselstein, aus einer Kinderhand geworfen, sein Gesicht. Wenn es stimmte, was Hochwürden Valignano berichtet hatte, so war Omura das Gebiet in Japan, dem die Missionare die intensivste Missionsarbeit gewidmet hatten. Es mußte die Stadt sein, in der einst zahlreiche Kirchen und theologische Schulen standen, in der, wie Hochwürden Frois in einem Brief triumphierte, von den Bauern bis zu den Rittern hinauf alle „mit Begeisterung auf die Worte der Geistlichen hörten". Sogar der Lokalfürst hatte sich zu einem eifrigen Christen bekehrt, und seine ganze Familie war ihm gefolgt. Jetzt aber schleudern die Kinder Steine nach ihm, und die Ritter unternehmen nicht das mindeste gegen die buddhistischen Priester, die ihn mit ihrem schmutzigen Speichel und Beschimpfungen übergießen.

Die Straße nach Nagasaki führte das Meer entlang. In einem Ort namens Suzuda brachten die Krieger vor einem mit weißen Blüten übersäten Bauernhaus ihre Pferde zum Stehen, befahlen den Männern, die ihnen zu Fuß folgten, Wasser zu holen, und hießen sie, auch den Priester einen Schluck trinken zu lassen. Aber das Wasser floß von seinen Lippen hinab auf seine magere Brust.

„Schaut einmal, wie groß der ist!" verlachten ihn Frauen, die ihre Kinder an den Ärmeln herbeizogen. Als der Zug sich wieder schwerfällig in Bewegung zu setzen begann, schaute er noch einmal zurück. Denn unversehens überkam ihn der traurige Gedanke, daß er vielleicht niemals mehr die Gelegenheit haben würde, den Anblick solch eines weiß blühenden Baumes zu genießen. Die Samurai, die ihre schwarzen Kopfbedeckungen abgenommen hatten, um sich den Schweiß abzuwischen, banden ihre verrückten Frisuren zurecht und schwangen sich, die Schenkel entblößend, wieder auf ihre Pferde. Hinter ihnen schlossen fünf, sechs mit Bogen ausgerüstete Polizeibeamte an, die sich lärmend miteinander unterhielten. Weiß krümmte sich die Landstraße, auf der sie dahinzogen, über dem Meer. Ein Bettler folgte ihnen, gestützt auf einen Stock. Der Priester erkannte, daß es Kichijiro war. Genauso wie er vom Strand aus dem Boot nachgeblickt hatte, mit offenem Mund und nachlässig an der Brust weit auseinanderklaffendem Kimono, so schlurfte er jetzt dahin. Als er bemerkte, daß der Priester sich nach ihm umsah, versteckte er sich überstürzt im Schatten eines Baumes am Wegrand. Wieso verfolgte ihn dieser Mann, der ihn verraten hatte, immer weiter? Es war dem Priester ein Rätsel. Mit einemmal streifte seine Brust die Mutmaßung, ob der Mann, der in den frühen Morgenstunden ein Boot über das finstere Meer gesteuert hatte, nicht auch Kichijiro gewesen war.

Vom Pferd geschaukelt, starrte er zuweilen aus eingesunkenen Augen gedankenverloren über das Meer. Es glänzte heute düster und schwarz. Am Horizont zeichnete sich die aschgraue Silhouette einer großen Insel ab, aber er hatte keine Ahnung, ob dies nun die Insel war, die er bis gestern durchwandert hatte, oder nicht.

Nachdem sie Suzuda hinter sich gelassen hatten, bevölkerte sich die Straße nach und nach mit Leuten, die in beide Richtungen wanderten. Kaufleute, ihre Waren auf die Rücken von Rindern geladen, trugen tief ins Gesicht gezogene Strohhüte. Andere Reisende hatten die Hosen unten zusammengebunden und Gamaschen darübergezogen, Männer in Strohregenmänteln, Frauen, Markthüte über ihre Schleier gebunden, sie alle blieben erschreckt am Straßenrand stehen und starrten wie versteinert mit leeren Gesichtern, sobald sie die Prozession erblickten. Es kam auch vor, daß Bauern ihre Hacken wegwarfen und zum Straßenrand hasteten. Früher hatten ihn die Kleidung und das Aussehen der Japaner lebhaft interessiert, jetzt jedoch glomm in seinem total erschöpften Herzen kein Funken Teilnahme mehr.

Er schließt die Augen und flüstert, mit letzter Kraft die ausgetrocknete Zunge bewegend, die Gebete des Kreuzweges, wie sie jeden Abend im Kloster üblich waren. Bei diesen Gebeten ersteht in den Herzen der Christen immer wieder die Passion Christi, die Priestern und Gläubigen bekannt und vertraut ist. Als dieser Mann aus den Toren des Tempels trat und, das Kreuz auf den Rücken geladen, Schritt für Schritt den steilen Pfad hinauf nach Golgotha taumelte, folgte ihm eine von Neugier angetriebene gewaltige Menschenmenge. „Frauen von Jerusalem, weint nicht über mich! Weint über euch und eure Kinder! Denn bald wird der Tag kommen!" An jene Worte aus der Bibel dachte er jetzt. Und er dachte, daß vor vielen Jahrhunderten auch der Herr mit ausgedörrten Lippen diese ganze Traurigkeit gekostet hatte, die ihn nun erfüllte. Das Bewußtsein der Gemeinsamkeit mit dem Herrn wiegte sein Herz und tröstete es mehr als jedes noch so süße Wasser.

Pange lingua — Nun singe, meine Zunge! Auf dem Rücken des Pferdes spürte er, wie Tränen von den Augen über die Wangen herabflossen. Bella premunt hostilia, da robur, fer auxilium... Niemals werde ich den Glauben aufgeben, mag kommen, was will.

Nach Mittag erreichten sie eine Stadt namens Isahaya. Dort

befand sich ein von einem tiefen Graben und einer überdachten Lehmmauer eingeschlossenes herrschaftliches Anwesen, um welches sich schilf- und strohgedeckte Häuser scharten. Davor angekommen, begrüßten mit Schwertern ausgestattete Männer die Krieger des Zuges, und zwei große Zuber mit gekochtem Reis wurden herbeigeschafft. Während sich die Samurai an dem gedämpften Reis mit roten Bohnen gütlich taten, band man den Priester, der vom Pferd herabsteigen mußte, wie einen Hund an einen Baum. Daneben hockende Bettler mit wirrem Haar glotzten ihn unverwandt an. Ihre Augen leuchteten wie die von Haustieren. Sogar die Energie, ihnen ein Lächeln zuzusenden, war ihm abhanden gekommen. Da schob ihm jemand einen schäbigen Korb mit einer Portion Kolbenhirse hin. Als er zerstreut den Kopf hob, war dies Kichijiro.

Kichijiro kauerte neben den Bettlern. Manchmal blickte er verstohlen zum Priester. Wenn sich ihre Blicke trafen, wandte er den Kopf eilig ab. Der Priester maß mit strengem Ausdruck Kichijiros Gesicht. Gestern am Strand war er so übermüdet gewesen, daß er nicht einmal mehr fähig war, Haß gegen diesen Mann zu empfinden. Heute aber vermochte er für ihn keinerlei Nachsicht aufzubringen. Wenn er an den Durst dachte, der ihn quälte, nachdem Kichijiro ihm oben auf der Heide den Trockenfisch zu essen gegeben hatte, kochte neuer Groll in ihm herauf. „Was du tun willst, tue bald!" Sogar Jesus hatte solche Worte des Zornes für Judas, der ihn verriet, nicht gescheut. Lange Zeit hatte der Priester gefunden, daß diese Worte im Widerspruch zur christlichen Liebe standen. Wenn er jedoch jetzt den Mann betrachtete, der wie ein geschlagener Hund mit furchtsamem Gesicht bei den Bettlern hockte und manchmal scheu herüberlugte, dann wallte tief aus seinem Innern herauf eine schwarze grausame Empfindung. „Geh!" fuhr er ihn unhörbar an. „Was du tun willst, tue bald!"

Die Krieger hatten ihre Reismahlzeit beendet und schwangen sich in den Sattel. Auch den Priester hieß man von neuem sein Pferd zu besteigen. Schwerfällig setzte sich der Zug in Bewegung. Wieder überschütten ihn buddhistische Mönche mit Schmähungen und bewerfen ihn Kinder mit Steinen. Kaufleute, ihre Rinder schwer beladen, Wanderer mit unten zusammengebundenen Hosen blicken erschreckt zu den Kriegern empor und fixieren den Priester. Nichts hatte sich geändert. Als er sich umsah, erblickte er wieder Kichijiro, der auf seinen Stock gestützt in einiger Entfernung dem Zug folgte. „Geh weg!" murmelte der Priester im Herzen. „Geh weg!"

VII.

Der Himmel verdunkelte sich, Wolken strömten langsam zum Gipfel des Berges Gosen, als sie auf eine weite Ebene hinauskamen. Es war die unfruchtbare Ebene von Chizuka. Hier und dort krochen Büsche auf der Erde dahin, ansonsten dehnte sich endlos schwarzbrauner Boden. Die Samurai, die sich über irgend etwas beraten hatten, befahlen den Polizeibeamten, den Priester absitzen zu lassen. Nachdem er so lange mit zusammengebundenen Händen am Pferd gesessen war, durchzuckten Schmerzen die Innenseite seiner Schenkel, sobald er den Boden mit den Füßen berührte, und dort, wo er stand, sank er in die Knie.

Einer der Ritter zieht eine lange dünne Pfeife hervor und raucht. Zum erstenmal sieht der Priester in Japan jemanden rauchen. Der Samurai spitzt die Lippen zu zwei, drei Zügen, atmet den Rauch ein, worauf er die Pfeife an einen anderen Krieger weiterreicht. Die Polizisten beobachten sie dabei reglos mit neiderfüllten Blicken.

Die Mitglieder der Gruppe richteten lange Zeit ihre Blicke gegen Süden, während sie herumstanden oder sich auf einem der Felsen niederließen. Manche urinierten im Schatten der Steinbrocken. Am Himmel gegen Norden leuchtete es noch hier und dort blau, im Süden aber begannen sich bereits die Abendwolken aufzutürmen. Die Augen des Priesters schweiften immer wieder über die Landstraße zurück, die sie gerade hinter sich gebracht hatten, aber von Kichijiro war keine Spur mehr zu sehen. Wo war er zurückgeblieben? Sicher hatte er es irgendwann aufgegeben, dem Zug zu folgen, und war auf halbem Wege umgekehrt.

Endlich riefen die Wachen, mit den Fingern nach Süden deutend: Sie kommen, sie kommen! Vom Süden her näherte sich langsam eine Schar Krieger und Männer zu Fuß gleich der, die ihn bis hierher geleitet hatte. Unverzüglich schwang sich der Samurai, der vorher geraucht hatte, auf sein Pferd und galoppierte ihnen mit äußerster Geschwindigkeit entgegen. Hoch zu Roß begrüßten sie sich mit Verbeugungen. Dem Priester wurde klar, daß es sich um die Ablöse für seine Begleitung handelte.

Als die Ritter mit ihrer Besprechung fertig waren, lenkte die Gruppe, welche ihn von Omura hergeführt hatte, die Zügel der Pferde nach Norden und ritt auf der Landstraße davon. Er aber wurde von der Truppe, die ihn aus Nagasaki abholte, übernommen. Wieder bestieg er das ungesattelte Pferd.

Das Gefängnis lag, umgeben von Gehölz, an einen Abhang hingebaut. Anscheinend gerade erst errichtet, sah es aus wie ein Speicher. Die einzigen Lichtquellen des winzigen Raumes bildeten ein kleines vergittertes Fenster sowie eine in die hölzerne Scheidewand eingefügte Öffnung, durch die mit knapper Not ein Eßgefäß geschoben werden konnte. Hier wurde ihm einmal am Tag eine Mahlzeit hereingereicht. Die Umgebung des Kerkers sah der Priester bei der Ankunft und zweimal, als er Auskünfte zu Protokoll geben mußte. Ein dichter Zaun aus Bambuspfählen, die Spitzen drohend nach innen gerichtet, umschloß den Kerker. Außerhalb standen einfache schilfgedeckte Häuser, die den Wächtern als Wohnung dienten.

Bei seiner Ankunft war er noch der einzige Gefangene. Gleich wie in jener Hütte auf der Insel hockte er tagaus, tagein im Finstern, ohne sich zu bewegen, und lauschte auf die Stimmen der Wachen, die sich draußen unterhielten. Um sich die Langeweile zu vertreiben, richteten die Wächter auch ab und zu ein Wort an den Priester. So erfuhr er, daß sie sich hier in einer Vorstadt von Nagasaki befanden, jedoch in welcher Richtung das Zentrum der Stadt lag, konnte er nicht in

Erfahrung bringen. Da aber am Tage die lauten Stimmen von Arbeitern, das Abhobeln von Holz und das Einschlagen von Nägeln aus der Ferne ertönten, schloß der Priester, daß diese Gegend ein neu besiedeltes Gebiet darstellte. Wenn sich die Nacht herabsenkte, klangen aus den Bäumen die Stimmen der Wildtauben.

Nichtsdestoweniger herrschte in diesem Gefängnis seltsamer Frieden und Ruhe. Die Angst und die Nervosität, die ihn während seiner Wanderung durch die Berge gejagt hatten, schienen ihm lange versunkene Vergangenheit. Obwohl er keine Ahnung hatte, welches Los am nächsten Tag auf ihn wartete, fühlte er kaum Furcht. Von den Wächtern erhielt er starkes japanisches Papier und eine Schnur, woraus er sich einen Rosenkranz anfertigte. Nun verbrachte er den Großteil des Tages mit Beten oder in Meditationen über Verse der Bibel. Nachts lag er mit geschlossenen Lidern auf dem Boden und, begleitet vom Turteln der Wildtauben im Gehölz, ließ er vor seinen inneren Augen das Leben Christi, Station für Station, vorüberziehen. Seit seiner Kindheit hatte er dem Antlitz Christi alle seine Träume, seine Ideale anvertraut. Das Antlitz Christi, wie er am Berg der Menge predigt, das Antlitz Christi, wie er im Dämmerlicht den See von Galiläa überquert, nie, nicht einmal unter der Folter, büßt dieses Antlitz seine Schönheit ein. Ruhig blicken die sanften klaren Augen, die bis in das Innerste des menschlichen Herzens dringen, auf ihn herab. Das Antlitz, das niemand verletzen, niemand beleidigen kann. So wie der Sand des Ufers lautlos die kleinen Wellen aufsaugt, verlieren sich in Gedanken an dieses Antlitz Unruhe und Angst.

Zum erstenmal seit seiner Ankunft in Japan erlebte er friedvolle Tage. Der Priester fragte sich, ob die Tatsache, daß ein solcher Tag dem anderen folgte, nicht auf seinen baldigen Tod hindeutete. So ruhig und milde flossen diese Tage über sein Herz. Am neunten Tag wurde er plötzlich hinausgezerrt. Nach der langen Zeit im Kerker, in den kaum Lichtstrahlen drangen, durchbohrte das Sonnenlicht mit der Schärfe einer

Schwertklinge seine eingesunkenen Augen. Wie ein Wasserfall strömten aus dem Gehölz die Stimmen der Zikaden, hinter der Wächterhütte leuchteten blühende rote Blumen. Jetzt erst fiel ihm auf, daß seine Barthaare lang waren wie bei einem Landstreicher, daß sein Gesäß abgemagert und seine Arme dünn wie Draht geworden waren. Er nahm an, daß er nun zum Verhör gebracht wurde, jedoch man führte ihn, so wie er war, zur Wächterhütte und stieß ihn in einen Raum mit Bretterboden, den ein Holzgitter umschloß. Zu welchem Zweck man ihn die Zelle wechseln ließ, wußte er nicht.

Am nächsten Tag indes klärte sich die Ursache. Denn mit einemmal zerrissen Zornesrufe der Wächter die Stille; er hörte die Fußtritte einiger Männer und Frauen, die vom Gefängnistor her in den inneren Hof getrieben wurden. Man drängte sie in den stockfinsteren Kerkerraum, in dem er bis gestern eingeschlossen gewesen war.

„Wenn ihr so weitermacht, bekommt ihr Prügel", schrien die Wächter die Gefangenen an. Als diese fortfuhren, Widerstand zu leisten: „Werdet ihr wohl keinen solchen Lärm machen!"

Der Wortwechsel zwischen Wächtern und Häftlingen dauerte noch eine Weile, aber schließlich beruhigten sich alle. Am Abend klangen unerwartet Stimmen aus dem Kerker herüber, die im Chor Gebete rezitierten.

Vater unser, der du bist im Himmel,
geheiligt werde dein Name.
Dein Reich komme.
Dein Wille geschehe, wie im Himmel
so auf Erden.
Unser tägliches Brot gib uns heute.
Und vergib uns unsere Schuld,
wie auch wir vergeben unsern Schuldigern.
Und führe uns nicht in Versuchung,
sondern erlöse uns von dem Bösen.

Im Abenddunst steigen und verebben die Stimmen dieser Männer und Frauen wie Wasserfontänen. Eine Traurigkeit, ein Klang wie von Seufzern mischt sich in ihre Stimmen, wenn sie singen: „Und führe uns nicht in Versuchung." Mit seinen eingesunkenen Augen blinzelnd, bewegte der Priester, in das Gebet einstimmend, die Lippen. Hast du auch bisher niemals dein Schweigen gebrochen, so wirst du doch nicht für immer schweigen!

Am nächsten Tag ersuchte der Priester die Wächter, jene Gefangenen, die von einer Aufsicht überwacht zur Bestellung des Innenhofes herangezogen wurden, besuchen zu dürfen.

Als er in den Hof hinaustrat, wandten sich die fünf, sechs Männer und Frauen, die kraftlos die Spaten bewegten, erstaunt ihm zu. Er erkannte ihre Gestalten. Auch an ihre verblichenen, zerlumpten Arbeitsgewänder erinnerte er sich. Nur die Gesichter der Frauen, die sich nun zu ihm drehten, schimmerten bleicher — wahrscheinlich hatte sie in dem Gefängnis, in dem man sie einsperrte, kein Strahl Lichtes getroffen —, und das Kopf- und Barthaar der Männer wuchs lang herab.

„Ja so etwas!" rief eine der Frauen. „Ist das nicht der Padre!... Das haben wir gar nicht gewußt!"

Es war die Frau, welche an jenem Tag der Verhaftung eine Beutelmelone aus ihrem Kimono gezogen und ihm geschenkt hatte. Neben ihr stand auch der einäugige Mann. Er sah heruntergekommen wie ein Bettler aus, aber er lachte erfreut, wobei er seine gelben unregelmäßigen Zähne entblößte.

Zweimal am Tag, morgens und abends, begab er sich von da an mit Erlaubnis der Wächter in die Zelle der Christen. Die Wächter ließen auch deshalb diese Nachsicht walten, weil sie gemerkt hatten, daß die Gefangenen niemals lärmten, wenn der Priester sie besuchte.

Messe konnten sie keine darbringen, denn sie besaßen weder Brot noch Wein. Stattdessen rezitierte der Priester mit den Gläubigen das Glaubensbekenntnis, das Vaterunser und das Ave-Maria. Außerdem nahm er ihnen die Beichte ab.

„Setze in der Welt deine Hoffnung nicht in die Kinder der Fürsten und die Abkömmlinge edler Familien. Die Rettung liegt nicht bei ihnen. Ihr Leben geht am Ende zugrunde und kehrt zur Erde zurück. An diesem Tag zerfallen die Wünsche und Hoffnungen aller zu nichts. Die aber gehen in die Seligkeit ein, die sich den Händen Gottes anvertrauen, welche alles erschufen. In sie sollt ihr eure Hoffnungen setzen."

Murmelte er für die Gefangenen diese Worte des alten Testaments, so lauschten sie ihm unverwandt und ohne einen einzigen Laut. Auch die Wächter hörten schweigend zu. Bisher hatte er diese Bibelverse unachtsam überlesen. Niemals zuvor hatte er weder allein noch vor den Gläubigen diese Bibelverse mit einer derartigen Inbrunst gebetet wie jetzt. Jedes einzelne Wort bohrte sich in seine Brust, reich an neuer Bedeutung und Gewicht.

„Wie glücklich sind sie. Die für den Herrn sterben..."

„Von jetzt an begegnen euch keine Leiden mehr", sagte der Priester im Gefühlsüberschwang. „Gott wird euch nie im Stich lassen. Er wird unsere Wunden reinigen, seine Hände werden unser Blut abwischen. Gott schweigt nicht ewig."

Des Abends spendete der Priester den Gefangenen das Sakrament der Beichte. Da es keinen eigenen Raum zum Beichten gab, legte er sein Ohr an das Loch, durch welches die Mahlzeiten hereingeschoben wurden, und lauschte auf diese Weise den Worten, die der Beichtende auf der anderen Seite der Tür flüsterte. Die übrigen drängten sich in der Zwischenzeit in einen Winkel der Zelle, um so wenig wie möglich zu stören.

Wenn er überlegte, daß er in diesem Gefängnis zum erstenmal wieder seine Aufgabe als Priester zu erfüllen vermochte, seit er Tomogi verließ, verspürte er den heimlichen Wunsch, für immer so weiterzuleben.

Nach der Beichte schrieb er weiter an seinen Erinnerungen seit der Landung in Japan. Dafür benützte er Papier, das ihm die Polizisten gaben, und den Federkiel eines Huhnes, welchen er im Garten aufgelesen hatte. Natürlich hatte er keine Ahnung, ob dieser Bericht Portugal überhaupt erreichen würde. Aber es bestand doch die Möglichkeit, daß ein Christ seine Zeilen auf irgendeine Weise in die Hände eines Chinesen in Nagasaki schmuggelte. Allein auf diese schwache Hoffnung gestützt, bewegte er die Feder.

Wenn er des Nachts im Dunkeln saß, schlugen die Stimmen der Wildtauben mit ihrem „Hoo, hoo" an seine Ohren. In solchen Stunden fühlte er das Antlitz Christi reglos auf sich ruhen. Tröstend blickten die blauen klaren Augen auf ihn, das Antlitz still, von Selbstvertrauen erfüllt. „O mein Gebieter! Lasse uns nie mehr im Stich", wisperte der Priester zu dem Antlitz gewandt. Da vermeinte er in seinen Ohren die Antwort zu hören: „Ich verlasse euch nicht!" Er schüttelte den Kopf und lauschte angespannt, wie um sich zu vergewissern, aber nur mehr die Stimmen der Wildtauben durchhallten die Nacht. Tief und dunkel war die Finsternis. Für einen Augenblick jedoch schien dem Priester sein Herz von allen Zweifeln gereinigt.

Eines Tages rasselte der Wächter am Schloß und steckte seinen Kopf zur Tür herein:

„Wechseln Sie Ihr Gewand!"

Er legte eine Garnitur Kleider auf den hölzernen Boden. „Probieren Sie sie, sie sind neu, ein Übergewand und baumwollene Unterkleider. Ja, das gehört Ihnen!"

Der Wächter klärte ihn auf, daß das Übergewand Jittoku hieß und ein Bekleidungsstück buddhistischer Priester sei.

„Sehr gütig", sagte der Priester mit einem Lächeln auf den hohlen Wangen. „Aber nehmen Sie es wieder. Ich brauche nichts."

„Was, Sie wollen die Kleider nicht? Sie wollen sie nicht?" Wie ein Kind schüttelte der Wächter ungläubig den Kopf und sagte, gleichwohl mit den Augen gierig über das Gewand streifend: „Aber sie sind vom Gouverneursamt."

Mit den Blicken verglich der Priester sein dünnes Sommergewand aus Leinen, das er trug, mit dieser nagelneuen Ausstattung und überlegte dabei, aus welchem Grund ihm die Beamten ein Kleidungsstück buddhistischer Priester übersandten. Er war sich im unklaren, ob diese Handlung einfach der Anteilnahme des Gouverneursamtes für einen Gefangenen entsprang oder ob da ein anderer Schachzug dahintersteckte. Mag es sein, wie es will, dachte er, wenn er dieses Gewand entgegennahm, so akzeptierte er auf alle Fälle, daß es von heute an zwischen ihm und dem Amt des Statthalters Beziehungen gab.

„Schnell, schnell!" Der Wächter trieb zur Eile. „Die Beamten treffen in Kürze ein!"

Er war nicht im geringsten darauf eingestellt, so kurzfristig vom Verhör überrascht zu werden. Jeden Tag hatte er sich diese Szene ausgemalt, ganz so dramatisch wie zwischen Jesus und Pilatus. Die Menge johlte, Pilatus zauderte, Christus stand schweigend da. Hier jedoch gaben nur die Sommerzikaden ihren einschläfernden, öligen Gesang von sich. Wie jeden Nachmittag, so war auch heute vollkommene Ruhe in die Zelle der Gläubigen eingekehrt.

Er wischte sich mit dem heißen Wasser ab, das ihm der Wächter brachte, und zog dann langsam die Arme durch die Unterkleider aus Baumwolle. Statt einer wohltuenden Empfindung überlief seine Haut beim Berühren des Stoffes das Gefühl der Unterwerfung, als ob er sich nun dadurch, daß er diese Kleidungsstücke trug, auf einen Kompromiß mit dem Gouverneursamt eingelassen habe.

Im Innenhof standen einige Klapphocker nebeneinander. Schwarz fiel von jedem ein Schatten auf die Erde. Man hieß ihn, sich rechts vom Eingangstor auf die Erde zu knien, und ließ ihn dort lange Zeit warten. Diese Sitzweise nicht gewohnt, brach er bald in fettigen Schweiß aus, so sehr schmerzten seine Knie, aber er hatte die Absicht, den Beamten kein gepeinigtes Gesicht zu zeigen.

Um die Aufmerksamkeit von der Qual in den Knien abzulenken, bemühte er sich, den Gesichtsausdruck des gepeitschten Jesus nachzuvollziehen.

Als endlich die Hufschläge der Pferde und Schritte des Gefolges ertönten, knieten sich auch die Wächter wie er auf dem Boden hin und senkten die Köpfe. Hoheitsvoll schritten einige Samurai, Fächer in der Hand, in den Innenhof herein. Ohne ihn besonderer Achtung zu würdigen, gingen sie, ins Gespräch vertieft, an ihm vorbei und ließen sich offensichtlich ermattet auf die Klapphocker fallen. Ein Wächter trug mit gekrümmtem Rücken Tassen herbei, worauf sie mit Muße das heiße Wasser genossen.

Als sie genug gerastet hatten, wandte sich der Krieger rechts außen an den Wächter. Darauf führte dieser den wegen seiner schmerzenden Knie taumelnden Priester vor die Reihe der Samurai.

Hinten in den Bäumen surrt noch immer die Zikade. Zwischen Gewand und Rücken rinnt der Schweiß, und die zahlreichen Blicke, die er auf seinen Rücken gerichtet weiß, schmerzen ihn körperlich. Ohne Zweifel lauschen die Gläubigen in der Zelle atemlos auf den Dialog, der sich nun zwischen ihm und den Beamten abspielen wird. Er durchschaut genau die Absicht, in der Inoue und die Beamten des Gouverneursamtes gerade diesen Ort als Stätte des Verhörs ausgewählt haben: um vor jenen Bauern zur Schau zu stellen, wie er sich in die Enge treiben und schließlich überreden läßt. Gloria Patri et Filio et Spiritui Sancto. Er schloß die in tiefen Höhlen liegenden Augen und bemühte sich, seine Wangen zu einem Lächeln zu verziehen, aber er merkte selbst, daß sich sein Gesicht ganz im Gegenteil zu einer Maske verkrampfte.

„Da der gnädige Herr von Chikugo sich um die Bequemlichkeit des Padre sorgt", sagte der Krieger am rechten Rand in holperndem Portugiesisch, „wird er gebeten, Unzulänglichkeiten zu melden."

Der Priester senkte schweigend den Kopf. Als er das Gesicht wieder erhob, begegnete er dem Blick des alten Mannes, der auf der mittleren der fünf Sitzgelegenheiten Platz genommen hatte. Dieser alte Mann betrachtete ihn mit Neugier und einem leichten Lächeln, wie ein Kind, dem man ein ungewöhnliches Spielzeug in die Hand legt.

„Nationalität: portugiesisch. Name: Rodrigo. Soll von

Makao nach Japan übergesetzt sein. Ist das richtig?" prüfte der Samurai rechts außen das Protokoll, vorbereitet von einem anderen Samurai, welcher ihn zweimal, von einem Dolmetscher begleitet, aufgesucht hatte. Dann sagte er mit bewegter Miene:

„Padre, unsere Herzen sind ergriffen von Ihrem unerschütterlichen Willen, der Sie, im Angesicht von Mühsal und Beschwerden, keinerlei Mühe scheuend, über Tausende Meilen in unser Land geführt hat. Wir können uns vorstellen, wie schwierig Ihr Leben bis heute war."

Freundlichkeit schwang in den Worten des Gegners, und diese Freundlichkeit sickerte schmerzhaft in die Brust des Priesters.

„Da wir dies wissen, bedauern wir es, Sie im Rahmen unserer Pflichterfüllung diesem Verhör unterziehen zu müssen."

Bei den überraschenden Worten des Ritters löste sich plötzlich die Spannung in seinem Herzen. Wären nur nicht die Begrenzungen von Nationalität und Politik, dann könnten wir uns an den Händen nehmen und zusammen sprechen, dachte er unversehens sentimental, aber zugleich wurde ihm bewußt, welche Gefahr es für ihn bedeutete, diesen Empfindungen nachzugeben.

„Ob Ihr Glaube an sich richtig oder falsch ist, darauf wollen wir nicht eingehen. Sicher hat Ihre Religion, Padre, in Spanien, in Portugal und in verschiedenen anderen Ländern ihre Richtigkeit. In Japan jedoch haben wir das Christentum verboten, denn als Resultat schwerwiegender Überlegungen sind wir zu der Erkenntnis gelangt, daß diese Lehre für das heutige Japan keinerlei Nutzen bringt."

Unverzüglich kam der Übersetzer zum zentralen Thema der Diskussion. Der alte Mann mit den großen Ohren sandte nach wie vor mitleidige Blicke zum Priester herab.

„Die Wahrheit gilt nach unserer Meinung überall."

Der Priester erwiderte endlich das Lächeln des alten Mannes.

„Die geehrten Beamten haben gerade teilnahmsvolle Worte für meine Leiden gefunden. Sie haben mir warmen Trost gewährt, weil ich lange Monate über Tausende Meilen das rauhe Meer überquert habe, um ihr Land zu erreichen. Wie aber hätten alle die Missionare diese Qualen zu erdulden vermocht, wenn wir nicht daran glaubten, daß unsere Wahrheit überall gilt? Weil die Wahrheit in allen Ländern und zu allen Zeiten zutrifft, nennt man sie Wahrheit. Wäre die richtige Lehre für Portugal nicht die richtige Lehre für Japan, so könnte man sie nicht als wahr bezeichnen."

Von Zeit zu Zeit stockend, übermittelte der Dolmetscher die Worte des Priesters mit einem puppenhaft ausdruckslosen Gesicht.

Der alte Mann in der Mitte nickte wiederholt mit dem Kopf, als ob er dem Priester vollkommen zustimmte. Während er mit dem Kopf nickte, begann seine linke Hand die Handfläche der rechten langsam zu massieren.

„Alle Patres sagen das gleiche", übersetzte der Dolmetscher gemächlich die Worte eines anderen Ritters. „Aber es kommt vor, daß ein fruchtbarer Baum eingeht, sobald man die Erde vertauscht. Der Baum namens Christentum mag in einem anderen Land blühen und üppige Blätter tragen, in unserem Land aber setzt er keine einzige Knospe an, und die Blätter verwelken. Die Verschiedenheit des Bodens, die Verschiedenheit des Wassers ziehen Sie wohl überhaupt nicht in Betracht?"

„Es stimmt nicht, daß keine Knospen treiben und die Blätter welken", entgegnete der Priester mit erhobener Stimme. „Glauben Sie denn, daß ich gar nichts weiß? Natürlich ist man in Makao, wo ich mich aufgehalten habe, aber ebenso in Europa über die Arbeit der Missionare bis in die Einzelheiten informiert. Und wir haben auch vernommen, daß es damals, als viele lokale Fürsten die Mission erlaubten, in Japan an die dreihunderttausend Christen gab..."

Noch immer knetet der alte Mann, wiederholt Zustimmung nickend, seine Hände. Nur dieser Mann schien auf der Seite des Priesters, die anderen Beamten hörten mit starren Mienen auf die Übersetzung des Dolmetschers.

„Wenn die Blätter nicht grünen und keine Blüten treiben, so fehlt wahrscheinlich der Dünger."

Die Zikade, die bis vor kurzem gezirpt hat, verstummt, jedoch die Glut des Nachmittags brennt noch schonungsloser hernieder. Die Beamten schweigen, wie um eine Antwort verlegen. Der Priester spürt, wie die Gläubigen in der Zelle mit gespitzten Ohren seine Worte verfolgen, und wiegt sich in dem Gefühl, seine Argumente hätten gesiegt. Ein angenehmes Gefühl breitet sich in seiner Brust aus.

„Warum versuchen Sie überhaupt, mich zu überreden?" fragte der Priester, indem er die Augen niederschlug. „Was ich auch sage, Sie werden Ihre Meinung doch nicht ändern. Und auch ich gedenke nicht, meinen Standpunkt zu korrigieren."

Er bemerkte, daß ihn bei diesen Worten plötzlich Erregung überwältigte. Je lebhafter er die Augen der Gläubigen in seinem Rücken fühlte, desto mehr verlangte es ihn, sich als Held darzustellen.

„Was ich auch sage, ich werde zu guter Letzt doch bestraft."

Mechanisch teilte der Dolmetscher das Gesagte seinen Vorgesetzten mit. In diesem Augenblick hielten die Hände des alten Mannes zum erstenmal inne, und mit einem Blick, als versuche er einen ausgelassenen Enkel zur Ruhe zu mahnen, schüttelte er heftig den Kopf.

„Wir bestrafen die Patres nicht ohne Grund."

„Herr Inoue dürfte aber da anderer Ansicht sein. Herr Inoue würde mich auf der Stelle bestrafen!"

Hierauf brachen die Beamten in lautes Lachen aus, wie wenn er einen guten Witz von sich gegeben hätte.

„Warum lachen Sie?"

„Padre, der gnädige Herr von Chikugo, von dem Sie sprechen, er sitzt vor Ihnen!"

Ratlos starrte er auf den alten Mann. Dieser begegnete seinem Blick arglos wie ein Kind und rieb sich wieder die Hände. Wie hätte er einen Gegner erkennen können, der seinen Erwartungen so gar nicht entsprach? Das Gesicht des Mannes, den Hochwürden Valignano einen Satan nannte, der einen Missionar nach dem anderen von seinem Glauben abbrachte, das Gesicht dieses Mannes hatte er sich bis zum heutigen Tag blaß und heimtückisch vorgestellt. Vor seinen Augen aber saß ein freundlicher Mann mit verständnisvollem Gehaben.

Inoue, der Herr von Chikugo, flüsterte seinem Sitznachbarn zwei, drei Worte zu und erhob sich umständlich von seinem Klapphocker. Auch die anderen Beamten folgten ihm, einer nach dem anderen entschwand durch das Tor, welches sie bei ihrer Ankunft durchschritten hatten.

Die Zikaden zirpten von neuem. Im Licht des Nachmittags, das wie glitzerndes Katzengold funkelte, dehnten sich die Schatten der Klapphocker, auf denen nun niemand mehr saß, noch dunkler über den Boden. Da würgte es den Priester ohne ersichtlichen Grund heiß in der Brust, und er fühlte, daß unter seinen Augenlidern Tränen hervorsickerten. Eine ähnliche Empfindung wie nach der Erfüllung einer großen Aufgabe überkam ihn. In der Zelle, wo es bis zu diesem Augenblick totenstill gewesen war, begann plötzlich einer ein Lied zu singen:

Lasset uns wandern, lasset uns wandern,
zum Tempel des Paradieses lasset uns wandern!
Wenn wir vom Tempel des Paradieses sprechen,
wenn wir vom großen Tempel des Paradieses sprechen...

Auch als er schon lange, vom Wächter geführt, in den Raum mit dem Bretterboden zurückgekehrt war, ertönte immer noch das Lied aus der Zelle. Wenigstens hatte er nicht verursacht, daß der Glaube jener Christen ins Schwanken geriet oder gar zerbrach. Nein, unanständig oder feig hatte er sich nicht verhalten, dachte er.

Die Schatten, welche die Strahlen des Mondes durch das Gitter herein auf die Wand warfen, gemahnten den Priester an das Antlitz des Herrn. Er hatte das Gefühl, als ob ihn Christus mit gesenkten Augen beobachtete. Der Priester verlieh in seiner Phantasie den undeutlichen Schatten schärfere Konturen, versuchte Augen und Mund hineinzumalen. Habe ich mich heute nicht prächtig gehalten? spricht er dann zu dem Antlitz, stolz wie ein Kind.

Im Innenhof hallen hölzerne Klöppel. Wie jeden Abend macht ein Wächter seinen Rundgang um das Gefängnis.

Der dritte Tag. Die Wächter holten die Männer aus der Zelle und hießen sie im Innenhof drei Gruben ausheben. Durch die Gitterstäbe ist die Gestalt des einäugigen Mannes (wenn der Priester nicht irrt, so ist es Juan) zu sehen, wie er zusammen mit den anderen in der herabbrennenden Sonne den Spaten schwingt und die Erde sodann in Körbe schaufelt. Der schwitzende Rücken Juans, der wegen der Hitze nur mit einem Lendentuch bekleidet war, schimmerte wie Eisen.

Auf seine Frage, wozu die Löcher dienen sollten, war die Antwort der Wächter: „Als Abort."

Die Gläubigen stiegen hinab in die tiefe Grube, die sie ausgehoben hatten, und ohne Argwohn schafften sie den Lehm an die Oberfläche.

Mitten in der Arbeit brach ein Mann zusammen. Offensichtlich hatte er einen Hitzschlag erlitten. Die Wächter brüllten ihn an, sie schlugen ihn. Jedoch der Kranke kauerte reglos auf der Erde. Schließlich faßten Juan und die anderen Gläubigen ihn unter den Armen, um ihn zur Zelle zurückzuschleppen.

Kurze Zeit darauf rief der Wächter den Priester.

Die Gläubigen hätten den Padre verlangt, weil das Befinden des zusammengebrochenen Mannes eine plötzliche Wendung zum Schlechten genommen habe. Als er in die Zelle geeilt kam, lag der Kranke in der Dunkelheit des Raumes wie ein aschfarbener Stein, während Monika und die anderen um ihn herumstanden.

„Trink doch bitte!"

Monika hielt eine zerbrochene Teeschale an seinen Mund,

aber das Wasser benetzte nur die Lippen ein wenig und rann nicht in die Kehle hinein.

„Er muß Schmerzen haben. Wenn das so weitergeht, kann es nicht mehr lange dauern, meinen Sie nicht?"

Als die Nacht sich senkte, begann der Mann ruckweise zu atmen. Die Arbeit in der prallen Sonne hatte die Kräfte dieses geschwächten Körpers weit überschritten, war doch eine Handvoll Kolbenhirse pro Tag die einzige Nahrung der Gefangenen. Der Priester kniete nieder, um das Sakrament der Letzten Ölung vorzubereiten, das man den Sterbenden spendet. Kaum schlug er das Kreuz, holte der Mann noch einmal tief Atem und starb.

Die Wächter befahlen den Gläubigen, die Leiche zu verbrennen, stießen damit aber auf beharrlichen Widerstand des Priesters und der Bauern, da diese Art von Bestattung nicht im Einklang mit den Lehren des Christentums stand. Christen begruben ihre Verstorbenen in der Erde. So wurde der Mann am nächsten Morgen ohne weitere Umstände im Gehölz hinter der Zelle verscharrt.

„Hisagoro hat es gut!" beneidete ihn einer der Gläubigen und murmelte: „Er hat den Todesschmerz schon hinter sich und kann für immer schlafen."

Mit leerem Blick lauschten die anderen Männer und Frauen diesen Worten.

Nachmittags zitterte die Luft vor Schwüle, schließlich begann es zu regnen. Monoton trommelte der Regen trübsinnig herab auf das Bretterdach der Zelle und auf das Gebüsch, unter dem der Tote lag. Beide Hände um die Knie gelegt, sann der Priester, wie lange die Beamten ihn wohl noch so in Ruhe dahinleben ließen? Natürlich war nicht alles im Gefängnis nach seinem Wunsch, aber die Wachen gestatteten immerhin stillschweigend, daß die Gläubigen Gebete rezitierten, solange kein Aufruhr entstand, daß er sie besuchte, daß er Briefe schrieb. Aus welchem Grund genossen sie solche Nachsicht, fragte er sich, und es kam ihm nicht ganz geheuer vor.

Er sah durch das vergitterte Fenster, wie der Wächter immer

wieder einen Mann zornig anfuhr. Da der Mensch einen Strohregenmantel trug, konnte der Priester nicht erkennen, um wen es sich handelte, aber es war auf jeden Fall niemand, der zu den Leuten in der Zelle gehörte. Er flehte um irgend etwas, worauf der Wächter seinen Kopf schüttelnd Anstalten machte, ihn davonzujagen, jedoch der andere schien nicht zu hören.

„Wenn du jetzt nicht sofort verschwindest, dann werde ich dir einmal zeigen, was Prügel sind!"

Der Wächter holt zum Schlag mit seinem Stock aus, der Mann entflieht wie ein streunender Hund in Richtung des Tores, kehrt aber wieder in den Innenhof zurück und verharrt reglos im Regen.

Als der Priester um die Abendzeit erneut durch das Gitter späht, steht die Gestalt im Regenmantel noch immer geduldig und mittlerweile tropfnaß im Regen. Die Wächter haben anscheinend resigniert, das heißt, sie kümmern sich nicht mehr um ihn.

Der Mann drehte sich in seine Richtung, so daß sich ihre Blicke trafen. Es war schon wieder Kichijiro. Mit furchtsamer Miene starrte er zum Priester hin und wich zwei, drei Schritte zurück.

„Padre", seine Stimme klang wie das Winseln eines Hundes. „Padre, hören Sie mich an! Nehmen Sie, was ich sage, als eine Beichte... Bitte hören Sie mich an!"

Der Priester entfernte sein Gesicht vom Fenster, verschloß die Ohren vor dieser Stimme. Nie mehr kann er den Geschmack des Trockenfisches und den brennenden Durst, der ihn nachher plagte, vergessen. Wenn er auch im Herzen diesem Mann vergeben wollte, so hafteten doch Groll und Zorn unauslöschbar in seinem Gedächtnis.

„Padre, Padre!"

Wie ein kleines Kind nicht von der Rockfalte der Mutter läßt, bedrängte Kichijiro ihn weiter mit seinem Flehen.

„Padre, ich habe Sie ununterbrochen beschwindelt. Wollen Sie mich nicht anhören? Weil ich dachte, daß der Padre auf mich herunterschaut..., habe ich Sie und alle Gläubigen gehaßt. Es stimmt, ja, ich bin auf das Tretbild gestiegen. Mokichi und Ichizo sind stark. So stark kann ich nie werden."

Der Wächter, der nun endgültig die Geduld verlor, stürzte mit dem Stock in der Hand aus dem Haus, worauf Kichijiro davonlief, im Davonlaufen aber noch weiterschrie:

„Und wissen Sie was: Auch ich habe eine Rechtfertigung! Auch einer, der auf das Tretbild gestiegen ist, hat seine Gründe dafür. Glauben Sie denn, daß ich gerne auf das Tretbild gestiegen bin? Mein Fuß, der darauf getreten ist, tut weh, so weh. Warum verlangt denn der Herrgott, daß ich mich wie ein starker Mensch benehme, obwohl er mich doch selber zu einem schwachen Menschen gemacht hat? Wo ist denn da die Gerechtigkeit?"

Von Zeit zu Zeit ging ihm beim Schreien die Luft aus, seine Stimme sank zu einem Klagen herab, schließlich begann er zu weinen.

„Padre, ach, was soll ein Schwächling wie ich nur tun, damit er besser wird? Ich habe Sie damals nicht angezeigt, weil ich Geld wollte. Die Beamten haben mich gezwungen."

„Bist du noch immer da! Jetzt verschwinde aber schnell!" rief der Wächter, den Kopf bei der Tür herausstreckend. „Überfordere nicht unsere Gutmütigkeit!"

„Padre, hören Sie mich an! Was ich getan habe, war schlecht. Was ich getan habe, ist nicht mehr gutzumachen. Wächter! Ich bin ein Christ. Werft mich ins Gefängnis!"

Der Priester rezitierte mit geschlossenen Augen das Glaubensbekenntnis. Angesichts des heulenden und schreienden Mannes, den er dem Regen überließ, durchdrang ihn jetzt auch eine Art Genugtuung. Christus hatte zwar Gebete gesprochen, als Judas sich auf dem Feld des Blutes erhängte, aber hatte er für Judas gebetet? In der Heiligen Schrift stand diesbezüglich nichts. Jedoch, angenommen darüber wäre geschrieben — auch dann hätte er sich, ehrlich gesagt, nicht dazu überwinden können.

Er wußte nicht, wieweit er diesem Mann Glauben schenken

durfte. Wohl wünschte dieser Schwächling die Vergebung, aber es wollte ihm scheinen, als entspringe auch dies nur einer momentanen Stimmung.

Kichijiros Stimme wurde leiser und verlor sich allmählich. Als er durch die Gitterstäbe spähte, stieß der verärgerte Wächter Kichijiro gerade vor sich her ins Gefängnis.

Als die Nacht kam, hörte der Regen auf. Eine Handvoll gekochter Kolbenhirse und ein Salzfisch wurden hereingeschoben. Der Fisch war schon verdorben, so daß er ihn nicht mehr zu essen vermochte. Wie immer vernahm er die Gebete der Gläubigen. Als er mit Erlaubnis des Wächters die Christen besuchte, kauerte Kichijiro von den anderen isoliert in einer Ecke. Denn die Gläubigen lehnten es ab, mit Kichijiro in einem Raum zusammen zu sein.

„Achten Sie gar nicht auf diesen Kerl!" rieten die Gläubigen dem Priester mit leiser Stimme. „Die Beamten, wissen Sie, lassen die Abtrünnigen für sich arbeiten, vielleicht soll er uns bespitzeln!" Es kommt tatsächlich vor, daß die Behörde unbemerkt Apostaten unter die Gläubigen mischt, die dann geschickt deren Stimmung ausspionieren, um sie schließlich zum Abfall vom Christentum zu überreden. Man wußte nicht, ob Kichijiro nicht wieder für solch eine Arbeit angestellt und bezahlt wurde. Aber dem Priester war es so oder so vollkommen unmöglich, diesem Mann noch zu vertrauen.

„Padre." Kichijiro bemerkte, wer hereingetreten war. Er wiederholte in der Dunkelheit:

„Ich bitte um die Beichte, ich bitte um die Beichte, die mir den Glauben zurückgibt."

„Den Glauben zurückgeben" nannte man den Vorgang, mit dem ein einmal Abgefallener wieder in die Gemeinschaft der Gläubigen aufgenommen wurde. Als sie Kichijiro so reden hörten, spotteten die anderen:

„Er redet aus purer Selbstsucht. Weswegen ist er hergekommen? Idiot!"

Jedoch dem Priester stand es nicht zu, das Sakrament der Beichte zu verweigern. Er durfte den Wunsch nach einem

Sakrament nicht nach eigenem Gutdünken gewähren oder ablehnen. Widerwillig näherte er sich dem Platz, wo Kichijiro saß. Er hob die Hand, erteilte das Zeichen des Segens, murmelte pflichtgemäß ein Gebet und rückte sein Ohr an Kichijiro heran. Der stinkende Atem auf seinem Gesicht erweckte in der Dunkelheit das Bild der gelben Zähne und den verschlagenen Blick dieses Mannes.

„Hören Sie mich an, Padre", jammerte Kichijiro laut, so daß es die anderen Gläubigen vernahmen. „Gewiß, ich bin vom Glauben abgefallen. Aber wäre ich zufällig ein bißchen früher geboren, hätte ich womöglich als guter Christ ins Paradies eingehen können. Ich aber beende mein Leben als Ketzer, verachtet von den Gläubigen. Wie leid tut es mir, daß ich zufällig in diese Zeit, in der das Christentum verboten ist, geboren bin... Es tut mir leid!"

„Ich kann dir nicht mehr glauben", murmelte der Priester, den Mundgeruch Kichijiros erduldend. „Ich erteile dir das Sakrament der Vergebung, aber nicht, weil ich dir glaube. Ich habe auch keine Ahnung, warum du gerade jetzt zum Glauben zurückkehren willst."

Kichijiro stieß einen tiefen Seufzer aus. Auf der Suche nach einer Rechtfertigung rutschte er unruhig herum. Sein ganzer Körper stank nach Schmutz und Schweiß. Plötzlich ging es dem Priester durch den Kopf, ob Christus auch diesen abstoßendsten aller Menschen gesucht hätte. Böse Menschen besitzen die Schönheit und die Stärke des Bösen. Kichijiro aber ist nicht einmal soviel wert wie ein böser Mensch, er ist nur widerlich — wie ein schmutziger Lappen. Der Priester unterdrückte das Gefühl des Ekels und murmelte, nachdem er das Abschlußgebet rezitiert hatte: „Gehe in Frieden." Dann wandte er sich zurück, um so schnell wie möglich dem Mundgeruch und Körpergestank Kichijiros zu entrinnen.

Nein, vor allem um solche Menschen, die widerlich waren wie schmutzige Lappen, ging es dem Gebieter. In solchen Gedanken streckte sich der Priester zum Schlaf aus. Las man die Bibel, so waren unter den Menschen, welche Christus aufsuchte, solche Existenzen ohne Reiz und Schönheit wie die blutflüssige Frau von Karpharnaum oder die Hure, die ihre Mitmenschen mit Steinen bewarfen. Sein Herz reizvollen und schönen Menschen zu schenken, war nicht schwer, das konnte jeder. Das ist nicht Liebe. Menschen und Menschenleben, die zu ausgeblichenen Lumpen herabgesunken sind, nicht zu verlassen — das ist die Liebe. Obwohl der Priester dies verstandesmäßig begriff, vermochte er Kichijiro noch nicht zu verzeihen. Als sich das Antlitz Christi wieder näherte und ihn die feuchten, sanften Augen ruhig anblickten, schämte er sich seiner Haltung am heutigen Tag.

Die Zeremonie mit dem Tretbild begann. Wie am Markt vorgeführte Esel hieß man die Gläubigen, sich in Reih und Glied hinknien. Nicht die Beamten, die letztesmal dagewesen waren, sondern jüngere, untergeordnete, nahmen mit überkreuzten Armen auf den Klapphockern Platz. Die Wächter sorgten mit Stöcken in den Händen für Ruhe und Ordnung. Auch heute zirpten die Zikaden erfrischend, der Himmel wölbte sich blau und vollkommen klar, die Luft war erquickend rein. Bald würde sich wie jeden Tag schwer lastend die Hitze auf die Erde senken, Geist und Körper ermattend. Nur der Priester war nicht in den Hof hinausgezerrt worden. Sein fleischloses Gesicht an die Gitterstäbe gepreßt, starrte er bewegungslos auf die Tretbild-Szene, die sich nun vor ihm abspielte.

„Je schneller ihr fertig werdet, desto schneller könnt ihr von hier raus. Wir verlangen nicht von euch, daß ihr aus Überzeugung darauf tretet. Die ganze Sache ist nur eine Formalität. Ihr braucht also nur mit dem Fuß ankommen — das wird eurer Gottesfürchtigkeit wohl keinen Abbruch tun!"

Schon seit einer Weile hatte der Beamte die Gläubigen wiederholt darauf aufmerksam gemacht, daß die ganze Geschichte mit dem Tretbild eine bloße Formalität sei, daß es genüge, wenn sie darauf stiegen und kein Mensch sich kümmerte, was sie tief in ihrem Herzen glaubten, daß so weit nachzuforschen überhaupt keine Absicht bestehe. Denn, sagte er, der Befehl des Gouverneursamtes laute, sie auf der Stelle aus dem Kerker zu entlassen, sobald sie mit dem Fuß das Tretbild berührt hätten. Die drei Männer und die Frau hörten diese Worte mit ausdruckslosen Mienen. Auch der Priester, der sein Gesicht an das Gitter drückte, wußte nicht, was die Leute eigentlich dachten. Die vier Gesichter — wie auch seines aufgedunsen und bleich, weil den ganzen Tag kein Strahl wirklichen Lichtes ihre Haut berührte —, diese vier Gesichter mit den breiten Backenknochen glichen willenlosen Puppen.

Er begriff, daß nun kam, worauf sie schon lange gewartet hatten. Aber das Gefühl dafür, daß sich heute endlich sein Schicksal und das der Gläubigen tatsächlich entscheiden würde, stellte sich nicht ein. Die Beamten redeten mit den Gläubigen wie Bittsteller. Verweigerten die Bauern deren Forderung, so würden sie sich wie neulich die Gruppe des Statthalters mit enttäuschten Zügen zurückziehen.

Ein Wächter bückte sich und legte das in ein Tuch gewickelte Tretbild zwischen die Stühle und die Gefangenen. Nachdem er wieder seinen ursprünglichen Platz eingenommen hatte, rief der Beamte aus einem Heft die Namen auf:

„Tobei aus Kubonoura, Ikitsukijima."

Die vier Leute hocken unverändert mit geistesabwesenden Gesichtern auf der Erde. Als der Wächter dem Mann links außen auf die Schulter klopft, macht dieser mit den Händen eine abwehrende Geste, ansonsten rührt er sich nicht. Der Wächter stößt ihn zwei-, dreimal mit dem Stock in den Rücken, worauf der Mann nach vorne fällt, jedoch keinerlei Anstalten macht, sich von dem Ort zu entfernen, wo man sie auf den Boden niederknien geheißen hat.

„Chokichi aus Kubonoura."

Wie ein Kind schüttelt der einäugige Mann einige Male den Kopf.

„Haru aus Kubonoura."

Die Frau, die seinerzeit dem Priester eine Melone geschenkt hat, beugt den Rücken noch tiefer und senkt den Kopf. In dieser Haltung verharrt sie, unter den Stockhieben des Wächters nicht einmal das Gesicht erhebend. Auch der alte Mann namens Mataichi, der als letzter aufgefordert wird, scheint wie am Boden festgenagelt.

Die Beamten schrien nicht und schimpften nicht. Sie hatten anscheinend von Anfang an mit dieser Situation gerechnet, denn sie blieben auf ihren Klapphockern sitzen und besprachen etwas mit leiser Stimme. Dann erhoben sie sich unerwartet, um sich ins Wächterhaus zu begeben. Die Sonne, die direkt über dem Gefängnis stand, stach auf die vier im Hof zurückgelassenen Bauern herab. Die Knienden warfen schwarze Schatten über den Boden. Wieder hörte man die Zikaden, die mit ihrem Zirpen diese gleißende Luft zu zerreißen schienen.

Zwischen den Gläubigen und den Wächtern entspann sich ein mit Lachen vermischter Dialog, als ob sie alle vergessen hätten, daß die einen noch vor kurzem auf der Seite der Verhörer standen und die anderen die Verhörten waren. Ein Beamter verkündete von der Hütte her, alle außer dem einäugigen Chokichi könnten in ihre Zelle zurückkehren.

Der Priester löste seine Hände von den Gitterstäben, an denen er sich festgehalten hatte, und glitt auf den Holzboden herab. Wie wird es nun weitergehen? Er weiß es nicht, aber Erleichterung durchflutet seine Brust — wenigstens dieses Verhör hat in Frieden geendet. Es genügte ihm schon, wenn dieser Tag ruhig vorbeiging. Über das Morgen wollte er sich erst morgen den Kopf zerbrechen — wenn er da überhaupt noch lebte.

„Eine Verschwendung, es wegzuwerfen!"
„Das ist schade!"

Er wußte nicht, worüber sie sprachen, aber es waren Fetzen einer sorglosen gelösten Konversation zwischen dem einäugigen Mann und dem Wächter, die der Wind zu ihm trieb.

Eine Fliege flog durch das Gitter herein. Mit einschläferndem Surren begann sie um den Priester zu kreisen. Plötzlich rannte jemand im Innenhof. Schneidend durchzischte ein dumpfes Geräusch die Luft. Als der Priester sich an das Gitter klammerte, war die Hinrichtung schon vollzogen und der Beamte steckte gerade das stechend blitzende Schwert in die Scheide. Der einäugige Mann lag mit dem Rücken nach oben tot auf der Erde. Der Wächter zog ihn an den Beinen langsam zu der Grube, die man die Gläubigen hatte ausheben lassen. Da strömte schwarzes Blut ohne Ende wie ein langer Gürtel aus seinem Körper.

Mit einemmal zerschnitt das hohe Schreien der Frau die Stille. Ihre Stimme schrie ohne Absetzen, als ob sie ein Lied sänge. Nachdem sie verebbt war, erfüllte die Umgebung schreckliche Ruhe. Nur die Hände des Priesters zitterten, wie vom Krampf befallen.

„Überlegt es euch gut", sprach ein anderer Beamter, der ihm den Rücken zuwandte, in Richtung des Kerkers. „So ergeht es euch, wenn ihr die Gesetze mißachtet. Ich bin es wirklich schon überdrüssig, aber wie schon gesagt, je schneller ihr es erledigt, desto schneller könnt ihr hier raus. Noch einmal: Ihr braucht nicht aus Überzeugung darauf zu treten. Ihr braucht nur der Form halber den Fuß darauf zu setzen, das tut eurer Frömmigkeit doch nicht weh!"

Schreiend holte ein Wächter Kichijiro heraus. Nur mit einem Lendentuch bekleidet, taumelte er vor die Beamten, verbeugte sich immer wieder und stieg mit seinem mageren Fuß auf das Tretbild.

„Verschwinde schnell!"

Mit angewidertem Gesicht deutete der Beamte zum Tor. Kichijiro entfloh stolpernd, ohne sich ein einziges Mal zu der Hütte des Priesters umzuschauen. Doch was kümmerte den Priester jetzt noch Kichijiro!

Weißes Sonnenlicht brannte unbarmherzig auf den leeren Innenhof herab. Die helle Mittagshitze beleuchtete deutlich die schwarzen Flecken am Boden. Es sind die Spuren des Blutes, das aus der Leiche des einäugigen Mannes floß

Wie vorher geben die Zikaden ihren trockenen Gesang von sich. Kein Windhauch bewegt die Luft. Noch immer kreist eine

Fliege mit dumpfem Flügelschlag um sein Gesicht. Die Welt da draußen hat sich nicht im geringsten gewandelt. Obwohl ein Mensch gestorben ist, hat sich nichts verändert.

Der Priester hing noch immer am Gitter, vor Entsetzen wie betäubt. Nicht das unerwartet eingetretene Ereignis bestürzte ihn dermaßen. Was sein Verständnis überstieg, war die Ruhe dieses Innenhofs, das Zirpen der Zikaden, der Flügelschlag der Fliegen. Ein Mensch war gestorben, aber der Lauf der Welt geht weiter, als ob nie etwas geschehen wäre. Gibt es so etwas Widersinniges? Soll das Märtyrertum sein? Warum schweigst du? Du mußt doch jetzt wissen..., daß dieser einäugige Bauer... um deinetwillen gestorben ist. Und warum dauert dann trotzdem diese Stille fort? Die Stille dieses Mittags. Surren der Fliege. Du wendest dich weg, als ob du mit dieser grausamen und grotesken Sache nichts zu tun hättest. Das... kann ich nicht ertragen.

Kyrie eleison... O mein Gebieter, habe Erbarmen! Schließlich versucht er mit zitternden Lippen die Worte eines Gebetes zu murmeln, aber das Gebet zerfließt ihm schon auf der Zunge. O Herr, verlaß mich nicht mehr! Verlaß mich nicht auf so unbegreifliche Weise! Ist das nun ein Gebet? Lange habe ich geglaubt, daß Gebete da sind, um dich zu lobpreisen, aber eigentlich kritisiere ich dich jedesmal, wenn ich das Wort an dich richte. Plötzlich verspürte er das Bedürfnis, höhnisch zu lachen. Wird die Welt da draußen auch an dem Tag, an dem er endlich umgebracht wird, so unbeteiligt weiter ihren Gang gehen? Zirpen die Zikaden auch nach seinem Tod, ziehen auch nach seinem Tod die Fliegen surrend ihre Kreise? Hast du dir dein Heldentum so vorgestellt? Erhoffst du dir statt eines echten Martyriums im verborgenen nicht einen Tod für eitlen Ruhm? Erhoffst du dir nicht die Verherrlichung und Anbetung der Gläubigen? Erhoffst du dir nicht, daß sie sagen: Jener Pater ist ein wahrhafter Heiliger gewesen!

Lange Zeit hockte er bewegungslos am Boden, die Arme um die Knie gelegt. „Als es zwölf Uhr geworden war, war bis drei Uhr auf der ganzen Erde eine Finsternis." Zu der Stunde, als der Herr am Kreuze starb, erschallte dreimal eine Trompete vom Tempel, einmal lang, einmal kurz und wieder lang. Denn die Feiern zur Vorbereitung des Passah-Festes hatten begonnen. Der Hohepriester erstieg in einem langen blauen Mantel die Treppe zum Tempel. Vor dem Opferaltar bliesen sie mit langen Flöten. Da zog ein Schatten über den Himmel, die Sonne verschwand hinter Wolken. „Die Sonne verdunkelte sich, der Vorhang des Tempels zerriß in der Mitte." Solche Vorstellungen hegte er seit jeher vom Märtyrertod. Das Martyrium der Bauern jedoch, wie es sich vor seinen Augen abgespielt hatte, war schäbig und erbärmlich, nicht anders als die Hütten, in denen sie wohnten, und die Lumpen, die sie am Körper trugen.

VIII.

Am Abend des fünften Tages, der auf dieses schreckliche Ereignis folgte, traf er zum zweitenmal Inoue, den Herrn von Chikugo. Die während des Tages erstarrte Luft geriet in Bewegung, die Blätter der Bäume begannen im Abendwind erfrischend zu rauschen, da wurde er in die Wachstube vor den Herrn von Chikugo zitiert. Der Gouverneur war nur vom Dolmetscher begleitet. Als der Priester, von einem Wächter geführt, die Wachstube betrat, hielt der Statthalter eine große Porzellanschale in den Händen und trank in tiefen Zügen das heiße Wasser.

„Ich habe eine Weile nichts von mir hören lassen." Die Teeschale in der Hand, beobachtete er den Priester mit großen, von Neugier erfüllten Augen. „Ich habe nämlich Geschäfte auf der Insel Hirado gehabt."

Auf einen Befehl des Gouverneurs holte der Dolmetscher auch für den Priester heißes Wasser. Ein Lächeln auf den Wangen, begann Inoue mit Muße von Hirado, wo er sich hinbegeben hatte, zu erzählen.

„Bei Gelegenheit sollten Sie auch einmal Hirado besuchen", sagte er, wie um auszudrücken, daß er dem Priester vollkommene Freiheit zugestehe.

„Hirado ist die Burgstadt des Fürsten Matsuura. Berge senken sich zu einem stillen Meeresarm herab."

„Die Missionare in Makao haben berichtet, daß Hirado eine schöne Stadt ist."

„So schön finde ich sie nicht, aber interessant ist sie", schüttelte der Herr von Chikugo den Kopf. „Immer, wenn ich diese Stadt sehe, fällt mir eine Geschichte ein, die mir vor langer Zeit zu Ohren gekommen ist. Takenobu Matsuura von Hirado hatte vier Konkubinen, die waren aufeinander eifersüchtig, und die Streitigkeiten nahmen kein Ende. Schließlich riß Takenobu die Geduld, und er verbannte alle vier aus dem Schloß. Aber ein Padre, der Keuschheit gelobt hat, darf sich so eine Geschichte ja nicht anhören!"

„Dieser Fürst hat eine überaus weise Entscheidung getroffen."

Die vertrauliche Sprechweise des Herrn von Chikugo bewirkte, daß der Priester, ohne sich dessen bewußt zu sein, die Haltung der angespannten Vorsicht lockerte.

„Im Ernst, so denken Sie also! Das beruhigt mich. Denn Hirado, nein, unser Japan, ist in der gleichen Lage wie damals Fürst Matsuura", lachte der Herr von Chikugo, die Teeschale in seinen Händen drehend.

„Die Frauen namens Spanien, Portugal, Holland und England haben während ihrer Liebesnächte gegenseitige Intrigen in die Ohren des Mannes namens Japan geflößt."

Während er auf die Übersetzung des Dolmetschers hörte, dämmerte dem Priester allmählich, wo der Statthalter hinaus wollte. Was Inoue sagte, war nicht erfunden. Denn es war in Goa und auch in Makao schon lange bekannt, daß die protestantischen Länder England und Holland die katholischen Reiche Spanien und Portugal bei der Feudalregierung und den Japanern insgesamt verleumdet hatten, weil sie diese um ihre Erfolge in Japan beneideten. Diese Feindseligkeit hatte dazu geführt, daß zu einer Zeit die Missionare den japanischen Gläubigen streng jeglichen Kontakt mit Engländern oder Holländern untersagten.

„Wenn Ihnen die Maßnahme des Fürsten Matsuura klug erscheint, wird Ihnen auch der Grund, welcher Japan zum Verbot des Christentums bewogen hat, nicht ganz und gar töricht vorkommen."

Ohne von seinem durchbluteten wohlgenährten Gesicht das Lachen zu wischen, beobachtete er reglos die Miene des

Priesters. Seine Augen waren für einen Japaner ungewöhnlich braun, das Schläfenhaar anscheinend gefärbt, denn es zeigte sich kein einziges weißes Haar.

„Da unsere Kirche die Monogamie vorschreibt", absichtlich kleidete auch der Priester seine Antwort in einen Scherz, „hat der Fürst sicher recht getan, als er die Nebenfrauen vertrieb — wenn es eine rechtmäßige Frau gibt. Wie wäre es, wenn auch Japan sich unter den vieren eine rechtmäßige Frau auswählte!"

„Unter dieser rechtmäßigen Frau verstehen Sie wohl Portugal, wie!"

„Nein, unsere Kirche."

Als der Dolmetscher unbewegten Gesichtes diese Antwort übermittelte, zerbröckelte der bisherige Ausdruck des Herrn von Chikugo, und er lachte laut. Er lachte mit einer für einen alten Mann hohen Stimme, jedoch die Augen, die auf den Priester herunterschauten, waren kalt. Die Augen lachten nicht.

„Aber Padre, wäre es da nicht am besten, wenn der Mann, den wir Japan nennen, gleich auf eine ausländische Frau verzichtete und statt dessen eine wählte, die im gleichen Land geboren wurde, wodurch ihr auch seine Gefühlswelt vertraut ist?"

Natürlich erfaßte der Priester sofort, worauf der Herr von Chikugo mit seinem Gerede über eine ausländische Frau anspielte. Da jedoch sein Gegner nun einmal diese Diskussion unter dem Mantel eines solch arglosen Geplauders angefangen hatte, mußte er ihm darin folgen.

„Wichtiger als das Land, in dem die Frau geboren ist, scheint der Kirche ihre Ergebenheit dem Gatten gegenüber."

„So, so. Aber gut — lassen Sie uns annehmen, die Ehe basiert nur auf dem Gefühl. Die peinlichen Dinge dieser irdischen Welt gibt es jedoch daneben immer noch. Zum Beispiel so etwas wie die lästige Liebe einer häßlichen Frau."

Und der Statthalter fügte, seine offensichtliche Zufriedenheit mit diesem Gleichnis durch wiederholtes Kopfnicken ausdrückend, hinzu: „Es gibt in unserer Welt auch Männer, die die lästige Liebe einer häßlichen Frau in die ärgste Verlegenheit stürzt."

„So vergleicht der erlauchte Herr Statthalter also die Verbreitung unserer Religion mit dem Aufdrängen einer ungewollten Liebe?"

„Für uns ist es so. Doch falls Sie dieses Bild von der ungewollten Liebe einer häßlichen Frau unangenehm berührt, können Sie es auch anders sehen. Wenn eine Frau keine Kinder gebären und aufziehen kann, nennt man sie in unserem Land unfruchtbar. Und sie ist von vornherein nicht für eine Ehe geeignet."

„Wenn unsere Lehre in Ihrem Land nicht großgezogen werden konnte, so liegt das wohl nicht an der Kirche. Mir scheint, es ist eher die Schuld derjenigen, die es sich in den Kopf gesetzt haben, den Mann von der Frau — will sagen die Gläubigen von der Kirche — wegzureißen."

Auf der Suche nach Worten verstummte der Dolmetscher eine Weile. In dieser Stunde trägt der Wind normalerweise die Abendgebete der Gläubigen zu ihm in die Zelle. Heute jedoch hört man keinen Ton. Unversehens erwacht im Herzen des Priesters die Stille, die vor fünf Tagen über allem gelegen ist — eine Stille, auf den ersten Blick gleich der heute, in Wirklichkeit jedoch ganz anders. Die Leiche des einäugigen Mannes, auf den Bauch am Boden hingestürzt, das Licht der Sonne gleißt weiß hernieder, der Wächter zerrt nachlässig am Bein den Toten zu der Grube. Bis zu dieser Grube erstreckt sich das Band des Blutes auf dem Boden wie mit einem Pinsel auf Baumwolle gemalt. Der Priester vermag es einfach nicht zu glauben, daß dieser Mann, der so sanftmütig blickt, derselbe sein soll, der jene Hinrichtung befahl.

„Die Patres — nein, so muß man es formulieren —, bis heute haben die Patres", der Herr von Chikugo legte nach jedem Wort eine kurze Pause ein, „Japan vielleicht nicht richtig gekannt."

„Und der erlauchte Herr Statthalter kennt das Christentum nicht."

Beide, sowohl der Priester wie auch der Herr von Chikugo, lachten.

„Sie werden es nicht glauben, aber vor dreißig Jahren — damals war ich Vasall im Hause Gamo — habe ich die Patres gebeten, ihrem Weg folgen zu dürfen."

„Und dann?"

„Mein Verbot des Christentums beruht nicht auf der allgemein üblichen Ansicht, ich bin nicht der Meinung, daß das Christentum eine Irrlehre ist."

Bis der Dolmetscher, welcher diese Worte mit erstauntem Gesicht aufnahm, sie nach einigem Zögern übersetzte, schaute Inoue lachend auf die Teeschale, in der noch ein wenig heißes Wasser war.

„Padre, ich rate Ihnen, zwei Sachen gut zu überdenken, die Ihnen dieser Alte da gesagt hat. Erstens, daß die lästige Liebe einer häßlichen Frau für einen Mann schwer ertragbar ist, und zweitens, daß eine unfruchtbare Frau nicht geeignet für die Ehe ist."

Als der Statthalter aufstand, verbeugte sich der Dolmetscher respektvoll, beide Hände vor die Knie auf den Boden gelegt. Der Herr von Chikugo schlüpfte langsam in seine Strohsandalen, die der Wächter eilig zurechtgestellt hatte, und ohne noch einmal einen Blick in die Richtung des Priesters zu werfen, entfernte er sich über den Innenhof, auf den sich die Abenddämmerung gesenkt hatte. Vor der Tür der Hütte schwärmten Moskitos. Das Wiehern eines Pferdes klang von draußen herein.

In der Nacht begann leise Regen zu fallen. Wie Sand rauschte das Wasser im Gehölz hinter der Hütte.

Während er, den Kopf auf das harte Lager gedrückt, auf das Geräusch des Regens lauschte, dachte er an den Tag, an dem der Herr vor Gericht gebracht worden war, gleich wie er jetzt. Es war am Morgen des siebenten April, als man Jesus, abgemagert und mit aufgeschürftem Gesicht, von einer Menschenmenge verfolgt, den Hügel von Jerusalem hinuntertrieb. Das Licht der Morgendämmerung tauchte das Moab-Gebirge, welches sich jenseits des Toten Meeres dahinzog, in ein mattes Weiß, der Fluß Cedron rauschte erfrischend. Niemand machte Anstalten, ihm eine Rast zu vergönnen. Als sie vom Hügel Davids den Platz überquerten, stand da vom goldenen Morgenlicht überflutet neben der Brücke das Sitzungsgebäude.

Da der Ältestenrat und die Schriftgelehrten die sofortige Hinrichtung bestimmt hatten, brauchte man nur noch die Bestätigung des Urteils durch den aus Rom gesandten Generalgouverneur Pilatus. Es war anzunehmen, daß Pilatus im Militärlager, welches sich außerhalb der Stadtmauern in unmittelbarer Nähe des Tempels befand, schon Meldung erhalten hatte und auf sie wartete.

Der Priester kannte den Ablauf dieses Morgens des siebenten April seit seiner Kindheit auswendig bis in die Einzelheiten. Alle seine Handlungen maß der Priester an jenem abgemagerten Menschen. In seiner Vorstellung blickte Christus wie alle, die sich selbst als Opfer darbringen, mit Augen voll Trauer und Resignation auf die Menschen, die ihn verhöhnten und bespuckten. Und auch Judas war unter diesen.

Warum folgte Judas damals den Spuren des Herrn? War er begierig auf Rache, wollte er das Ende jenes Menschen, den er verraten hatte, auch selbst mitansehen? Auf jeden Fall war seltsamerweise bei ihm, dem Priester, alles haargenau gleich.

So wie Judas Christus verkaufte, verriet ihn Kichijiro, wie über Christus schicken sich die Mächtigen dieser Welt an, auch über ihn ein Urteil zu fällen. Die Freude über die Ähnlichkeit seines Schicksals mit dem von Jesus schnürt dem Priester in dieser Regennacht das Herz in stechendem Schmerz zusammen. Diese Freude der Gemeinsamkeit mit dem Sohn Gottes ist nur den Christen vergönnt.

Trotz allem aber beunruhigte ihn der Gedanke, daß er ja anderseits den körperlichen Schmerz, den Christus durchlitt, noch nicht erfahren hatte. In der Halle des Pilatus band man Jesus an eine etwa zwei Fuß hohe Säule und schlug ihn mit einer Peitsche, die Bleistücke beschwerten. Später durchbohrte man seine Hände mit Nägeln. Ihn jedoch hatten merkwürdigerweise weder Beamte noch Wächter auch nur ein einziges Mal gezüchtigt, seit er in diesem Gefängnis eingesperrt war. Er hatte keine Ahnung, ob dies den Anordnungen des Herrn von Chikugo entsprach oder nicht, aber nicht selten übermannte ihn das Gefühl, ihm würden auch in all den künftigen Tagen körperliche Schmerzen erspart bleiben.

Warum eigentlich? Wie oft hatte er von den gräßlichen Foltern gehört, die viele Missionare während ihrer Gefangenschaft erleiden mußten. Hochwürden Navarro, bei lebendigem Leib in Shimabara am Feuer geröstet, Pater Carvalho und Pater Gabriel, immer wieder und immer wieder verbrüht im kochenden Wasser der heißen Quellen von Unzen, die zahlreichen Missionare, um die man sich im Gefängnis von Omura einfach nicht mehr kümmerte, bis sie des Hungertodes starben! Ihm selbst aber war in diesem Kerker gestattet, zu beten und mit den Gefangenen zu sprechen. Wenn die Mahlzeiten auch einfach waren, so bekam er doch genug zu essen. Auch verschonte man ihn bisher mit einem strengen Kreuzverhör, die Beamten und der Statthalter plauderten nur fast informell mit ihm und gingen dann wieder.

Was haben sie eigentlich vor?

Der Priester dachte an die Gespräche, die er in der Berghütte über Tomogi oft mit seinem Gefährten Garpe geführt hatte, ob sie nämlich der Folter tatsächlich gewachsen sein würden. Natürlich war der einzige Weg dazu, Gott unermüdlich um seine Unterstützung zu bitten, aber zu jener Zeit existierte irgendwo in ihren Herzen doch die Sicherheit, daß sie auch von selbst die Kraft aufbrächten, bis zum Tod stark zu bleiben. Als er in den Bergen herumstreifte, rechnete er ganz fest mit körperlichen Strafen bei seiner Ergreifung. Lag es an seiner damaligen Anspannung und Aufregung oder an etwas anderem, auf jeden Fall glaubte er, jeden Schmerz mit zusammengebissenen Zähnen ertragen zu können. Jetzt aber schien ihm irgendeine Ecke von dieser Gefaßtheit abgebröckelt. Während er sich aufrichtete und den Kopf schüttelte, versuchte er zu ergründen, ab wann sein Mut nachgelassen hatte.

Die Ursache ist wohl dein Leben hier! belehrte ihn unvermittelt eine Stimme aus einem Winkel seines Herzens.

Ja, ja, so ist es! Seit seiner Ankunft in Japan hatte er fast nur hier die Möglichkeit, seine Aufgabe als Priester zu erfüllen. In Tomogi mußten sie sich aus Furcht vor der Behörde versteckt halten, danach war er mit keinem Menschen außer Kichijiro in Berührung gekommen. Hier konnte er zum erstenmal in Nachbarschaft mit den Bauern leben, konnte, ohne sich um das tägliche Brot zu kümmern, den Großteil des Tages beten und meditieren.

Ruhig wie Sand floß ein Tag nach dem anderen hier dahin. Dieser lässige Alltag frißt sich hinein in das stahlhart angespannte Gemüt. Langsam wiegt er sich im Gefühl, daß er von körperlichen Schmerzen, Foltern — Dingen, mit denen er früher als selbstverständlich gerechnet hat — verschont werde. Die Wachen sind nachsichtig, der Statthalter mit dem wohlgenährten Gesicht plaudert angenehm über Hirado. Ob er noch einmal die Bereitschaft aufzubringen imstande wäre, wie ehemals in den Bergen herumzuirren oder sich in einer Berghütte zu verstecken, da er nun einmal diese Behaglichkeit gekostet hat?

Mit einemmal erkannte er, daß die japanischen Beamten und der Statthalter fast untätig und ruhig wie eine Spinne im Netz gerade auf dieses Nachlassen seiner eigenen Wachsamkeit warteten. Gleichzeitig erstand vor ihm plötzlich das gekünstelte Lachen, das greisenhafte Massieren der Hände des Herrn von Chikugo, und klar enthüllte sich ihm nun der Zweck, den der Statthalter mit seinem Benehmen verfolgte. Wie um seine Vermutung zu bekräftigen, erhielt er nun statt wie früher zwei Mahlzeiten dreimal ein Essen gereicht.

Der Wächter, der von nichts wußte, lachte gutmütig, so daß man sein Zahnfleisch sah:

„Essen Sie! Es ist der Wunsch des Statthalters. Nicht vielen Gefangenen gewährt man so eine Behandlung!"

Nach einem Blick auf den in einer Schüssel angerichteten

gekochten Reis mit roten Bohnen schüttelte der Priester den Kopf und bat den Wächter, diese Mahlzeit den Gläubigen zu geben. Schon flogen die Fliegen über der Schüssel. Gegen Abend brachte der Wächter zwei Strohmatten.

Nach und nach dämmerte dem Priester, welchen nächsten Schritt die Beamten nach dieser verbesserten Behandlung planten. Er kam zum Schluß, daß sie ihn derartig bevorzugten, weil der Tag der Folter näherrückte. Ein an ein bequemes Leben gewöhnter Körper kann allzugroßen Schmerzen nicht widerstehen. Gewiß harrten die Beamten, die ihm diese heimtückischen Maßnahmen angedeihen ließen, auf das allmähliche Erschlaffen von Körper und Geist, um ihn sodann unerwartet mit der Folter zu überraschen.

In die Grube hängen...

Dieser Ausdruck, am Tag seiner Ergreifung auf der Insel aus dem Mund des Dolmetschers vernommen, ruhte in seinem Gedächtnis. Sollte Hochwürden Ferreira tatsächlich vom Glauben abgefallen sein, so war er sicher gleich ihm anfänglich höflich behandelt und dann, nachdem sein Geist und sein Körper sich ausreichend in Sicherheit wiegten, unvermittelt der Folter ausgesetzt worden. Anders konnte er es sich einfach nicht erklären, daß sein tugendhafter Lehrer so unvermittelt vom Glauben abgelassen hatte. Welch eine teuflische Methode!

„Die Japaner sind die intelligentesten Menschen, die wir kennen." Der Priester gedachte mit zynischem Lachen dieser Worte, die der heilige Xavier einst niedergeschrieben hatte.

Die Wächter hinterbrachten zweifellos den Beamten und dem Statthalter, daß er weder die zusätzliche Mahlzeit nahm noch die Matten zum Schlafen benützte, trotzdem erhielt er keinerlei Verweis. Er wußte natürlich nicht, ob sie gemerkt hatten oder nicht, wie weit er ihre Pläne durchschaute.

Ungefähr zehn Tage nach dem Besuch des Herrn von Chikugo erwachte er am Morgen durch aufgeregten Lärm im Innenhof. Als er das Gesicht an die Gitterstäbe legte, wurden die drei Gläubigen gerade von einem Krieger aus dem Kerker getrieben. Im Morgendunst sah er, wie die Wächter die Handgelenke der drei zusammenketteten. Die Frau, die ihm einstmals eine Beutelmelone geschenkt hatte, war die letzte.

„Padre!" schrien sie im Chor, während sie die Wächterhütte, die als Kerker des Priesters diente, passierten. „Wir gehen zur Fronarbeit."

Der Priester reckte die Hände durch das Gitter und segnete jeden mit dem Zeichen des Kreuzes. Als Monika ihm die Stirne hinreckte wie ein Kind, berührte der Priester das Gesicht, auf dem ein leichtes trauriges Lächeln lag, flüchtig mit seinen Fingern.

Der ganze Tag war ruhig, aber seit dem späten Vormittag stieg die Temperatur allmählich, und starkes Sonnenlicht flutete unbarmherzig durch die Gitterstäbe herein. Auf seine Frage, wann jene drei Gefangenen zurückkommen würden, antwortete der Wächter, der ihm das Essen brachte, daß sie nach Beendigung der Fronarbeit am Abend wieder eintreffen sollten. Da man jetzt auf Befehl des Herrn von Chikugo überall in Nagasaki Tempel und Schreine errichte, reichten die vorhandenen Arbeiter, wie viele es auch gäbe, nicht aus.

„Diese Nacht ist das Bon-Fest. Das kennen Sie sicherlich nicht."

Nach den Worten des Wächters entzündete man am Abend des an diesem Tage stattfindenden Bon-Festes an den Dachrinnen der Häuser von Nagasaki befestigte Laternen. Der Priester erzählte darauf dem Wächter, daß es auch in seiner Heimat bei einem ähnlichen Fest, nämlich Allerseelen, den gleichen Brauch gäbe. In der Ferne hörte man Kinder singen. Spitzte man aufmerksam die Ohren, so durchzog das immer wieder unterbrochene Kinderlied

O Lampion, bei, bei, bei.

Wer einen Stein drauf wirft, dem fault die Hand!

O Lampion, bei, bei, bei.

Wer einen Stein drauf wirft, dem fault die Hand!

irgendeine schwermütige Melodie.

In der Dämmerung quartierte sich in jener Trauermyrte eine

der Zikaden ein, deren Gesang das Nahen des Herbstes andeutet. Abends, als der Wind sich legte, verstummte auch sie, die drei Gläubigen aber waren noch nicht zurück. Nachdem er unter der Öllampe die abendliche Mahlzeit beendet hat, hört er wieder verschwommen singende Kinderstimmen. Um Mitternacht fließt der Mond hell durch das Fenster, und seine Strahlen wecken ihn auf. Das Fest scheint zu Ende, die Dunkelheit ist tief; er weiß nicht, ob die Gläubigen schon zurückgekommen sind.

Am nächsten Morgen rüttelte ihn der Wächter noch im Finstern aus dem Schlaf. Er hieß ihn, sein Gewand anzulegen und sofort hinauszugehen.

„So!"

Der Priester erkundigte sich, wohin er gebracht werden sollte, aber der Wächter schüttelte den Kopf und antwortete, er wisse es selbst nicht, aber man habe wohl deswegen eine so frühe Stunde gewählt, um auf seinem Weg eine größere Ansammlung der beim Anblick eines ausländischen christlichen Priesters neugierigen Menge zu verhindern.

Drei Krieger erwarteten ihn. Auch sie erklärten nichts weiter, als daß sie auf Befehl des Statthalters handelten, und begannen einer hinter dem andern ohne ein Wort durch die morgendlichen Straßen zu schreiten. Im Morgennebel reihen sich eng nebeneinander stroh- oder schilfgedeckte Geschäfte mit geschlossenen Türen wie trübsinnige alte Männer. Zu beiden Seiten des Weges dehnen sich die Felder. Bauholz ist zu Stößen gehäuft. Der Geruch des Nebels vermischt sich mit dem von frisch geschnittenen Brettern. Die Stadt Nagasaki befand sich noch mitten im Aufbau. Im Schatten der nagelneuen Häuser schliefen Bettler und Parias mit Strohmatten bis über die Köpfe zugedeckt.

„Zum erstenmal Nagasaki?" lachte ein Samurai dem Priester zu.

„Viele Hügel, nicht wahr!"

Es gab wirklich viele Hügel. Manche waren mit kleinen schilfgedeckten Häusern übersät. Hähne kündigten den

Morgen an. Von den Dachtraufen baumelten als Überreste des Bon-Festes der letzten Nacht kraftlos ausgebleichte Lampions über den Straßen. Der Hügel, auf dem sie dahingingen, fiel direkt zum schilfumrahmten Meer hinab, das sich, von einer langen Halbinsel umgeben, wie ein milchweißer See in die Ferne erstreckte. Auch hinter ihnen, wo der Morgendunst sich bereits gelichtet hatte, reihten sich einige nicht allzu hohe Hügel aneinander.

In der Nähe des Meeres war ein Kiefernhain. Dort standen ein paar Körbe vor den Bäumen. Vier oder fünf barfüßige Samurai hockten hier und nahmen ihr Frühstück ein. Während sich die Lippen weiter bewegten, starrten ihre Augen voll Neugier auf den ankommenden Priester.

Zwischen den Kiefern hatte man schon einen weißen Vorhang gespannt und Klapphocker aufgestellt. Einer der Krieger forderte den Priester zum Setzen auf, indem er mit der Hand auf diese zeigte. Der Priester, der fest mit einem Verhör gerechnet hatte, wunderte sich über diesen Empfang.

Aschgrauer Sand bedeckte glatt den Boden bis hinab zum Meeresarm, über dem ein Anstrich von blassem Braun lag. Das eintönige Rauschen der ans Ufer schlagenden Wellen rief den Tod von Mokichi und Ichizo ins Gedächtnis des Priesters. An jenem Tag war ohne Unterbrechung Regen gefallen, Meeresvögel hatten sich durch diesen Regen bis in die Nähe der Pfosten geschwungen. Gott hatte auch damals sein Schweigen nicht gebrochen. Noch immer vermochte er diesem Zweifel an Gott, der damals und nachher noch öfters sein Herz gestreift hatte, nichts zu entgegnen.

„Padre!" erklang von hinten eine Stimme. Als er sich umdrehte, lachte ihn ein Mann mit viereckigem Gesicht, dessen Haar lang vom Kopf herunterhing, an. Seine Hände spielten mit einem Fächer.

„Oh!"

An das Gesicht konnte er sich kaum entsinnen, aber die Stimme gehörte jenem Mann, mit dem er damals in der Hütte auf der Insel diskutiert hatte.

„Erinnern Sie sich an mich? Seit damals ist eine hübsch lange Zeit vergangen, was! Es freut mich wirklich, Sie endlich wieder zu treffen. Ich stelle mir vor, daß Ihr Gefängnis nicht allzu ungemütlich ist, denn es ist neu. Bevor es errichtet wurde, verwahrte man die christlichen Patres im Gefängnis von Suzuda bei Omura. Dort regnete es hinein und der Wind blies durch. Die Gefangenen haben dort viel mitgemacht."

„Kommt der Statthalter bald?"

Der Priester lenkte auf ein anderes Gesprächsthema, um die Geschwätzigkeit des Übersetzers zu unterbrechen. Der Dolmetscher klappte den Fächer in seiner Hand auf und zu.

„Nein, nein, der Herr von Chikugo wird sich nicht hierher bemühen. Was halten Sie von diesem Gouverneur?"

„Er behandelt mich freundlich. Ich bekomme sogar drei Mahlzeiten pro Tag, für die Nacht eine Decke. Ich fürchte, daß bei so einem Leben womöglich meine körperlichen Bedürfnisse stärker werden als mein Wille durchzuhalten. Aber das ist es ja, worauf Sie alle warten!"

Dem Blick des Priesters ausweichend, stellte sich der Dolmetscher, als ob er nicht verstanden hätte.

„Übrigens, in den nächsten Minuten wird jemand hierherkommen, der auf Anordnung des Statthalters mit Ihnen zusammentreffen soll. Da er ebenfalls Portugiese ist, werden Sie sicherlich viel zu besprechen haben."

Sobald der Priester geradewegs in die trübgelben Augen blickte, erlosch auf den Wangen des Gegners das dünne Lachen. Im Herzen des Priesters schwebte der Name Ferreira. So war das also! Jetzt schleppten sie auch noch Ferreira daher, um ihn zum Abfallen zu überreden! All die Zeit hatte er beim Gedanken an Ferreira weniger Abneigung gespürt als eher das Mitleid des Überlegenen gegenüber einer bedauernswerten Kreatur. Nun jedoch, da die nächsten Stunden ein Wiedersehen mit ihm zu bringen schienen, schlug sein Herz bis zum Halse vor Unruhe und Nervosität, ohne daß er genau wußte, warum.

„Können Sie sich denken, wer dieser Portugiese ist?"

„Ja, ich weiß es."
„Ach so."
Wieder breitete sich auf den Wangen des Dolmetschers jenes dünne Lächeln aus. Während sein Fächer in der Luft rauschte, schweiften seine Blicke über den grauen Sandstrand hin. In weiter Ferne erblickte man klein die Figuren von Menschen, die sich hintereinander auf sie zu bewegten.
„Dort ist er dabei."
Obwohl der Priester den Aufruhr seines Herzens nicht zeigen wollte, erhob er sich doch unwillkürlich von seinem Sitz. Nach und nach vermochte man die Gestalten, die zwischen den weiß mit Sand beklebten Kiefernstämmen langsam näherkamen, zu unterscheiden. An der Spitze des Zuges gingen zwei Samurai als Bewachung. Dahinter folgten zusammengekettet drei Gefangene. Unter ihnen war auch Monikas taumelnde Figur. Und als letzter ging Garpe, sein Gefährte.
„Nun!" Der Dolmetscher schien zu triumphieren.
„Haben Sie den erwartet?"
Der Priester ließ nicht ab von der Gestalt Garpes, als ob er ihn mit seinen Blicken verschlingen wollte. Garpe wußte nicht, daß er sich in diesem Kiefernwald befand. Er trug das Arbeitsgewand japanischer Bauern, wie der Priester. Wie auch bei ihm blitzten unter dem zu kurzen Gewand linkisch die weißen Beine. Schwer atmend bemühte er sich, so schnell er konnte, den anderen zu folgen.
Der Priester war nicht überrascht, Garpe in Gefangenschaft zu sehen. Seit sie in Tomogi an Land gegangen waren, rechneten sie damit, irgendwann einmal ergriffen zu werden. Der Priester hätte nur gerne gewußt, wo man Garpe gefaßt hatte und zu welcher Einstellung er während der Gefangenschaft gefunden hatte.
„Ich möchte mit Garpe sprechen!"
„Das kann ich mir vorstellen. Aber der Tag ist lang. Es ist erst Morgen. So eilig werden Sie es wohl nicht haben." Wie um ihn zu ärgern, fächelte er sich gähnend Kühle zu.

„Daß ich es nicht vergesse! Bei unserem Gespräch auf der Insel hab' ich eine Kleinigkeit nicht gefragt, die mich interessieren würde. Sagen Sie mir, Padre, wie schaut eigentlich die Barmherzigkeit tatsächlich aus, die das Christentum lehrt?"

„Wie eine Katze, die genüßlich andere Lebewesen quält", murmelte der Priester, seine eingesunkenen Augen traurig auf dem Gegner ruhen lassend. „So gemein spielen Sie mit mir! Sagen Sie mir, wie und wo Garpe gefunden wurde!"

„Bei uns werden den Gefangenen das Gouverneursamt betreffende Begebenheiten nicht ohne triftigen Grund anvertraut."

Der Zug am aschfarbenen Sand hielt plötzlich an. Die Beamten luden vom Rücken eines Pferdes, das den Nachtrab bildete, Strohsäcke ab.

„Hören Sie, Padre!" Der Dolmetscher belauerte mit Vergnügen den Gesichtsausdruck des Priesters.

„Wissen Sie, Padre, wozu man diese Strohsäcke benützt?"

Die Beamten machten sich nun daran, die Körper der Gefangenen mit Ausnahme von Garpe in die Säcke zu wickeln. Bald glichen die Gläubigen, von denen nur noch der Kopf herausschaute, eingesponnenen Kokons.

„Sie werden jetzt gleich auf ein Boot gebracht. Das rudert auf das Meer hinaus. Dieser Meeresarm ist tiefer, als Sie glauben würden!"

Wie gewöhnlich schlugen die graublauen Wellen eintönig an den Strand. Tief herabhängende Wolken verhüllten bleifarben die Sonne.

„So, Padre. Jetzt richtet einer der Beamten an Padre Garpe das Wort", sagte der Dolmetscher in singendem Tonfall. „Was sagt er wohl? Vielleicht spricht er folgendermaßen: Wenn Sie, Padre, echtes christliches Mitleid erfüllt, so werden Sie mit diesen drei eingewickelten Leuten Erbarmen haben. Sie werden es nicht zulassen, daß man diese Leute vor Ihren Augen umbringt."

Dem Priester fiel es wie Schuppen von den Augen, was der Dolmetscher meinte. Eine Welle des Zornes schlug in ihm hoch gleich einem Windstoß. Wäre er nicht ein Geistlicher gewesen, hätte er sich wohl an jenem Mann vergriffen.

„Auch der Herr Statthalter will den dreien das Leben schenken, sofern der Padre seinen Willen zum Verzicht auf den Glauben bekundet. Ich habe Ihnen doch schon mitgeteilt, daß die Leute gestern im Gouverneursamt auf das Tretbild gestiegen sind?"

„Aber wenn sie doch auf das Tretbild... So brutal...!"

Der Priester rang nach Worten, aber die Kehle war ihm wie zugeschnürt.

„Schauen Sie, für uns ist es nicht wichtig, wenn kleine Leute wie jene vom Glauben abfallen. Auf den japanischen Inseln gibt es noch sehr viele Bauern, die heimlich Christus verehren. Um diese zur Umkehr zu bewegen, müssen zuerst die Patres abschwören."

Vitam praesta puram, iter para tutum — Mach unser Leben rein und ebne unseren Weg von Sorgen. Der Priester versuchte Halt in den Worten des Ave Maria Stella zu finden, aber statt der Verse dieses Gebetes stieg aus seinem Herzen deutlich und klar jenes Bild vom Innenhof des Gefängnisses, als die Zikade in der Trauermyrte surrte und dunkelrotes Blut über die Erde, auf die die Sonne niederbrannte, floß. Er war nach Japan gekommen, um für die Menschen zu sterben, in Wirklichkeit jedoch starb einer der japanischen Gläubigen nach dem anderen für ihn. Er wußte nicht, welche die richtige Entscheidung sein würde. Anders, als man ihn im Unterricht glauben machte und er bis heute vermeinte, waren Handlungen nicht einfach in gute und schlechte zu unterteilen. Schüttelt Garpe nun den Kopf, so versenkt man die Gläubigen wie Steine in jenen Meeresarm. Folgt er der Versuchung der Beamten, so bedeutet dies die Vernichtung seines Lebensinhaltes. Er wußte nicht, wo die richtige Entscheidung lag.

„Nun, was wird dieser Garpe antworten? Soviel ich gehört habe, kommt im Christentum die Barmherzigkeit an erster Stelle. Und überdies verkörpert euer Herrgott selbst die Barmherzigkeit, aber... o weh, das Schiff!"

Plötzlich begannen zwei der in Strohsäcke gehüllten Christen zu laufen. Von den Beamten in den Rücken gestoßen, fielen sie am Strand hin. Nur Monika starrte bewegungslos auf das blaugraue Meer, eingewickelt in die Matten wie eine Larve. In den Ohren des Priesters erklang die lachende Stimme jener Frau, und auf seiner Zunge verspürte er den Geschmack der Beutelmelone, die sie zwischen den Brüsten herausgeholt und ihm geschenkt hatte.

„Schwöre ab, es macht nichts, wenn du abschwörst!" schrie er innerlich Garpe zu, der in der Ferne, ihm den Rücken zugewendet, auf die Worte der Beamten hörte.

„Es macht nichts, wenn du abschwörst! Nein, du mußt sogar abschwören!"

Er spürte Schweiß auf seiner Stirne und schloß die Augen, gleichzeitig auch im Verlangen, von dem, was jetzt geschehen würde, feige die Augen abzuwenden.

Warum schweigst du? Warum schweigst du sogar in solchen Augenblicken? Als er die Augen öffnete, wurden die drei Larven von den Beamten bereits zum Boot getrieben.

Ich schwöre ab, wenn ich abschwöre...

Diese Worte steckten schon in seinem Hals. Um zu verhindern, daß seine Stimme diese Worte begleitete, biß er fest die Zähne zusammen. Zwei Beamte folgten mit Lanzen in den Händen den Gefangenen, schürzten dann ihre Kimonos bis zu den Schenkeln und schwangen sich rittlings an Bord des Bootes. Nun entfernte sich das Schiff auf den Wellen schaukelnd vom Strand. Noch ist Zeit. Bitte gib nicht mir und Garpe die Verantwortung für all dies! Die Verantwortung liegt bei dir! Nun begann Garpe zu laufen. Beide Hände in die Höhe reckend, sprang er in die Wellen. Das Wasser spritzte auf, als er sich dem Boot näherte.

Im Schwimmen rief er:

„Erhöre... unser Gebet!" Dieser Notschrei oder auch Wutgebrüll, was immer es war, erlosch, wenn Garpes schwarzer Kopf in den Wellen verschwand.

„Erhöre... unser Gebet!"

Die Beamten lehnten sich aus dem Boot und lachten, daß ihre weißen Zähne blitzten. Einer ergriff die Lanze fester, um Garpe damit zu foppen, der ans Schiff heranzukommen versuchte. Der Kopf tauchte unter die Wellen, die Stimme brach ab, dann erschien er wieder unvermutet über dem Wasser. Die Wogen warfen ihn herum wie schwarzen Müll, er schrie irgend etwas mit abgerissener Stimme, immer kraftloser.

Die Beamten befahlen dem ersten Gläubigen, sich an den Rand des Schiffes zu stellen. Hierauf stießen sie ihn mit dem Schaft der Lanze heftig in den Rücken. Wie eine Puppe stürzte der vom Sack gefesselte Körper senkrecht ins Meer. Im nächsten Augenblick fiel schon der zweite Mann hinab. Zum Schluß verschlang das Meer Monika. Nur Garpes Kopf trieb noch eine Weile umher wie ein Stück Holz von einem geborstenen Schiff, bald aber zog ihn die Strömung, die das Boot erzeugte, hinunter.

„Wie oft ich das auch mitansehe, immer wieder finde ich es abscheulich!" Der Dolmetscher erhob sich vom Klapphocker und streifte den Priester mit haßerfüllten Blicken. „Padre, habt ihr schon einmal daran gedacht, welches Unheil euer Traum über diese Bauern bringt? Dieser selbstsüchtige Traum, den ihr Japan aufzwingen wollt? Wieder ist Blut geflossen! Das Blut dieser ahnungslosen Bauern hat wieder fließen müssen."

Und dann spie er noch die Worte heraus:

„Garpe war wenigstens mutig. Aber du..., du bist in erster Linie ein Feigling. Nicht einmal den Namen Padre bist du wert!"

O Lampion, bei, bei, bei.
Wer einen Stein drauf wirft, dem fault die Hand!
O Lampion, bei, bei, bei.
Wer einen Stein drauf wirft, dem fault die Hand!

Obwohl das Bon-Fest schon zu Ende war, sangen die Kinder noch immer dieses Lied in der Ferne. Es herrschte der Brauch, die Opferspeisen nach der religiösen Mahlzeit, die man in

Nagasaki mit Bohnen, Kartoffelsprossen und Eierfrüchten beging, den Bettlern und Parias zu geben.

In der Trauermyrte sang Tag für Tag die Zikade, aber allmählich verlor ihre Stimme an Kraft.

„Was macht er?" erkundigte sich der Beamte, der einmal am Tag auf seiner Inspektionstour vorbeikam.

„Immer das gleiche. Den ganzen Tag starrt er auf die Wand", antwortete der Wächter leise, indem er in Richtung des Raumes deutete, in welchem der Priester gefangen war. Als der Beamte verstohlen durch die Gitterstäbe spähte, hockte der Priester mit dem Rücken zum Fenster auf dem sonnenbeschienenen Holzboden.

Von Morgen bis Abend sieht er auf der Wand vor ihm lasurblaue Wellen und klein in den Wellen treibend den schwarzen Kopf von Garpe. Nun fallen vom Rand des Bootes die mit Strohsäcken gefesselten Gläubigen hinab in diese Wellen wie Kieselsteine.

Schüttelt er den Kopf, so verschwindet diese Vision, und sie heftet sich wieder beharrlich an die Hinterseite seiner Augenlider, wenn er diese schließt.

„Du bist ein Feigling", hatte der Dolmetscher gesagt, während er sich vom Klapphocker erhob. „Nicht einmal den Namen Padre bist du wert!"

Er war weder dazu imstande gewesen, selbst die Gläubigen zu retten, noch war er ihnen, so wie Garpe, in die Fluten gefolgt. Das Mitleid hatte ihn dermaßen überwältigt, daß es ihn jeglicher Handlungsfähigkeit beraubte. Aber Mitleid war keine Tat. War auch nicht Liebe. Ähnlich wie die sinnliche Begierde beruht das Mitleid nur auf einer Art Instinkt. Alles, was er vor langen Zeiten auf den harten Bänken des theologischen Seminars lernte, hatte sich als leeres Bücherwissen entpuppt.

„Schau das an! Schau gut hin! Euretwegen fließt dieses Blut! Wieder fließt euretwegen das Blut unserer Bauern!"

Sodann taucht im Bewußtsein des Priesters der Hof des Gefängnisses auf, Sonnenstrahlen brennen hernieder, das Rinnsal dunkelroten Blutes fließt immer weiter. Der Dolmetscher gibt den eigennützigen Idealen der Missionare die Schuld an diesem Blutvergießen. Inoue, der Herr von Chikugo, vergleicht diese eigennützigen Ideale mit der lästigen Liebe einer häßlichen Frau. Daß für einen Mann die übermäßige Liebe einer häßlichen Frau schwer zu ertragen sei, hat er gesagt.

„Noch dazu", vor die lächelnde Miene des Übersetzers schiebt sich das durchblutete, gutgenährte Gesicht des Herrn von Chikugo, „behauptest du, in unser Land gekommen zu sein, um für diese Bauern zu sterben. In Wirklichkeit jedoch sterben jene für dich."

Das verächtliche Lachen sticht wie Nadelspitzen in die Wunde des Priesters und reißt sie immer weiter auf. Matt schüttelt er den Kopf. Jahrhundertelang waren die Bauern dieses Landes nicht für sich selbst gestorben. Erst seitdem sie in den Besitz des Glaubens gekommen waren, wählten sie den Tod, um sich selbst zu beschützen. So antwortete er. Aber auch diese Antwort hatte nunmehr die Kraft verloren, seine Wunden zu heilen.

So vergingen die Tage. In der Trauermyrte zirpt die Zikade unverändert mit kraftloser Stimme.

„Was macht er?" erkundigt sich der Beamte, der einmal am Tag auf seiner Inspektionstour vorbeikommt.

„Immer das gleiche. Den ganzen Tag starrt er auf die Wand", antwortet der Wächter leise, indem er in die Richtung des Raumes deutet, in welchem der Priester eingesperrt ist.

„Man hat mich vom Statthalteramt hergeschickt, damit ich mich vergewissere, ob alles seinen richtigen Gang nimmt. Wie ich sehe, läuft die Sache genau so, wie es sich der Herr von Chikugo erwünscht."

Während der Beamte sein Gesicht vom Gitter entfernt, breitet sich auf seinen Zügen ein zufriedenes Lachen aus — wie bei einem Arzt, der mit Ruhe den Krankheitsverlauf seines Patienten beobachtet.

Dem Bon-Fest folgen in Nagasaki eine Reihe stiller Tage. Am sogenannten Danktag zu Ende des Monats übergeben die Bürgermeister von Nagasaki, Oyamaura und Urakami den ersten reifen Reis in Holzschachteln verpackt dem Gouverneur. Am ersten August nach dem Mondkalender, der wegen dieses Datums „Achter Monatserster" genannt wird, machen Beamte und Honoratioren der Stadt den Bezirksvorständen in weißen Sommergewändern aus Leinen ihre Aufwartung.

Der Mond rundete sich nach und nach. Die Zwiesprache der Eulen und Wildtauben tönte jede Nacht aus dem Gehölz hinter der Hütte. Fast unheimlich ins Rötliche spielend, trat der Vollmond bald hinter dem schwarzen Gewölk hervor, bald verbarg er sich. Die alten Leute munkelten von Schicksalsschlägen, die vielleicht noch in diesem Jahr auf sie warteten.

Der dreizehnte August. In den Häusern der Stadt Nagasaki legte man Fisch und Gemüse in Essig und kochte Süßkartoffeln aus Ryukyu mit Soyabohnen auf. An diesem Tag überreichten die Beamten des Gouverneursamtes dem Statthalter feierlich Geschenke: Fisch und Kuchen. Das Statthalteramt wiederum spendete Reiswein, Suppe und kleine Knödel aus Reismehl für die Beamten.

Nachts tranken die Wächter bis in vorgerückte Stunde Reiswein, dazu taten sie sich an Kartoffeln und Bohnen gütlich. Spät noch hörte man ihre heiseren Stimmen und das Klappern der Schüsseln. Der Priester saß aufrecht in seiner Zelle. Silbern übergoß das Licht des Mondes, welches zwischen den Gitterstäben hereinsickerte, seine knochigen Schultern. Die abgemagerte Gestalt warf einen schmalen Schatten auf die Bretterwand. Bisweilen raschelte eine aufgeschreckte Zikade im Gebüsch. Die eingesunkenen Augen geschlossen, schickte er sich regungslos in die tiefe Dunkelheit. In dieser Nacht, in der die Leute, die er kannte, alle Menschen, die ihm nahestanden, schliefen, durchdrang sein Herz schneidend das Bild einer anderen Nacht gleich der heutigen. Der Priester gedenkt der Nacht am Ölberg, als Jesus sich einen Steinwurf von den Jüngern entfernt, die da vom Schlaf übermannt auf der aschfarbenen Erde kauern, welche die Hitze des ganzen langen Tages aufgesaugt hat. Und er vertieft sich in das Antlitz des Herrn, „dem allein und in Todesangst versenkt... der Schweiß ward wie Blutstropfen, die zur Erde rannen". Hundertemale hatte er schon die Züge des Herrn in seiner Phantasie heraufbeschworen, aber aus irgendeinem, ihm selbst nicht klaren Grund war ihm gerade solch ein schweißnasses leidendes Antlitz kaum vorstellbar gewesen. Heute nacht zum erstenmal lenkte er seine ganze Aufmerksamkeit auf den Ausdruck jener eingefallenen Wangen vor seinem inneren Auge. Ob auch der Herr selbst damals das Schweigen Gottes ahnte und darob erzitterte? Nicht daran wollte der Priester denken, doch plötzlich streifte diese Frage seine Brust. Zwei-, dreimal schüttelte er ungestüm den Kopf, wie um dadurch jene Stimme zu verscheuchen. Das regengraue Meer, in dem Mokichi und Ichizo an Pfähle gebunden versanken. Das Meer, in dem Garpes schwarzer Kopf, von aller Kraft verlassen, schließlich umhertrieb wie ein Holzscheit. Das Meer, in welches von jenem Boot herab der Reihe nach die in Strohsäcke gefesselten Körper senkrecht hineinstürzten. Grenzenlos weit und traurig erstreckte sich das Meer, und jedesmal hatte Gott über diesem Meer hartnäckig weiter geschwiegen. „Eloi, eloi, lama sabachthani?" — O Herr, warum hast du mich verlassen? — Dieser Ausruf vermengte sich auf einmal in seiner Brust mit der Erinnerung an das bleifarbene Meer. Eloi, eloi, lama sabachthani? Um die sechste Stunde am Freitag ertönte vom Himmel, der überall dunkel war, diese Stimme vom Kreuz. Stets hatte der Priester diese Worte für ein Gebet genommen, niemals war ihm die Idee gekommen, sie könnten dem Grauen des Herrn vor dem Schweigen Gottes entspringen.

Gibt es denn wirklich einen Gott? Wie grotesk war die Hoffnung seines halben Lebens, in der er viele Meere überquert hatte, um auf die kleinen unfruchtbaren Inseln das Samenkorn des Glaubens zu säen, wenn Gott nicht existierte!

Wie grotesk das Opfer des einäugigen Mannes, den man am hellen Tag unter dem Gezirpe der Zikaden köpfte! Grotesk das Leben Garpes, der schwimmend den Christen im Boot in den Tod folgte! Auf die dunkle Wand starrend, brach der Priester in Lachen aus.

Die heiseren Stimmen der vom Reiswein angetrunkenen Wächter verstummten, und einer, der gerade an der Türe vorbeiging, um sich zu erleichtern, fragte:

„Was ist denn so komisch, Padre?"

Indessen, ein neuer Morgen kam. Starkes Licht floß wieder durch das Gitterfenster und belebte abermals Kraft und Mut des Priesters. Das Gefühl der absoluten Verlassenheit, welches ihn in der letzten Nacht heimgesucht hatte, wich. Er lehnte seinen Kopf an die Wand, die Füße streckte er von sich. So flüsterte er mit hohler Stimme die Worte des Psalms: „Davids Lied erklingt, erklingt dir zum Ruhme. Mein Herz ist zur Ruhe gekommen. Ich verherrliche dich, ich lobpreise dich! O Harfe, o Leier! Ich erwecke den Tag und lobe Jehova ohne Ende!" Immer, wenn in seiner Jugendzeit der Wind über den blauen Himmel und die Obstbäume wehte, waren diese Bibelverse in seinem Herzen aufgestiegen, jedoch damals fürchtete er sich nicht, kein Zweifel trübte sein Bild, sondern Gott war sein Gefährte, der ihm die innige Harmonie mit allen Dingen dieser Welt und eine tiefe Lebensfreude ins Bewußtsein brachte.

Manchmal spähten zu ihm, wie er da so hockte, durch das Gitterfenster die von Neugier erfüllten Augen eines Wächters oder eines Beamten herein, aber der Priester wandte sich nicht einmal mehr um. Nicht selten blieben die Mahlzeiten, die man ihm dreimal am Tag in die Zelle reichte, unberührt.

Es wurde September; an einem Nachmittag, in dem schon ein wenig die Kühle des nahenden Herbstes schwang, empfing er unerwartet den Besuch des Dolmetschers.

„Nun, ich möchte, daß du heute jemanden triffst", sprach ihn der Dolmetscher an, wie immer mit dem Fächer aufreizend klappernd.

„Nein, nein, nicht den Statthalter. Auch keinen Beamten.

Einen Herrn, den du vielleicht gar nicht so ungern wiedersehen wirst!"

Ohne ein Wort starrte der Priester den Gegner ausdruckslos an. Obwohl jede einzelne der Beschimpfungen, die ihm der Dolmetscher an jenem Tag nachgeworfen hatte, noch deutlich in seiner Erinnerung haftete, konnte er seltsamerweise weder ein Gefühl des Hasses noch eine Empfindung des Zornes aufbringen. Jedoch eigentlich nicht, weil er jenen Mann nicht hassen oder ihm zürnen hätte wollen, sondern einfach, weil er für derlei Gefühle bereits viel zu ermattet war.

„Man hat mir gesagt, du ißt fast nichts." Der Dolmetscher verzog seinen Mund zum üblichen dünnen Lachen. „Du solltest nicht zuviel grübeln!"

Während er sprach, senkte er, dauernd aus- und eingehend, seinen Kopf.

„Die Sänfte ist spät dran. Es wäre schon Zeit, daß sie kommt!"

Dem Priester war es beinahe gleichgültig, zu wem er heute wieder gebracht werden sollte. Geistesabwesend richtete er seine Augen auf den Rücken des Dolmetschers, als ob es da irgend etwas Besonderes zu sehen gäbe, während dieser nervös zwischen der Hütte des Wächters und der des Priesters hin und her schritt.

Nun ertönten am Tor die Stimmen von Trägern, die eine Sänfte auf ihren Schultern trugen. Vor der Hütte empfingen sie vom Dolmetscher irgendwelche Anordnungen.

„Padre, wir brechen auf!"

Schweigend erhob sich der Priester und verließ schwerfällig seine Zelle. Das Licht blendete seine Augen mit durchdringendem Schmerz. Die zwei Träger in Lendenschurzen, ihre Ellbogen auf die Sänfte gestützt, glotzten starr in seine Richtung.

„Der ist aber schwer! So ein fetter Kerl!" murrten sie, als der Priester in der Sänfte Platz nahm. Da man, um die Blicke der Leute nicht unnötig anzuziehen, die Bambusrollos heruntergelassen hatte, wußte er nicht, wie sein Weg aussah. Jedoch schlugen Geräusche mannigfaltig an seine Ohren. Kindergeschrei. Das Klingeln der Glöckchen, die an den Gürteln der Mönche baumeln. Baustellenlärm. Die Abendsonne blinzelte durch den Bambusvorhang in Streifen auf sein Gesicht, und mit ihr drangen nicht nur Geräusche herein, sondern auch Gerüche stiegen in seine Nase. Da war der Geruch von Holz, der Geruch von Kot. Der von Hühnern und Kindern und Pferden. Mit geschlossenen Augen saugte der Priester das Leben dieser Menschen, welches er für ganz kurze Zeit mit seinen Händen zu haschen vermeinte, bis tief in seine Brust hinein. Plötzlich wallte in ihm das Verlangen auf, mit Menschen zu reden, ihren Gesprächen zu lauschen — selbst wieder zu den Menschen zu gehören. Er hatte schon mehr als genug von all den Tagen, die er versteckt in der Köhlerhütte, auf der Flucht in den Bergen umherirrend und zu guter Letzt mit dem Mord an den Gläubigen vor Augen hingebracht hatte. Es deuchte ihn, er besäße kein Restchen Kraft mehr, dies alles noch länger zu ertragen. Aber hieß es nicht, „unter Aufbietung deines Herzens, deiner Seele, deines Willens und deiner ganzen Fähigkeiten", nur dieses eine Ziel zu verfolgen; war das nicht sein Auftrag, seitdem er sich entschieden hatte, Priester zu werden?

Allein an den Geräuschen erkannte er genau, daß die Sänfte sich nun durch das Zentrum der Stadt bewegte. Während bis vor kurzem das Gackern der Hühner und das Muhen der Kühe vorherrschten, fielen jetzt durch die Bambusvorhänge der Hall von Fußtritten, die schrillen Ausrufe von Straßenhändlern, das Rollen der Räder, das Brüllen streitender Stimmen.

Es kümmerte den Priester nicht mehr, wohin er eigentlich transportiert wurde und wen er dort treffen sollte. Es erwartete ihn ja doch nur eine Wiederholung der gleichen Fragen wie bisher, eine weitere Fortsetzung des ewig gleichen Kreuzverhörs, wem man ihn auch gegenüberstellte. Wie damals, als Herodes Jesus verhörte, entsprang das Gesagte nicht dem wirklichen Wunsch, irgendeinen Sachverhalt aufzuklären, sondern es sollte nur der Form Genüge getan werden. Überdies konnte er es sich nicht erklären, warum Inoue, der Herr von Chikugo, ausgerechnet ihn am Leben ließ, ihn weder tötete noch ihm die Freiheit zurückgab. Doch es war ihm jetzt zu anstrengend und zu deprimierend, über die Ursache nachzugrübeln.

„Wir sind da!"

Der Dolmetscher gebot den Trägern Einhalt, und während er sich mit der Handfläche den Schweiß abwischte, zog er den Bambusvorhang hinauf. Beim Aussteigen überraschten den Priester das strahlende Licht der scheidenden Sonne und der Wächter, dem im Gefängnis die Aufsicht über ihn oblag. Ohne Zweifel war dieser ihnen aus Furcht, er würde unterwegs die Flucht ergreifen, gefolgt.

Am oberen Rand der Steintreppe stand beleuchtet von der Abendsonne das Haupttor eines buddhistischen Heiligtums. Im Hintergrund zeichneten sich die Umrisse eines nicht allzu großen Tempels ab. Hinten am Horizont zackten braune Berge mit felsigen Kanten wie abgeschnitten in den Himmel. Das Wohnhaus des buddhistischen Priesters umgab bereits die nahende Dunkelheit. Auf dem Bretterboden der Veranda, von dem die Abendkühle heraufstieg, stolzierten unbekümmert zwei, drei Hühner. Ein junger Mönch trat heraus, sandte einen haßfunkelnden Blick zum Priester hin und verschwand, ohne auch nur den Dolmetscher eines Grußwortes zu würdigen.

„Die Bonzen können euch Patres nicht ausstehen!" sagte der Übersetzer mit fröhlicher Miene, setzte sich auf der Veranda nieder und ließ die Augen über den Garten schweifen.

Die Worte des Dolmetschers, der ihn wie üblich zu reizen versuchte, gingen an den Ohren des Priesters vorbei. Ganz etwas anderes erregte seine Aufmerksamkeit. Unter all diese Gerüche, die einen buddhistischen Tempel durchschweben — die Düfte nach Räucherstäbchen, nach Feuchtigkeit und japanischem Essen —, mischte sich unbegreiflicherweise plötzlich ein fremdartiger Geruch. Es roch nach Fleisch. So lange hatte er den Genuß des Fleisches entbehrt, daß ihm die leiseste Andeutung von dessen Geruch sofort auffiel.

Aus der Ferne vernahm er Fußtritte. Sie näherten sich langsam von der anderen Seite der Veranda.

„Hast du schon erraten, wen du triffst, he?"

Zum erstenmal heute reagierte der Priester auf eine Frage des Übersetzers. Er nickte mit erstarrten Zügen. Gleichzeitig merkte er deutlich, wie seine Knie unwillkürlich zu zittern begannen. Natürlich hatte er mit einem Wiedersehen dieses Mannes zu irgendeinem Zeitpunkt gerechnet, aber im Traum nicht daran gedacht, daß es an einem solchen Ort stattfinden würde.

„Der Herr Statthalter hat gemeint", ergötzte sich der Dolmetscher an der bebenden Gestalt des Priesters, „daß es jetzt an der Zeit wäre, euch beide zusammenzubringen!"

„Herr Inoue?"

„Ja, aber der andere wollte dich auch treffen."

Ferreira schritt hinter einem älteren buddhistischen Priester; er trug einen dunklen Kimono, und sein Blick war auf den Boden geheftet. Da der kleine Mönch vor ihm selbstbewußt seine Brust herauswerfend dahinstolzierte, schien Ferreiras ganze Gestalt Unterwerfung auszustrahlen. Es sah nicht anders aus, als ob der Mönch ein großes Haustier an einem um den Kopf gebundenen Strick hinter sich herzerrte, ob es nun wollte oder nicht.

Dann blieb der alte Mönch stehen und warf einen stummen Blick zum Priester hin, worauf er sich mit überkreuzten Beinen an den Rand des gedielten Bodens hockte, auf den noch die westliche Sonne brannte. Alle schwiegen lange Zeit.

„Padre", brachte der Priester endlich mit zitternder Stimme hervor. „Padre."

Ferreira erhob um ein weniges sein gesenktes Gesicht und sah von unten herauf den Priester mit flackernden Blicken an. Während im ersten Augenblick zugleich ein unterwürfiges Lächeln und ein Widerschein von Scham sich in seinen Augen trafen, wandelte sich dieser Ausdruck alsbald zu einem geringschätzigen Blick aus weitaufgerissenen Lidern; er schien ihn zum Kampf herausfordern zu wollen.

Der Priester schwankte, was er nun in seiner Rolle als Priester äußern sollte. Seine Brust zog ein Gefühl zusammen, daß alles, was er auch von sich gab, kaum ausgesprochen, zur Lüge würde. Gleichzeitig empfand er das dringende Verlangen, die überlegene Neugier von Mönch und Übersetzer, die ihn ohne Bewegung beobachteten, nicht noch mehr zu reizen. Freude und Wehmut beim Anblick des früheren Lehrers, Zorn, Trauer und Groll auf den abgefallenen Priester, all diese verschiedenartigen Gefühle verschlangen sich ineinander und durchbrausten tosend seine Brust.

Warum verziehen Sie so Ihr Gesicht? rief er im Herzen. Ich bin nicht gekommen, Sie zur Rechenschaft zu ziehen. Ich bin nicht hier, um Sie zu richten. Ich bin um kein Haar stärker als Sie.

Er bemühte sich, ein Lächeln auf sein Gesicht zu zwingen, jedoch statt dieses Lächelns sprang eine weiße Träne aus seinem Auge, ehe er es verhindern konnte, und rann langsam seine Wange hinunter.

„Padre, es ist lange her...", sagte er endlich mit unsicherer Stimme. Wie lächerlich, wie einfallslos diese Begrüßungsworte klangen, wußte er nur allzu gut, aber außer diesen gab es nichts zu sagen.

Ferreira schwieg unverändert weiter, auf seinen Wangen jenes herausfordernde leichte Lächeln. Der Priester wußte, was in Ferreiras Herzen vor sich ging; er begriff das schwache kriecherische Grinsen und dann jenes zum Kampf aufrufende Lächeln, als ob er das Herz des anderen in seinen Händen hielte. Und weil er es verstand, hatte er umso mehr den Wunsch, umzufallen wie ein verrotteter Baum.

„Bitte, sagen Sie etwas!" flehte der Priester, stoßweise atmend. „Wenn Sie Mitleid mit mir haben, sagen Sie etwas!"

Sie haben ja Ihren Bart abrasiert. — Diese belanglose Feststellung saß auf einmal in seiner Kehle fest. Er wußte nicht, wieso ihm das plötzlich aufgefallen war, aber in alten Zeiten, da Garpe und er ihn als Hochwürden Ferreira gekannt hatten, umgab ein sorgfältig gepflegter schöner Bart seine

Züge, der sein Gesicht mit Würde und einer für ihn kennzeichnenden Milde erfüllte. Jetzt jedoch leuchtete es kahl unter der Nase und am Kinn. Der Priester fühlte, daß sich seine Augen nicht von diesem Teil von Ferreiras Gesicht zu lösen vermochten. Die glatte Haut wirkte über die Maßen obszön.

„Was soll man bei solch einer Gelegenheit sagen?"

„Sie belügen sich selbst!"

„Mich selbst belügen? Wie nenne ich dann den Teil von mir, der nicht lügt?"

Der Dolmetscher lehnte seine Knie weiter nach vorne, um ja kein Wort der portugiesischen Unterhaltung der beiden zu versäumen. Vom nackten Erdboden flogen wieder zwei oder drei Hühner flügelschlagend auf die gedielte Veranda.

„Wohnen Sie schon lange hier?"

„Es wird ungefähr ein Jahr sein."

„Hier?"

„Der Tempel heißt Saishoji."

Aufgeschreckt vom Namen Saishoji wandte sich der alte Mönch, welcher starr wie ein Steinbuddha vor sich hin geblickt hatte, zu ihnen um.

„Ich bin in einem Gefängnis, auch irgendwo in Nagasaki. Ich weiß nicht einmal, wie der Ort genau heißt."

„Ich kenne es genau. Es liegt in einer Vorstadt namens Sotomachi."

„Was tun Sie tagaus, tagein?"

Ferreiras Züge verzerrten sich ein wenig ratlos, er strich mit der Hand über das glatte Kinn.

„Herr Sawano schreibt tagaus, tagein Bücher", antwortete der Dolmetscher an Ferreiras Stelle.

„Ich arbeite auf Bitte des Statthalters an einem Buch über Astronomie", fiel Ferreira nun eilig ein, wie um dem Dolmetscher den Mund zu stopfen. „Ja, eben. Ich leiste hier gute Dienste. Ich nütze den Leuten dieses Landes. Die Japaner sind zwar reich an Gelehrsamkeit auf allen Gebieten, aber in Medizin und Astronomie gibt es noch manches, was ein Ausländer wie ich sie zu lehren vermag. Es gibt natürlich in diesem Land eine hervorragende Medizin, die aus China herübergekommen ist, aber..., aber die Kenntnisse unserer Chirurgie noch hinzuzufügen ist auf keinen Fall nutzlos. Und in der Astronomie trifft das gleiche zu. Ich habe daher den holländischen Kommandanten ersucht, uns Linsen und Teleskope zu beschaffen. In diesem Land bin ich keinesfalls nutzlos. Auf solche Weise bin ich den Leuten hier dienlich. Ja, so ist das."

Der Priester betrachtete unverwandt die Lippen Ferreiras, aus denen die Worte ungestüm hervorquollen, als ob sie etwas ganz anderes zurückdrängen wollten. Es war ihm nicht ganz klar, was den anderen mit einemmal so redselig gemacht hatte. Jedoch die Erregung des Herzens, die seinen wiederholten Hinweisen auf die eigene Nützlichkeit zugrunde lag, schien ihm begreiflich. Ferreira sprach ja nicht nur zu ihm. Er betonte die Notwendigkeit seiner Existenz auch vor dem Dolmetscher und dem buddhistischen Mönch.

„Ich nütze diesem Land."

Mitleidig blinzelnd ließ er seinen Blick auf Ferreira ruhen. Ja, der einzige Wunsch, der Traum jedes Geistlichen besteht darin, den Menschen dienlich zu sein, ihnen zu nützen. Wenn ein Pater anderen Menschen nicht helfen kann, beginnt die Einsamkeit für ihn. Und auch jetzt, vom Glauben abgefallen, vermag er sich von den früheren psychischen Gewohnheiten nicht zu trennen, dachte der Priester. Irgendwie schien Ferreira sich an das Gebot, den Menschen zu dienen, anzuklammern.

„Sind Sie glücklich?" murmelte der Priester.

„Wer?..."

„Sie..."

„Was Glück ist", wieder durchblitzte Ferreiras Augen ein scharfer herausfordernder Glanz, „hängt wohl vom Gesichtspunkt jedes einzelnen ab."

Der Priester schloß nach dieser Antwort entmutigt den Mund. Er war nicht hier, um ihn über seinen Abfall vom Glauben wegen seines Verrates an ihnen, seinen Schülern, zur Rechenschaft zu ziehen. Er fühlte nicht das geringste

Verlangen, mit seinen Fingern in der tiefen Wunde zu wühlen, die sein Gegenüber nicht entblößt haben wollte.

„Ganz recht. Gewiß nützt er uns Japanern. Er heißt jetzt auch Chuan Sawano."

Der Dolmetscher zwischen Ferreira und dem Priester sandte beiden ein Lächeln zu: „Er arbeitet auch noch an einem anderen Buch, an einer Schrift, die die Lehren Gottes und die Irrtümer und Unwahrheiten von Christus aufdeckt. Wenn ich mich nicht täusche, heißt es Kengiroku, Bericht über die Enthüllung der Lügen."

Diesmal war es Ferreira nicht mehr gelungen, ihm rechtzeitig den Mund zu verschließen. Einen Moment wandte er den Blick zu den ihre Flügel schlagenden Hühnern, als ob er überhaupt nichts gehört hätte.

„Sogar der Statthalter hat das Manuskript gelesen und gelobt, wie gut es gemacht ist." Zum Priester gewendet, sagte der Dolmetscher dann: „Es würde nicht schaden, wenn du es auch einmal in einer freien Stunde im Kerker durchläsest."

Nun war dem Priester sonnenklar, warum Ferreira vorhin hervorgehaspelt hatte, daß er über die Astronomie arbeite. Ferreira — der auf Befehl des Herrn von Chikugo jeden Tag am Schreibtisch sitzt. Ferreira — der dort niederschreibt, daß das Christentum, an welches er sein ganzes Leben lang geglaubt hatte, unrichtig sei. Der Priester sah den gebeugten Rücken Ferreiras, der gerade den Pinsel ergreift, leibhaftig vor seinen Augen.

„Wie grausam!"

„Was?"

„Ich glaube, keine Folter kann so grausam sein, wie diese Behandlung!"

Der Priester bemerkte plötzlich in den Augenwinkeln Ferreiras funkelnde Tränen. Er trägt einen schwarzen japanischen Kimono, hat das kastanienbraune Haar wie die Japaner gebunden und heißt jetzt Chuan Sawano..., aber er lebt noch! O Gebieter! Du schweigst weiter. Auch im Angesicht so eines Lebens brichst du dein Schweigen nicht?

„Herr Sawano, wir haben heute den Padre nicht zu solchem weitschweifigen Gerede hierhergebracht."

Der Dolmetscher deutete auf den alten Bonzen, der aufrecht wie ein Steinbuddha auf dem Holzboden verharrte, den die Abendsonne mit starken Strahlen übergoß.

„Vielleicht ist Ihnen klar, daß auch der alte Priester sehr viel zu erledigen hat. Reden Sie also endlich!"

Ferreira schien die vorher angedeutete Kampfeslust verloren zu haben. Dem Priester kam beinahe vor, als schrumpfte dieser Mann, in dessen Wimpern noch eine Träne glänzte, immer mehr zusammen.

„Man hat mich geheißen..., dir zu empfehlen, den Glauben aufzugeben", flüsterte Ferreira mit kraftloser Stimme. Schau das einmal an!"

Stumm wies er mit dem Finger hinter seine Ohren. Dort war eine Narbe. Eine braune Narbe, wie sie eine Brandwunde hinterläßt.

„Man nennt es: Gruben-Folter. Sicher hast du schon einmal davon gehört. Man hängt, in eine Strohmatte gewickelt, damit man Hände und Füße nicht bewegen kann, mit dem Kopf nach unten in einer Grube."

Der Dolmetscher breitete scheinbar entsetzt die Arme aus.

„Damit man nicht auf der Stelle den Geist aushaucht, machen sie hinter den Ohren eine Öffnung, aus der tropft dann langsam Blut herab. Diese Art der Folter hat sich Herr Inoue ausgedacht."

Das blutvolle, wohlbeleibte Gesicht jenes Gouverneurs zog ihm durch den Sinn. Dieses Gesicht, mit Muße über die Teeschale, die er in beiden Händen hält, gebeugt. Dieses Gesicht, das auf seine Einwände scheinbar überzeugt langsam mit dem Kopf nickt, langsam von Lächeln überzogen wird. Als der Herr gefoltert wurde, begab sich Herodes an eine von Blumen umkränzte Tafel zu Speise und Trank.

„Du solltest darüber nachdenken. Wie die Situation nun einmal ist, bist du in diesem Land der einzige christliche Pater, und auch du bist schon gefangen und darfst deine Lehre nicht mehr unter den Bauern verbreiten. So ist dein Leben also ganz ohne Inhalt."

Der Dolmetscher preßte seine Augen zu Schlitzen und wurde plötzlich sanft.

„Herr Chuan aber arbeitet, wie er vorhin ausführte, an Schriften über Astronomie und Heilkunde und dient den Menschen. Was willst du, dein ganzes Leben ohne Aufgabe faul im Gefängnis verbringen oder nur der Form halber abschwören und dann den anderen zur Seite stehen? Das gilt es gründlich zu überlegen. Auch der alte Priester hat sicher Herrn Chuan immer wieder diese Seite der Angelegenheit vor Augen gehalten. Der Weg des Erbarmens geht über die Aufgabe des eigenen Ich. Es ist doch unsinnig, sich am Unterschied der verschiedenen Religionen anzuklammern. In dem Punkt, daß sie im Dienst der Menschen stehen, treffen sich doch Buddhismus und Christentum. Wesentlich ist, ob man sich dem Inhalt der Lehre gemäß verhält oder nicht. Ich glaube mich zu erinnern, daß auch Herr Sawano in seiner Schrift Kengiroku solches bestätigt hat."

Als er geendet hatte, sah er zu Ferreira, wie um ihn zum Sprechen zu drängen.

Voll fiel die Abendsonne auf den schmalen Rücken dieses alten Mannes im japanischen Gewand. Sein Blick reglos auf diesem schmalen Rücken, trachtete der Priester ohne Erfolg die Gestalt des Lehrers Ferreira heraufzubeschwören, der einst im Seminar zu Lissabon von seinen Studenten geliebt und verehrt worden war. Seltsamerweise spürte er auch jetzt keine Verachtung. Nur Mitleid preßte seine Brust zusammen, als ob hier vor ihm ein Lebewesen säße, das seine Seele verloren hatte.

„Zwanzig", murmelte Ferreira schwach, während er die Augen niederschlug. „Zwanzig Jahre habe ich dieses Land missioniert. Ich kenne dieses Land besser als du."

„In diesen zwanzig Jahren haben Sie als Leiter der Societas Jesu hervorragende Arbeit geleistet", sagte der Priester laut, wie um den anderen aufzumuntern. „Wir haben voll Ehrfurcht die Briefe gelesen, die Sie an das Hauptquartier der Gesellschaft Jesu gesandt hatten."

„Und nun siehst du einen vor dir, der in der Missionsarbeit Schiffbruch erlitten hat."

„So etwas wie Schiffbruch gibt es in der Missionsarbeit nicht. Wenn Sie und ich nicht mehr am Leben sind, besteigt eben ein anderer Priester in Makao eine Dschunke und geht heimlich irgendwo in Japan an Land."

„Und wird mit Sicherheit gefangen!" mischte sich der Dolmetscher eilig ein. „Und immer wenn jemand gefangen wird, fließt wieder japanisches Blut. Wie oft muß ich es dir sagen, bis du endlich verstehst, daß die Japaner es sind, die für eure egoistischen Träume den Blutzoll zahlen. Höchste Zeit, daß ihr uns in Ruhe läßt."

„Zwanzig Jahre habe ich in der Mission gearbeitet", wiederholte Ferreira ausdruckslos das eben Gesagte. „Und ich habe nur eines erkannt, nämlich, daß dein und mein Glaube nach all den Jahren in diesem Land keinerlei Wurzeln geschlagen hat."

„Das stimmt nicht, es ist nicht wahr, daß er keine Wurzeln geschlagen hat", rief der Priester, den Kopf schüttelnd, mit lauter Stimme. „Ganz anders, die Wurzeln sind abgeschnitten worden!"

Jedoch Ferreira schaute nicht einmal auf bei den erregten Worten des Priesters, sondern fuhr fort, die Augen gesenkt, willenlos und gefühllos wie eine Puppe:

„Dieses Land ist ein Sumpf. Bald wirst auch du es begreifen. Dieses Land ist ein unvorstellbar entsetzlicher Sumpf. Welche Setzlinge man auch in dieses Moorland setzt, die Wurzeln verfaulen. Die Blätter verfärben sich gelb und verwelken. In diesen sumpfigen Boden haben wir den Setzling namens Christentum gepflanzt."

„Aber es gab auch eine Zeit, in der der Setzling größer wurde und die Blätter sich verzweigten."

„Wann?"

Zum erstenmal starrte Ferreira dem Priester ins Auge, und

seine eingefallenen Wangen verzogen sich zu einem leichten Lächeln. Es war das Lächeln eines alten Mannes, der einen jungen bemitleidet, weil er die Welt noch nicht kennt.

„Damals, als Sie nach Japan kamen, wurden überall in diesem Land Kirchen gebaut, der Glaube duftete wie eine morgenfrische Blume, damals wetteiferten die Japaner in Massen, die Taufe zu empfangen, wie einst die Juden sich am Flusse Jordan scharten."

„Jedoch, wenn ich sage, daß das, woran die Japaner zu dieser Zeit glaubten, nicht der Gott war, den das Christentum verkündet..."

Ferreira murmelte diese Worte langsam vor sich hin. Noch immer stand auf seinen Wangen das mitleidige Lächeln.

Der Priester spürte tief aus seiner Brust Zorn aufkochen, dessen Grund ihm gar nicht klar war. Unwillkürlich ballte er die Fäuste. Sei vernünftig, mahnte er sich selbst. Laß dich nicht durch solche Spitzfindigkeiten zum Schweigen bringen. Um seine Niederlage zu verteidigen, scheut er vor keinem wie auch immer gearteten Selbstbetrug zurück.

„Sie wollen ableugnen, was nicht abzuleugnen ist!"

„Da irrst du. Nicht an unseren Gott glaubten die Leute zu jener Zeit. Es waren ihre Götter, die sie anbeteten. Aber lange Jahre hindurch erkannten wir das nicht und waren überzeugt, daß diese Japaner zu Anhängern des Christentums geworden seien." Ferreira kauerte sich müde auf dem Boden hin. Der Saum des japanischen Gewandes öffnete sich weit und gab den Blick auf seine schmutzigen nackten Füße frei, die den Priester in ihrer Magerkeit an zwei Stöcke erinnerten.

„Ich sage das alles nicht, um mich vor dir zu rechtfertigen oder um dich zu überzeugen. Möglicherweise glaubt mir kein Mensch, was ich sage. Nicht nur du denkst, daß ich lüge, auch die Missionare in Makao und Goa, die gesamten Priester der abendländischen Kirche denken wahrscheinlich ebenso. Und doch, in zwanzig Jahren Missionsarbeit habe ich die Japaner kennengelernt. Ich habe begriffen, daß die Wurzeln dieses Setzlings, den wir gepflanzt haben, unbemerkt in Fäulnis übergegangen sind."

„Der heilige Franziskus Xavier", unfähig sich länger zu beherrschen, schnitt der Priester mit einer Handbewegung die Worte des anderen ab. „Der heilige Franziskus Xavier aber kam während seines Aufenthaltes in Japan auf keine ähnlichen Schlüsse."

„Auch dieser heilige Mann", nickte Ferreira zustimmend, „hat das niemals erkannt. Du kennst doch die Geschichte, daß die Japaner das Wort Deus, welches sie von Hochwürden Xavier vernahmen, unbekümmert in Dainichi verwandelten, was große Sonne bedeutet. Deus und Dainichi hörte sich für die Japaner, die die Sonne verehren, fast gleich an. Hast du den Brief nicht gelesen, in dem Xavier auf diesen Fehler zu sprechen kommt?"

„Wenn ein guter Dolmetscher Hochwürden Xavier zur Seite gestanden wäre, hätte sich kein solches unbedeutendes und geringfügiges Mißverständnis eingeschlichen."

„Du irrst dich wiederum. Du verstehst überhaupt nicht, wovon ich spreche", erwiderte Ferreira, um dessen Schläfen nervöse Gereiztheit zu zucken begann.

„Du begreifst nichts. Auch die Gesellschaft, die von den Klöstern in Makao und Goa aus herüberfährt, um die hiesige Mission zu inspizieren, ist unfähig, die Situation hier zu erfassen. Seit damals, als die Japaner Deus und Dainichi verwechselten, haben sie unseren Gott nach ihren Vorstellungen verbogen und verändert, so daß schließlich etwas ganz anderes herausgekommen ist. Auch nachdem die Verwirrung der Wörter sich gelöst hatte, setzte man diese Verzerrung und Umwandlung weiter fort. Sogar in der Zeit der Hochblüte der Mission, auf die du soeben angespielt hast, glauben die Japaner nicht an den Gott des Christentums, sondern an ein Wesen, das sie davon abgeleitet hatten."

„Unseren Gott verzerrt und verändert und ein anderes Wesen ..." Der Priester wiederholte mit gepreßter Stimme diese Worte Ferreiras. „Aber ist nicht auch dieses andere Wesen schließlich und endlich ebenfalls unser Deus?"

„Nein, das stimmt nicht. Der Gott des Christentums hat

irgendeinmal in der Vorstellung der Japaner seinen göttlichen Charakter verloren."

„Wie meinen Sie das?"

„Was ich sage, ist einfach. Ihr betrachtet nur die Oberfläche der Mission und verliert keinen Gedanken über ihren Kern. Ganz recht, in den zwanzig Jahren meiner Missionstätigkeit gab es, genau wie du sagst, viele Kirchen in Kyoto, in Chugoku, in Sendai; in Arima und Azuchi errichtete man theologische Seminare, die Japaner wetteiferten, die Taufe zu empfangen. Gerade vorhin hast du von zweihunderttausend japanischen Christen geredet, aber auch das war nicht die Obergrenze, es gab eine Zeit, da zählte man vierhunderttausend Anhänger."

„Darauf dürfen Sie stolz sein!"

„Stolz? Ja, wenn die Japaner den Gott verehrt hätten, den wir sie lehrten. Jedoch derjenige, den die Japaner in den Kirchen, die wir hier erbauten, anbeteten, war und ist nicht unser christlicher Gott. Unser Gottesbild blieb für sie unverständlich, und daher formten sie es sich nach ihrer Art zurecht." Ferreira senkte den Kopf.

„Nein, das ist nicht Gott. Es ist dem Vorgang vergleichbar, wenn ein Schmetterling ins Netz einer Spinne gerät. Anfangs sieht dieser Schmetterling ohne Zweifel aus wie alle anderen Schmetterlinge. Trotzdem ist er am nächsten Morgen nur noch eine Leiche — er gleicht zwar dem Aussehen nach noch einem Schmetterling, besitzt wie dieser Rumpf und Flügel, jedoch sein eigentliches Wesen hat er verloren. Auch unser Gott hat in Japan ein ähnliches Schicksal erlitten wie jener Schmetterling im Spinnennetz. Nach außen hin scheint er weiterhin wie Gott, tatsächlich jedoch ist nur ein wesenloser Leichnam übriggeblieben."

„Das glaube ich nicht. Ich kann Ihr unsinniges Gerede nicht mehr hören. Ich war zwar nicht so lange in Japan wie Sie, aber mit meinen eigenen Augen habe ich gesehen, wie Menschen hier den Märtyrertod starben." Der Priester bedeckte sein Gesicht mit den Händen, seine Stimme sickerte zwischen den

Fingern durch. „Mit meinen eigenen Augen hab' ich gesehen, wie sie starben, und es ist unleugbar, daß sie dabei vor Glauben brannten."

Die Erinnerung an das regnerische Meer, an die zwei schwarzen Pfähle, die aus diesem Meer auftauchten, umklammerte schmerzhaft das Herz des Priesters. Auf welche Weise der einäugige Mann im Licht des hellen Tages hingemordet wurde, konnte er niemals vergessen. Und auch wie man die Frau, die ihm eine Melone geschenkt hatte, eingewickelt in einen Strohsack, ins Meer versenkte, haftete unauslöschlich in seinem Gedächtnis. Welch eine gemeine Verleugnung dieser Menschen, wenn man es so hinstellte, als hätten sie nicht für den Glauben ihr Leben gelassen. Ferreira log.

„Sie glaubten nicht an unseren christlichen Gott." Ferreira sprach nun voll Selbstvertrauen. Er betonte Wort für Wort so deutlich, als gäbe er eine öffentliche Erklärung ab. „Die Japaner haben bis heute keine Vorstellung besessen, was das göttliche Wesen eigentlich ausmacht, und sie werden dieses göttliche Wesen auch in Zukunft nicht begreifen."

Gleich einem unverrückbaren Felsen senkten sich diese Worte auf die Brust des Priesters. Sie wogen so schwer wie die ersten Belehrungen seiner Kinderzeit über die Existenz eines Gottes.

„Den Japanern fehlt die Fähigkeit, sich einen Gott ohne Bezugnahme auf den Menschen vorzustellen. Sie können sich auch keine Existenz denken, die die des Menschen übersteigt."

„Das Christentum und die Kirche überschreiten alle Länder und alle Gebiete. Sie verkünden die Wahrheit. Welchen Sinn hätte unsere Missionsarbeit gehabt, wenn dies anders wäre?"

„Die Japaner sehen in Gott ein Wesen, das den Menschen verschönt und ihm Macht verleiht. Sie sehen in Gott ein Wesen, das sich in seiner Existenz nicht vom Menschen unterscheidet. Dieses Wesen aber ist nicht der Gott, den die Kirche lehrt."

„Das ist alles, was Sie nach zwanzig Jahren in diesem Land erkannt haben?"

„Das ist alles." Ferreira wirkte einsam, während er mit dem Kopf nickte. „Daher hat für mich die Mission den Sinn verloren. Der Setzling, den wir mitbrachten, verfaulte in diesem Sumpfland namens Japan, ehe wir uns versahen. Lange Zeit lebte ich hier, ohne davon Notiz zu nehmen."

Ferreiras letzte Worte durchbebte schmerzliche Resignation, deren Echtheit auch der Priester nicht in Zweifel ziehen konnte. Die Strahlen der Abendsonne hatten die frühere Kraft verloren, aus den Winkeln krochen allmählich die Schatten des Abends über den Erdboden. In der Ferne vernahm der Priester das eintönige Klopfen des hölzernen Tempelgongs und die traurig klingenden Stimmen der Mönche beim Rezitieren der Sutren.

„Sie", flüsterte der Priester zu Ferreira gewandt, „Sie sind nicht mehr der Hochwürden Ferreira, den ich gekannt habe."

„Du hast recht. Ich bin nicht Ferreira. Ich bin der Mann, dem der Statthalter den Namen Chuan Sawano gab", antwortete Ferreira mit niedergeschlagenen Augen. „Und er gab mir nicht nur den Namen, er gab mir gleichzeitig auch die Frau und die Kinder eines hingerichteten Mannes."

Es war um die Stunde des Ebers, als man ihn wieder die Sänfte besteigen ließ. Begleitet von einem Beamten und dem Wächter trat er den Rückweg an. Da die Straßen wegen der späten Stunde menschenleer lagen, so daß die Sorge, ein Fußgänger könnte in die Sänfte hineinschauen, sich erübrigte, erlaubte man dem Priester, die Bambusvorhänge hinaufzuziehen. Hätte er fliehen wollen, wäre jetzt wahrscheinlich Gelegenheit dazu gewesen, aber auch zu entfliehen besaß er nicht mehr genug Energie. Die Gassen wanden sich unwahrscheinlich schmal, und sogar in dem Stadtteil, der nach der Erklärung des Wächters das Stadtzentrum bildete, drängten sich brettergedeckte Häuser. Diese und die langen Tempelwände und Baumgruppen, an denen sie immer wieder vorbeizogen, bestätigten ihm wieder, daß die Stadt Nagasaki noch im Aufbau begriffen war. Der Mond, der über die tiefschwarzen

Baumwipfel geklettert kam, schien sich zusammen mit der Sänfte immer weiter nach Westen zu bewegen. Unheimlich war die Farbe dieses Mondes.

„Das wird eine Zerstreuung für Sie gewesen sein", meinte der Beamte, der die Sänfte eskortierte, freundlich.

Vor dem Gefängnis bedankte sich der Priester höflich beim Beamten und beim Wächter und trat in seine Zelle.

Hinter seinem Rücken verschloß der Wächter wie immer mit dumpfem Laut die Tür. Den Priester begrüßte dieser Raum wie nach langer Abwesenheit. Auch das von Pausen durchsetzte Gurren der Wildtauben draußen im Gehölz schien ihm fremd — als ob er es nach langer Zeit wieder zum erstenmal vernehme. So zäh und so schmerzlich hatten sich die Stunden des heutigen Tages herabgewälzt, daß sie ihm nicht anders als zehn Tage in diesem Gefängnis dünkten. Was das Herz des Priesters entsetzt hatte, war nicht das Wiedersehen mit Ferreira an sich. Wenn er es jetzt überlegte, so hatte er sich seit seiner Ankunft in Japan eigentlich schon unbewußt auf eine solch grundlegende Veränderung der Gestalt jenes alten Mannes gefaßt gemacht. Auch als Ferreira abgezehrt und in ein japanisches Gewand gehüllt vom anderen Ende der Veranda daherwankte, hatte ihn das nicht sonderlich erschüttert und aufgewühlt. Solcherlei zählte jetzt gar nicht mehr. Es war ganz gleichgültig.

Jedoch bis zu welchem Grad stimmte das, was Ferreira gesagt hatte?

Aufrecht saß der Priester mit dem Gesicht zur Bretterwand, den mageren Rücken überschüttet von den durch das vergitterte Fenster hereinströmenden Strahlen des Mondes. Hatte nicht Ferreira diese Behauptungen nur aufgestellt, um seine eigene Schwäche und seinen Fehltritt zu entschuldigen? Während er zum Teil davon überzeugt war, durchbebte ihn auch die Sorge, ob jene Worte nicht doch der Wahrheit entsprachen. Ferreira hatte gesagt, dieses Japan sei ein Sumpfland ohne festen Grund. Die Setzlinge verfaulten von den Wurzeln an und welkten. Auch der Setzling namens

Christentum verrottete unbemerkt von den Menschen in diesem Sumpf.

„Nicht wie du denkst, das Verbot des Christentums oder die Verfolgung tragen Schuld am Untergang der japanischen Christenheit. Irgend etwas ist diesem Land zu eigen, das die christliche Lehre von sich stößt."

Jedes einzelne Wort Ferreiras stach Dornen gleich in die Ohren des Priesters. Mit leidenschaftlichem Funkeln in den Augen hatte Ferreira fortgesetzt: „Jener Gott, an den ihr glaubt, hat in diesem Land, wie die Leiche eines Insekts gefangen im Netz einer Spinne, sein Blut, seine innere Substanz verloren und nur die äußere Form beibehalten."

Unerklärlicherweise hatte ihn aus den Zügen jenes Mannes eine Wahrhaftigkeit angeweht, die es ihm unmöglich machte, dessen Behauptungen als den Selbstbetrug eines Besiegten abzutun.

Im Innenhof ertönten undeutlich die Fußtritte des Wächters, der vom Urinieren zurückkehrte. Sie verebbten in der Dunkelheit, und nur noch das langanhaltende rauhe Gekratze der Holzwürmer durchbrach die Stille.

„Aber ich glaube es einfach nicht. Es kann nicht so sein!"

Natürlich besaß der Priester keinerlei Erfahrung in der Missionsarbeit, die er Ferreiras Aussagen entgegenzuhalten vermochte. Aber wenn er sie nicht verneinte, verlor er seinen ganzen Lebenszweck, der ihn in dieses Land geführt hatte. Monoton vor sich hinmurmelnd: „Ich glaube es nicht", schlug er seinen Kopf gegen die Wand.

Es kann nicht sein. Es darf nicht möglich sein, daß Menschen sich für die Schimäre eines Glaubens aufopferten. So wie die Bauern, deren elendes Martyrium er mit eigenen Augen gesehen hatte. Wie hätten jene Leute so ganz einfach, Kieselsteinen gleich, im Meer, auf das der Regen rieselte, versinken können, wenn sie nicht der Glaube an ein Wesen, das sie zu erlösen bestimmt ist, getragen hätte. Von welcher Seite her man jetzt auch das Leben jener Leute betrachtete, sie waren stark in ihrem Glauben und treue Christen gewesen.

Mochte ihr Glaube auch naiv sein, es war doch der Geist der Kirche, der aus ihrer Überzeugung sprach, der seiner Kirche und nicht der von japanischen Beamten oder buddhistischen Priestern.

Ferreiras Traurigkeit fiel dem Priester ein. Ferreira vermied es, in jenem Gespräch auch nur einmal das Los der armen japanischen Märtyrer zu berühren. Eher versuchte er bewußt, diesem Thema aus dem Weg zu gehen. Menschen, die im Unterschied zu ihm stark geblieben waren, die Foltern, sogar das In-die-Grube-Hängen durchgestanden hatten, solche Menschen trachtete er zu ignorieren. Der Grund, warum er versuchte, wenigstens noch einen Menschen zum gleichen Versagen zu verlocken, lag wohl in seinem Verlangen, die eigene Isoliertheit und Schwäche mit einem zweiten teilen zu dürfen.

Der Priester überlegte in der Finsternis, ob Ferreira jetzt schlief. Nein, er schläft wohl eher nicht. So wie er selbst sitzt er irgendwo in dieser Stadt, starr die Augen in die Dunkelheit hinein geöffnet, und nagt an der Tiefe seiner Einsamkeit. Seine Verlassenheit ist noch kälter, noch schrecklicher als das Alleinsein, welches er selbst hier im Gefängnis auszukosten gezwungen ist. Ferreira hat nicht nur sich selbst verraten. Um das Bewußtsein der eigenen Schwäche zu mildern, versucht er, einen anderen Menschen in das gleiche Schicksal zu zerren. O mein Gebieter, erlöst du ihn nicht? Du hast zu Judas gesagt: „Was du tun willst, tue bald!" Hast du auch Ferreira in die Schar der Verstoßenen eingegliedert?

Als er Ferreiras Verlassenheit mit seiner eigenen Einsamkeit verglich, begann sich seine Selbstachtung wieder zu heben, ein leichtes Lächeln breitete sich auf seinen Zügen aus. Er streckte sich auf dem harten Holzboden hin und wartete ruhig auf den Schlaf.

IX.

Am nächsten Tag suchte ihn erneut der Dolmetscher auf.
„Wie steht's? Hast du's dir überlegt?"

Er sprach nicht in der üblichen Art wie eine Katze, die mit der Beute spielt, sondern gab sich einen strengen Anschein.

„Wie Sawano gesagt hat, wäre es besser, du würdest deinen fruchtlosen Starrsinn aufgeben. Wir befehlen dir nicht, aus ehrlicher Überzeugung dem Glauben abzuschwören. Du brauchst nur nach außen hin zu sagen: Ich falle ab! Nur nach außen. Alles andere ist uns egal."

Der Priester behielt sein Schweigen bei, den Blick auf einen Punkt an der Wand geheftet. Das Geschwätz des Dolmetschers widerte ihn nicht einmal an, es ging einfach gleich sinnlosen Lauten an seinen Ohren vorbei.

„Also, mach uns nicht noch mehr Schereien als bisher! Das ersuche ich dich von Herzen. Die ganze Angelegenheit ist auch für mich nichts weiter als lästig."

„Warum hängt ihr mich nicht in die Grube?"

„Unser Herr Statthalter sähe es lieber, wenn es mir gelänge, dich mit Argumenten zur Besinnung zu bringen."

Wie ein Kind schüttelte der Priester den Kopf, seine Hände auf den Knien. Der Dolmetscher seufzte tief und schwieg lange Zeit. Summend zog eine Fliege durch den Raum.

„Nun gut, wenn die Sache so liegt..., dann kann man eben nichts machen."

Ins Ohr des Priesters, der noch immer saß, schlug dumpf das Geräusch des Schlosses. Bei diesem Geräusch wurde dem Priester klar, daß in derselben Sekunde alle Überredungsversuche und alle Ermahnungen ihr Ende gefunden hatten. Er wußte nicht, wie lange er die Folter ertragen würde. Aber auch der Gedanke an die Folter, die ihm, als er geschwächt an Körper und Seele in den Bergen umherstreifte, so entsetzlich erschienen war, hatte jegliche Beziehung zur Wirklichkeit verloren.

Nur noch ein Gefühl der Erschöpfung überschwemmt ihn. Ein baldiger Tod erscheint ihm sogar als der einzige Weg, dieser ununterbrochenen Kette schmerzhafter Aufregungen zu entfliehen. Er ist zu müde für das Leben, zu matt, über Gott und den Glauben zu grübeln. Er hofft, daß diese Erschöpfung an Körper und Herz ihn schnell sterben lassen würde. Auf der Hinterseite seiner Augenlider taucht die Vision von Garpes im Meer versinkendem Kopf auf. Wie beneidet er den Gefährten! Wie schön hat es Garpe — alle Schmerzen bereits überstanden!

Es überraschte ihn nicht, als er am nächsten Morgen fürs erste kein Frühstück erhielt. Knapp vor Mittag knackte der Türriegel.

„Raus!"

Ein großer Mann mit nacktem Oberkörper, der noch nie hier aufgetaucht war, hieß ihn mit einer Kinnbewegung hinauszutreten. Vor der Tür band der Mann sofort die beiden Hände des Priesters am Rücken zusammen. Der Strick drang so tief in das Fleisch seiner Handgelenke, daß bei der geringsten Körperbewegung ein Schmerzenslaut seinen zusammengebissenen Zähnen entfloh. Während er den Strick knüpfte, überschüttete ihn der Mann mit Schimpfworten, die der Priester nicht verstand.

Die Empfindung, daß nun die Entscheidung nahte, prickelte durch den Körper des Priesters mit einer seltsamen und bisher noch nie verspürten klaren frischen Erregung.

Man zerrte ihn hinaus; im Innenhof, auf den die Sonnenstrahlen herunterflossen, starrten ihm drei Beamte, vier Wächter und jener Dolmetscher in einer Reihe entgegen. Der

Priester lächelte ihnen, besonders aber dem Dolmetscher, triumphierend zu. Bei diesem Lächeln durchblitzte ihn kurz der Gedanke, daß der Mensch sich doch in keinerlei Situation von der Eitelkeit zu befreien vermag. Und er freute sich, noch die Gelassenheit zu besitzen, dies zu bemerken.

Der große Mann packte mit Leichtigkeit den Körper des Priesters und plazierte ihn auf den nackten Rücken eines Pferdes, das eigentlich mehr einem armseligen mageren Esel als einem Pferd ähnelte. Das Pferd setzte sich schwankend in Bewegung, die Beamten, Wächter und der Dolmetscher folgten ihm.

Schon scharten sich am Straßenrand Japaner zusammen, die auf den Zug warteten. Der Priester sah von seinem Pferd aus lächelnd auf sie hinab. Ein Mann, den Mund verwundert geöffnet. Ein Kind, die Zähne in das Fruchtfleisch einer Melone gesenkt. Frauen mit blödem Lächeln, die furchtsam zurückweichen, sobald ihre Blicke sich mit dem seinen treffen. Auf den einzelnen Gesichtern dieser Japaner bildete das Licht mannigfaltige Schatten; da traf ihn unterhalb seines Ohres irgendein brauner Klumpen. Jemand hatte Pferdemist auf ihn geworfen. Der Priester war fest entschlossen, das Lächeln nicht von seinen Lippen weichen zu lassen. Er zog jetzt auf einem Esel durch die Straßen von Nagasaki. Auch der Herr hatte auf dem Rücken eines Esels die Stadt Jerusalem betreten. Der Herr, der lehrt, daß die Züge des Erniedrigten und Verachteten die edelsten sind. Auch er möchte bis zum Ende mit Fassung die Leiden ertragen. Der Priester war sich bewußt, daß sein Gesicht das einzige christliche inmitten der Heiden war.

Eine Gruppe buddhistischer Priester versammelte sich mit offener Feindseligkeit im Schatten eines großen Kampferbaumes. Als der Esel des Priesters sich ihnen näherte, schwangen sie mit drohender Gebärde Stöcke empor. Der Priester forschte heimlich in den Mienen zu beiden Seiten nach Leuten, die Christen sein mochten, aber vergeblich. Aus jedem Gesicht atmete ihm Feindseligkeit und Haß oder aber Neugier entgegen. Als er auf Augen traf, die wie die eines Hundes um Mitleid bettelten, wandte sich der Priester daher unwillkürlich um. Es war Kichijiro.

Kichijiro, den Körper in Lumpen gehüllt, wartete in der vordersten Reihe der Zuschauer auf den Zug. Sobald sich sein Blick mit dem des Priesters traf, senkte er bestürzt die Augen und verbarg sich flink zwischen den Leuten. Doch der Priester auf seinem schwankenden Pferd begriff nun, daß ihm jener Mann folgen würde, wohin er auch ging. Er war unter all diesen Fremden der einzige, den er kannte.

Es ist schon gut. Es ist schon gut. Ich zürne dir nicht mehr. Auch der Herr ist sicher nicht mehr zornig.

Und er nickte Kichijiro zu — ähnlich wie er auch die Gläubigen nach der Beichte zu trösten pflegte.

Den Aufzeichnungen zufolge bewegte sich der Zug mit dem Priester an diesem Tag von Hakatamachi über Katsuyamamachi bis Gotomachi. Das Statthalteramt pflegte einen gefangenen Missionar am Tage vor der Hinrichtung der Stadt Nagasaki auf solche Weise als warnendes Beispiel vorzuführen. Das ganze Gebiet, durch welches der Zug führte, gehörte zu den dicht mit Wohnhäusern verbauten Vierteln, der sogenannten Innenstadt, und dementsprechend heftig war das Menschengewühl. Üblicherweise folgte die Hinrichtung am Tag darauf.

Gotomachi heißt der Bezirk von Nagasaki, wo sich nach der erstmaligen Öffnung des Hafens für den Außenhandel zur Zeit von Sumitada Omura die Einwanderer der Goto-Inseln ansiedelten. Von diesem Stadtteil aus bot sich ein weiter Blick über die Bucht von Nagasaki, funkelnd im Licht des Nachmittags. Die Menge, die dem Zug bis hierher nachgeströmt war, drängte sich wie bei einem Fest, um einen Blick des seltsamen, auf ein ungesatteltes Pferd gebundenen südlichen Barbaren, wie man zu jener Zeit in Japan die Europäer nannte, zu erhaschen. Jedesmal, wenn der Priester seine unbequeme Haltung etwas zu verändern suchte, schwoll das Hohngelächter an. Obwohl er sich zu lächeln bemühte, hatte sich seine Miene verkrampft. Es blieb ihm nichts mehr anderes übrig, als die Augen zu schließen, um den Anblick der spöttisch blitzenden Zähne zu vermeiden. Hatte der Herr zu lächeln vermocht, damals, als er das Geschrei und Zorngebrüll der Menge vor dem Palast des Pilatus vernahm? Dies konnte nicht einmal der Herr zustande gebracht haben, ging es dem Priester durch den Kopf. Hoc passionis tempore — In dieser Zeit des Leidens. Die Worte des Gebets fielen von den Lippen des Priesters wie Kieselsteine, darauf folgte eine Weile nichts mehr. Endlich raffte er sich zu den nächsten Worten auf. Reisque dele crimina — Vergib den Sündern. Die Schmerzen des Stricks, der bei jeder Erschütterung des Körpers in die Handgelenke einschnitt, waren nicht das Ärgste, er hatte sich schon daran gewöhnt. Was ihn am meisten belastete, war das Bewußtsein, daß er die Menge, die ihn verhöhnte, nicht zu lieben vermochte wie der Herr.

„Nun, Padre, was ist! Kommt dir niemand zu Hilfe?" rief der Dolmetscher, der unbemerkt an seine Seite getreten war, zu ihm herauf.

„Rechts und links nur Spott und Hohn. Du bist zwar für sie in unser Land gekommen, aber mir scheint, nicht ein einziger braucht dich. Ein nutzloser Mensch, nutzlos bist du!"

„Es könnte sein, daß unter jenen Leuten", antwortete der Priester laut und maß den Dolmetscher vom Rücken des Pferdes herab scharf mit seinen blutunterlaufenen Augen, „manche ohne Worte beten."

„Noch etwas merke dir gut. In Nagasaki gab es früher elf Kirchen und zwanzigtausend Gläubige. Die können nicht spurlos verschwunden sein! Sicher sind unter dieser Menge auch ehemalige Christen, aber gerade die wollen ihrer Umgebung dadurch, daß sie dich auf diese Weise beschimpfen, ihre Abkehr vom Glauben beweisen."

„Je mehr du mich erniedrigen willst, desto größer wird mein Mut!"

„Heute nacht...", der Dolmetscher patschte lachend mit

seiner Hand auf den Bauch des ungesattelten Pferdes. „Ich sag' dir etwas, heute nacht fällst du ab, das hat Herr Inoue unmißverständlich prophezeit. Herr Inoue hat sich noch niemals geirrt, wenn es um den Zeitpunkt ging, zu dem ein Padre abfällt. Auch bei Sawano nicht... und auch bei dir..."

Voll Selbstvertrauen rieb sich der Dolmetscher die Hände und wandte dem Priester gemächlich den Rücken zu. Nur seine letzten Worte „Auch bei Sawano nicht..." hallten in den Ohren des Priesters. Dem Priester schauderte ein wenig auf dem nackten Pferderücken, und er versuchte diese Worte zu verscheuchen.

Auf der anderen Seite der im Licht der Nachmittagssonne strahlenden Bucht quollen hohe Wolkensäulen auf, deren Rand goldenes Licht umsäumte. Weiß und riesig erinnerten ihn diese Wolken an ein Schloß im Himmel. Schon unzählige Male hatte er solche große Wolkengebilde betrachtet, noch nie aber mit derselben Empfindung wie heute. Zum erstenmal dämmerte ihm die Schönheit jenes Liedes, das einst die japanischen Gläubigen sangen:

Lasset uns wandern, lasset uns wandern,
zum Tempel des Paradieses lasset uns wandern!
Tempel des Paradieses, bist du auch fern...

Seine einzige Stütze bildete die Tatsache, daß auch den Herrn einst dieselbe Todesfurcht gepeinigt hatte, die ihn jetzt erzittern ließ. Wie gut, daß er in seiner Angst nicht allein war! Jene japanischen Bauern hatten, an Pfähle gebunden, einen vollen Tag lang die gleiche Pein ausgekostet, ehe sie in den „fernen Tempel des Paradieses" eingingen. Plötzlich durchdrang wie heftiger Schmerz Freude die Brust des Priesters, Freude, weil er selbst bald mit Garpe, mit jenen Bauern und vor allem mit dem Herrn am Kreuz vereint sein würde. Das Antlitz des Herrn näherte sich ihm, sein Bild stand jetzt klar vor ihm, so klar wie nie zuvor. Das Bild des leidenden Christus, des duldenden Christus. Er betete voll Inbrunst um die endliche Vereinigung seines Gesichts mit jenem Antlitz des Herrn.

Die Beamten ließen ihre Peitschen schwingen und vertrieben einen Teil der Menge zu beiden Seiten des Zuges. Wie Fliegen drängten sich die Leute gehorsam zusammen; schweigend blickten sie mit angsterfüllten Augen der Prozession nach, die nun den Rückweg antrat. Allmählich ging der Nachmittag zu Ende, das Abendlicht verblaßte, funkelnd leuchtete das große rote Dach eines Tempels links vom Weg, der den Hügel hinabführte. Scharf stachen die Konturen der Berge unmittelbar der Stadt gegenüber in den Himmel. Auch jetzt zischten Pferdemist und Kieselsteine durch die Luft und schlugen an die Wangen des Priesters. Der Dolmetscher, der neben dem Pferd einherschritt, wiederholte immer von neuem eindringlich:

„Wirklich, es ist nichts Schlechtes, du brauchst nur zu sagen: ‚Ich falle ab.' Ich ersuche dich darum. Dieses Pferd bringt dich nicht mehr in dasselbe Gefängnis zurück."

„Wohin führt ihr mich?"

„Zum Statthalteramt. Ich habe nicht die Absicht, dich zu quälen. Es ist nichts Schlechtes, worum ich dich bitte. Du solltest nur sagen: ‚Ich falle ab.'"

Der Priester auf dem nackten Pferderücken schwieg, die Zähne in die Lippen vergrabend. Blut rann von der Wange herab auf das Kinn. Der Dolmetscher senkte den Kopf. Ein Hauch von Einsamkeit war um den Japaner, wie er so, den Bauch des Pferdes tätschelnd, dahinging.

Als man den Priester in das stockfinstere Verlies hineinstieß, empfing ihn ein durchdringender Gestank. Es war der Geruch von Urin. Da der Boden ganz naß von Urin war, verharrte er eine Weile regungslos, bis er den Brechreiz überwunden hatte. Nicht lange, und aus der Dunkelheit tauchten die Schatten von Wand und Boden. Sich mit den Händen die Wand entlangtastend, begann er zu gehen, aber sofort stieß er an eine andere Wand. Als er beide Arme auszubreiten versuchte, trafen seine Fingerspitzen gleichzeitig auf die Mauer. Nun wußte er ungefähr, wie groß das Verlies war.

Er lauschte angespannt, jedoch er vernahm nichts. Er hatte

nicht die geringste Ahnung, wo eigentlich in Nagasaki dieses Statthalteramt lag. Die Stille durchbrach keinerlei Geräusch, woraus er schloß, daß sich niemand in der Nähe befand. Als er probeweise mit den Fingern über die Holzwand fuhr, gerieten seine Fingerspitzen an irgendeine tiefe Einkerbung, er hielt dies zuerst für eine Fuge zwischen den Brettern, aber nach und nach schien die Vertiefung ihm eher eine Zeichnung zu sein. Immer wieder strich er darüber und erkannte schließlich, daß hier der Buchstabe L eingeritzt war. Daneben der Buchstabe A. Laudate Deum — Lobet Gott! Wie ein Blinder tastete der Priester die Umgebung weiter ab, aber die Fingerspitzen fühlten nichts mehr.

Möglicherweise hatte ein Missionar, hier hereingeworfen wie er, für seine Nachfolger diese lateinischen Worte in die Wand gekerbt. Auf jeden Fall war jener Missionar in diesem Verlies sicher nicht abgefallen, sondern hatte vor heiligem Glauben geglüht. Dieser Gedanke überwältigte den Priester — mutterseelenallein in der Finsternis — plötzlich dermaßen, daß ihm beinahe die Tränen kamen. Die eingeritzten Worte verliehen ihm das Gefühl, Schutz und Geborgenheit umfinge ihn in irgendeiner Form bis zuletzt.

Er hat keine Ahnung, wie weit die Nacht fortgeschritten ist. Nach der Runde durch die Straßen von Nagasaki hatte man ihn ins Statthalteramt gebracht, und lange Zeit stellten ihm ein unbekannter Beamter und der Dolmetscher immer wieder die gleichen Fragen, die man ihm schon oft gestellt hatte. Woher er gekommen sei. Wie viele Missionare sich in Makao befänden. Aber sie drängten ihn nicht mehr, dem Glauben zu entsagen. Sogar der Dolmetscher rührte nicht mehr an das Thema und übersetzte vollständig verwandelt nur die Worte des Vorgesetzten mit ausdrucksloser und amtlicher Miene. Ein anderer Beamter schrieb das Gesagte auf ein großes Papier. Nach Ende des sinnlosen Kreuzverhörs landete er in dieser Zelle.

Laudate Deum. Das Gesicht zur Wand gedrückt, malt er sich wie schon oft die Züge des Herrn aus. Seit je pflegte der

Priester sich in Augenblicken der Einsamkeit das Antlitz Christi vor Augen zu rufen — wie ein junger Mensch in der Ferne der Gesichter seiner vertrauten Freunde gedenkt. Jedoch seit seiner Gefangennahme — und vor allem während der Nächte in jenem Gefängnis, hinter dem im Gehölz die Blätter rauschten — brannte das Antlitz des Herrn von einer anderen Begierde angefacht an der Innenseite seiner Augenlider. Auch jetzt, in der heutigen Dunkelheit ist ihm das Antlitz ganz nahe; es schweigt zwar, aber die mit Sanftmut erfüllten Augen ruhen unverwandt auf ihm. Wenn du leidest, scheint es aus dem Gesicht zu ertönen, leide ich an deiner Seite. Bis zuletzt bin ich bei dir.

Zugleich mit dem Antlitz Christi erinnerte sich der Priester auch an Garpe.

Bald schon werde ich mit Garpe vereinigt sein.

Manchmal kam es vor, daß er des Nachts im Traum Garpes schwarzen Kopf sah, wie er hinter dem Boot herschwamm und dann unterging. Jedesmal übermannte ihn dann unerträgliche Scham, weil er die Gläubigen im Stich gelassen hatte. Es ging so weit, daß er sich oft bemühte, nicht mehr an Garpe zu denken, da er diese Scham nicht zu ertragen vermochte.

Nun ertönte weit weg eine Stimme. Es klang wie das Knurren, wenn sich zwei Hunde feindselig gegenüberstehen. Als er angespannt lauschte, erlosch das Geräusch wieder. Nach einer Weile hob es neuerlich an und dauerte ziemlich lange fort.

Unwillkürlich lachte der Priester mit leiser Stimme. Denn er hatte erkannt, daß es sich um Schnarchen handelte. Der Gefängniswärter mußte betrunken eingeschlafen sein.

Immer wieder setzte das Schnarchen eine Weile aus, einmal tönte es hoch, dann tief, es hörte sich an wie eine schlecht klingende Flöte. Er wußte nicht, warum, aber es erschien ihm wie unerträglicher Hohn, daß jetzt, wo ihm in diesem finsteren Verlies die Todesangst die Brust zusammenpreßte, ein anderer Mensch so unbekümmert schnarchte. Warum ist das Leben nur solch eine bitterböse Komödie, hohnlachte er wieder mit leiser Stimme.

Der Dolmetscher hat behauptet, ich schwöre heute nacht dem Glauben ab. Wenn der wüßte, wie gelassen ich bin!

Bei diesem Gedanken hob der Priester den Kopf ein wenig von der Wand und lächelte unbewußt. Das sorglose Gesicht des schnarchenden Gefängniswärters stand deutlich vor seinen Augen.

Wie der schnarcht, denkt er wohl nicht im Traum, ich könnte fliehen!

Er hatte in Wirklichkeit überhaupt keine Fluchtabsichten mehr, dennoch versuchte er, um sich die Zeit zu verkürzen, mit beiden Händen an die Türe zu drücken. Da merkte er, daß ein Riegel von außen die Türe versperrte und sie kein bißchen nachgab.

Rätselhaft blieb ihm, daß er zwar vom Verstand her die Nähe des Todes erfaßte, sein Gefühl dem Verstand aber keine Folge leistete.

Endlich stand der Tod unmittelbar bevor. Sobald das Schnarchen aufhörte, umschloß den Priester die Stille der unheimlichen Nacht. Aber auch diese Stille durchzitterten immer wieder undeutliche Geräusche. Die Finsternis wehte ihm mit einemmal die Furchtbarkeit des Todes ins Herz, so wie der Wind über Baumkronen streift. Die Hände geballt, brüllt er laut in die Nacht hinein: „Aaaaa, aaaaa!" Darauf weicht die Todesangst zurück wie die Ebbe. Und drängt sich wieder heran. Verzweifelt versucht er zu Gott zu beten, aber nichts berührt sein Herz als die verzerrten Züge des Herrn, von denen „Schweiß wie Blutstropfen zur Erde herunterrann". Nicht einmal mehr der Gedanke, daß er dieselbe Todesfurcht erleidet wie einst der Herr, gereicht ihm zum Trost. Er wischte sich mit der Hand über die Stirne. Um sich abzulenken, schritt er innerhalb des engen Verlieses umher. Wenn er ruhig stand, konnte er die Angst nicht ertragen.

Schließlich vernahm er in der Ferne eine menschliche Stimme. Selbst wenn diese die Ankunft des Kerkermeisters ankündigte, der ihn zur Folter holte, so war das besser als die wie eine Schwertklinge eiskalte Dunkelheit. Hastig legte der Priester das Ohr an die Tür, damit er wenigstens verstand, was diese Stimme sagte.

Es klang, als ob jemand schimpfte. Zur scheltenden Stimme gesellte sich eine flehende. Der in der Ferne abgewickelte Wortwechsel näherte sich hierauf. Diese Stimme in den Ohren, fiel dem Priester unbegründet etwas ganz anderes ein. Daß nämlich die Tatsache der Angst der Menschen in der Dunkelheit auf einer aus der Zeit der Urmenschen zurückgebliebenen instinktiven Furcht beruht — solch törichte Gedanken gingen ihm durch den Sinn.

„Du brauchst nichts zu sagen! Verschwinden sollst du!" schrie der eine Mann.

„Reg dich nicht so auf!"

Daraufhin rief der Ausgescholtene mit einer Stimme, die zu weinen schien:

„Ich bin ein Christ. Laß mich zum Padre!"

Diese Stimme klang ihm vertraut. Sie gehörte Kichijiro.

„Laß mich zum Padre!" — „Lästig bist du! Prügel kriegst du, wenn du mich nicht in Ruhe läßt!" — „Ja, schlag mich, schlag mich!" Die Stimmen verwickelten sich wie Stricke, dann gesellte sich eine dritte Stimme hinzu. „Wer ist das?" — „Ich weiß nicht, irgendein Verrückter! Er ist ein Bettler. Seit gestern kommt er her und behauptet, ein Christ zu sein."

Da hallte Kichijiros Stimme plötzlich laut durch das Gefängnis.

„Padre! Vergeben Sie mir! Seit damals gehe ich Ihnen dauernd nach, denn ich möchte, daß Sie mir die Beichte abnehmen. Vergeben Sie mir!"

„Was redest du? Gib nicht so an!"

Kichijiro erhielt Schläge, es klang, als ob Holz zerbräche.

„Padre, vergeben Sie mir!"

Der Priester schloß die Augen und flüsterte mit den Lippen die Beichtgebete. Ein schmerzhafter Geschmack haftete auf seiner Zungenspitze.

„Ich bin von Geburt an schwach. Menschen mit einem so

schwachen Charakter können nicht Märtyrer werden. Was soll ich machen? Ach, warum bin ich in so eine Welt geboren worden!"

Die Stimme brach ab, wie ein Windstoß aussetzt, dann ertönte sie leiser. Mit einemmal sieht der Priester vor seinem inneren Auge Kichijiro nach seiner Rückkehr auf Goto vor sich, als er der Liebling der Gläubigen gewesen war. Ohne Zweifel hätte jener Mann in einer Zeit ohne furchtbare Unterdrückung sein Leben als fröhlicher, stets zu einem Spaß aufgelegter Christ beendet.

„Auf eine solche Welt..., auf eine solche Welt." Der Priester steckte die Finger in die Ohren, um die Stimme ertragen zu können, die durch die Gänge gellte wie der Schmerzensschrei eines Hundes.

Obwohl er gerade um Vergebung für Kichijiro gebetet hatte, dünkte ihm nun, dieses Gebet sei nicht aus dem Innern seines Herzens entsprungen. Er war nur seiner Pflicht als Priester nachgekommen. Darum klebte es noch auf seiner Zunge wie der Nachgeschmack eines bitteren Nahrungsmittels. Der Groll auf Kichijiro war zwar bereits verraucht, aber unauslöschlich ruhte die Erinnerung an den Geruch des Trockenfisches, den ihm jener Mann zu essen gab, damit er ihn verraten konnte, und an den sengenden Durst nachher in seinem Gedächtnis. Zorn oder Haß beunruhigten ihn nicht mehr, aber die Verachtung vermochte er um keinen Preis aus seinem Herzen zu wischen. Wieder grübelte der Priester über die geringschätzigen Worte, die Christus für Judas gewählt hatte. Und gerade diese Stelle der Heiligen Schrift hatte ihn jedesmal bei der Lektüre gestört, denn sie blieb ihm unbegreiflich hart. Aber nicht nur diese Worte, die ganze Bedeutung der Rolle von Judas im Leben Jesu überstieg sein Verständnis. Wieso hatte wohl der Herr den Mann, der ihn am Ende verriet, in die Schar seiner Jünger aufgenommen, wenn er genau durchschaute, was Judas wirklich beabsichtigte? War nicht Judas, wenn das alles stimmte, eine bloße Marionette im Dienst der Kreuzigung des Herrn?

Und außerdem..., außerdem, da doch der Herr die Liebe verkörperte, wie konnte er da Judas am Ende von sich stoßen? Hatte er Judas, der sich am Feld des Blutes erhängte und so auf ewig in die Finsternis versank, einfach hingeopfert?

Solcherlei Zweifel tauchten seit jeher, schon in seiner Studienzeit als Theologe und auch später als Priester, in seinem Bewußtsein auf wie schmutzige schwarze Wasserblasen in einem Sumpf. Jedesmal versuchte er diese Gedanken zu vertreiben, denn sie dünkten ihm Schatten auf seinen Glauben. Jedoch in dieser Stunde rückten sie mit einer Eindringlichkeit an ihn heran, daß er sie nicht mehr zu verjagen imstande war.

Der Priester schüttelte den Kopf, er atmete tief. Bald nahte die Stunde des Urteils. Der Mensch vermag nicht alle göttlichen Geheimnisse zu erfassen, die die Bibel enthält. Der Priester aber wollte sie begreifen. Er wollte ihnen ganz und gar auf den Grund kommen.

„Heute nacht wirst du sicher abschwören", hatte der Dolmetscher voll Selbstbewußtsein gesagt. Gerade so, wie der Herr zu Petrus gesprochen hatte: „Heute nacht, ehe der Hahn kräht, wirst du mich dreimal verleugnen." Noch ist die Morgendämmerung fern. Noch ist die Stunde nicht gekommen, zu der die Hähne krähen.

Das Schnarchen begann wieder. Gleich einer Windmühle, deren Schaufeln sich im Winde drehen! Der Priester setzte sich auf den vom Urin nassen Boden und grinste höhnisch wie vom Schwachsinn befallen. Was für rätselhafte Wesen sind doch die Menschen. Da schnarchte einer stumpfsinnig bald hoch, bald tief, ahnungslos gegenüber dem Grauen des Todes. Da schlief einer fest wie ein Schwein und schnarchte mit offenem Mund. Er glaubt das Gesicht des in Schlaf versunkenen Wächters vor sich zu sehen. Es glüht vom Genuß des Reisweins, dick, wohlgenährt, vor Gesundheit strotzend und dennoch von schrecklicher Brutalität seinen Opfern gegenüber. Nicht eine aristokratische Grausamkeit kennzeichnet ihn, sondern auch in diesem Wächter wohnt ohne Zweifel jene Brutalität, welche die einfachen Leute für Haustiere und ihnen Untergeordnete aufbringen. In Portugal auf dem Land hat er selbst genug Vertreter dieser Sorte kennengelernt. Dieser Wächter verliert wahrscheinlich nicht einen einzigen Gedanken über die schmerzhaften Folgen seiner jetzigen und künftigen Taten für andere Menschen. Menschen seiner Gattung waren es auch, die den Herrn — den Herrn, in dem sich alles, was da an menschlichen Träumen schön und gut ist, kristallisierte — hingemetzelt haben.

Auf einmal spürte er heißen Ärger, daß sich in diese Nacht, die wichtigste seines Lebens, ein solch vulgärer Mißton mischte. Es kam ihm sogar als ausgesprochene Verhöhnung seines Lebens vor, und sein Lächeln erstarb. Statt dessen begann er mit den Fäusten an die Wand zu hämmern. Der Wächter erwachte jedoch nicht, so wie einst die Jünger gleichgültig gegenüber den Leiden des Herrn am Ölberg in tiefen Schlaf versunken waren. Erneut trommelte der Priester an die Wand, diesmal noch fester.

Nun hört er, daß ein Riegel herausgleitet. Von weitem nähert sich jemand mit eiligen Füßen seiner Zelle.

„Was ist denn los? Was ist denn los, Padre?"

Es war der Dolmetscher, jene Stimme, die ihn an eine mit ihrer Beute balgenden Katze erinnerte.

„Du kannst es nicht mehr aushalten, hm? Nun, nun. Wenn du von deinem Starrsinn abläßt, wird alles gut. Du brauchst nur zu sagen, daß du abfällst, und alles ist in Ordnung. Befreit wirst du sein und wie erlöst..., wie erlöst, ja, wie erlöst!"

„Nein, ich, es ist nur, dieses Schnarchen!" antwortete der Priester in der Finsternis.

Einen Augenblick schwieg der Dolmetscher wie verblüfft.

„Du glaubst wirklich, das ist Schnarchen? Das — nein! Herr Sawano, haben Sie das gehört? Der Padre nennt das Schnarchen!"

Der Priester hatte keine Ahnung gehabt, daß hinter dem Dolmetscher Ferreira stand.

„Herr Sawano, sagen Sie es ihm!"

Endlich ertönte Ferreiras Stimme, leise und mitleidig, die gleiche Stimme, die der Priester vor langer Zeit jeden Tag vernommen hatte.

„Das ist keineswegs ein Schnarchen. Es ist das Stöhnen der Gläubigen, die in der Grube hängen!"

Ferreira kauert reglos in der Dunkelheit wie ein altes Tier. Der Dolmetscher hingegen legt lange Zeit das Ohr an die fest verriegelte Tür, um zu hören, was in der Zelle vor sich geht. Schließlich erfaßt er, daß er nichts vernehmen wird, wie lange er auch lauscht, und mit rauher Stimme ruft er nervös:

„Du wirst dich doch nicht umgebracht haben?" Er schnalzt mit der Zunge:

„Aber nein. Es ist kaum anzunehmen, daß ein Christ das Leben, das er vom Deus erhalten hat, mit eigener Hand abbricht. Herr Sawano, was jetzt kommt, ist Ihre Aufgabe!"

Er drehte sich um, und als er sich entfernte, hallten seine Fußtritte durch das finstere Gefängnis. Auch nachdem sie gänzlich verklungen waren, kauerte Ferreira noch immer ohne ein Wort, ohne eine Bewegung, gleich einem Gespenst. Sein Körper schien dünn wie Papier und klein wie der eines Kindes, so als ob man ihn mit einer Hand umfassen könnte.

„Hör mich an", sagte er dann gegen die Tür. „Hör mich an. Hörst du mich?"

Da keine Antwort kam, wiederholte Ferreira die gleichen Worte noch einmal.

„Irgendwo auf der Wand... müssen Buchstaben sein, die ich eingeritzt habe. Laudate Deum — Lobet Gott! Wenn sie nicht schon abgerieben sind, so findest du sie auf der rechten Wand, ungefähr in der Mitte. Willst du sie nicht suchen?"

Von innen kam nichts. Nicht die leiseste Erwiderung.

Pechschwarze undurchdringliche Finsternis schien in der Zelle des Priesters gespeichert.

„So wie du heute", sagte Ferreira, jedes Wort betonend, „bin auch ich in diese Zelle eingesperrt worden. Die Nacht damals war noch schwärzer, noch kälter als diese."

Wie er es als Priester gewohnt war, lauschte er zerstreut, seinen Kopf eng an die Bretterwand gepreßt, auf das Bekenntnis des alten Mannes. Er bedarf nicht des Hinweises, wie pechschwarz die Nacht ist. Er weiß es selbst. Ferreiras Versuch jedoch, seine Anteilnahme zu erregen, indem er betonte, daß er selbst gleich dem Priester hier eingesperrt gewesen war, diesem Versuch mußte er Widerstand entgegensetzen.

„Ich hörte auch jene Stimmen. Das Stöhnen der Menschen, die in der Grube hängen."

Sobald er verstummte, schlug an die Ohren wieder das Schnarchen, bald hoch, bald tief. Nein, das war wirklich kein Schnarchen! Wie Schuppen fiel es dem Priester jetzt von den Augen — es war das Stöhnen von Menschen, das erschöpfte Um-Atem-Ringen von Wesen, die mit dem Kopf nach unten in einer Grube hingen.

Während er in dieser Dunkelheit gekauert war, stöhnten dort Menschen, denen Blut aus Nase und Ohren rann. Und er hatte das nicht erkannt und gelacht, ohne ein Wort des Gebetes für sie zu finden. Dieser Gedanke stürzte den Priester vollkommen in Verwirrung. Er hatte jenes Stöhnen als Verhöhnung empfunden, hatte die Stimme erhoben, hatte sogar gelacht! Und hochmütig hatte er sich eingebildet, er erdulde in dieser Nacht die gleiche Pein wie der Herr. Dabei existierten in seiner unmittelbaren Nähe Menschen, die noch ärgere Qualen durchschritten als er.

Wie konntest du dich nur so irren? murmelte in seinem Kopf eine Stimme, die nicht ihm gehörte. Bist du denn noch ein Priester? Ein Priester, der die Schmerzen der anderen auf sich nimmt?

Und er spürte das Verlangen aufzuschreien: O mein Gebieter, warum nur täuschst du mich sogar noch in diesem Augenblick?

„Die Buchstaben von Laudate Deum — Lobet Gott! — müssen in die Wand eingraviert sein", wiederholte Ferreira.

„Findest du sie nicht? Such sie!"

„Ich habe sie schon gefunden", rief der Priester, von Zorn

übermannt, zum erstenmal sein Schweigen brechend. „Schweigen Sie bitte! Sie haben nicht das Recht, diese Worte zu gebrauchen!"

„Ich habe nicht das Recht? Sicher habe ich nicht das Recht. Nachdem ich eine ganze Nacht lang jenes Stöhnen in den Ohren hatte, verging mir die Lust, Gott zu loben. Ich bin nicht abgefallen, weil ich in die Grube gehängt wurde. Drei Tage lang... bin ich in einem Loch gehangen, mit dem Kopf voraus in einem Loch, vollgestopft mit Unrat — aber ich sagte nicht ein Wort, das Gott verraten hätte." Ferreira brach in Schreien aus, es klang wie Geheul: „Weißt du, warum ich abgefallen bin? Hör mir gut zu! Nachher warf man mich hier hinein. Und Gott tat überhaupt nichts, um jenen zu helfen, deren Stöhnen mir da in die Ohren drang. Ich betete voll Verzweiflung, aber Gott tat nichts. Das ist der Grund."

„Schweigen Sie bitte!"

„Nun, du hast leicht beten. Diese Christen aber kosten unerträgliche Schmerzen aus, die du dir nicht einmal vorstellen kannst. Seit gestern. Schon seit langer Zeit. Und auch jetzt in dieser Stunde. Warum müssen sie so sehr leiden? Du aber unternimmst nichts. Und auch Gott tut nichts dagegen!"

Der Priester schüttelte den Kopf, als ob er den Verstand verloren hätte, und steckte die Finger in seine Ohren. Aber schonungslos wanden sich Ferreiras Stimme und das Stöhnen in seine Ohren. Hör auf! Hör auf! O mein Gebieter! Jetzt müßtest du dein Schweigen brechen. Du darfst nicht länger schweigen. Du mußt etwas sagen, um zu beweisen, daß du die Wahrheit bist und das Gute bist, daß du die Liebe verkörperst, du mußt etwas sagen, um der Welt und den Menschen darzutun, daß du tatsächlich existierst.

Wie die Fittiche eines Vogels den Schiffsmast streifen, zog ein mächtiger Schatten durch sein Herz. Die Fittiche dieses Vogels trugen Erinnerungen herbei, Erinnerungen an die Gläubigen, die er sterben sah. Auch da hatte Gott immer geschwiegen. Auch über dem Meer, auf das der Regen nieselte, war Gott stumm geblieben. Auch als der einäugige Mann in jenem Hof, auf den die Sonnenstrahlen senkrecht herniederbrannten, getötet wurde, hatte er kein Wort gesagt. Damals jedoch war der Priester noch fähig, dies hinzunehmen, oder besser gesagt, nicht hinzunehmen, sondern die entsetzlichen Zweifel zu verdrängen, ihnen nicht ins Gesicht zu blicken. Jetzt aber war es anders. Dieses Stöhnen klagt dich an, o Gott! Warum schweigst du immer?

„Im Innenhof des Gebäudes", flüsterte Ferreira traurig, „hängen drei arme Bauern. Alle drei hängen, seitdem man dich hierher gebracht hat."

Der alte Mann log nicht. Wenn er angestrengt hinhörte, zerfiel jene Stimme, von der er geglaubt hatte, sie entstamme einem Mund, in mehrere Teile. Nicht eine Stimme erklang bald hoch und bald tief, sondern aus verschiedenen Richtungen verschlangen sich wirr hohe und tiefe Klagelaute.

„In der Nacht, die ich hier verbrachte, hingen fünf Leute draußen. Fünf Stimmen, vom Wind ineinander verflochten, schlugen an meine Ohren. Der Beamte machte mir den Vorschlag: Wenn du den Glauben verwirfst, ziehen wir jene Leute sofort aus dem Loch, lösen ihre Stricke und versorgen sie mit Medikamenten. Ich antwortete: Und warum schwören die Leute nicht ab? Da belehrte mich der Beamte lachend: Sie haben schon wiederholt versichert, sie wollten den Glauben aufgeben. Aber wir können jene Bauern nur retten, wenn du auch abfällst."

„Sie", sagte der Priester tränenerstickt, „Sie hätten beten sollen!"

„Gewiß habe ich gebetet. Die ganze Zeit habe ich ununterbrochen gebetet. Aber auch ein Gebet lindert die Qualen jener Männer nicht. Hinter den Ohren der Leute hat man kleine Löcher gebohrt. Aus diesen Öffnungen, aus Mund und Nase rinnt Blut heraus. Ich kenne diese Qualen, denn ich habe sie am eigenen Leib erlebt. Ein Gebet lindert diese Schmerzen nicht."

Dem Priester schauderte. Er erinnerte sich deutlich an die Narbe wie von einer Brandwunde, die ihm Ferreira bei ihrem ersten Treffen im Saishoji unter den Schläfen gezeigt hatte.

Sogar die braune Farbe der Narbe sah er vor sich. Als ob er dadurch diese Vision vertreiben könnte, schlug er immer wieder mit seinem Kopf an die Wand.

„Diese Leute werden für ihre irdischen Schmerzen mit der ewigen Seligkeit belohnt."

„Betrüge dich nicht selbst!" sagte Ferreira ruhig. „Mit solch schönen Worten suchst du Ausflüchte für deine Schwäche."

„Meine Schwäche!" Der Priester schüttelte ohne Überzeugung den Kopf. „Das stimmt nicht. Ich glaube nämlich wirklich an die Erlösung dieser Leute."

„Aber du selbst bist dir wohl noch wichtiger als jene! Zumindest insofern, als dir am meisten an deiner eigenen Erlösung liegt. Wenn du sagst, daß du den Glauben aufgeben willst, zieht man sie aus der Grube herauf. Ihre Qualen haben ein Ende. Aber trotzdem willst du nicht abschwören. Denn es ist entsetzlich für dich, ihretwillen die Kirche zu verraten. Denn du schreckst davor zurück, solch ein Schandfleck für die Kirche zu werden wie ich." Ferreiras Stimme, in der bis jetzt Zorn mitgeschwungen war, wurde allmählich leiser. „Auch ich habe das erlebt. Auch ich fühlte in jener stockfinsteren und eiskalten Nacht das gleiche wie du jetzt. Aber wo bleibt da die Liebe? Ein Priester sollte dem Beispiel Christi folgend leben. Wenn Christus hier wäre...."

Einen Moment verharrte Ferreira in Schweigen, aber dann sprach er sofort klar und eindringlich weiter:

„Christus hätte ihretwillen ganz bestimmt abgeschworen."

Nach und nach begann es zu tagen. Sogar bis in dieses Verlies herein, das bisher ein Klumpen Dunkelheit angefüllt hatte, tröpfelte verschwommenes blaßweißes Licht.

„Christus wäre ganz sicher vom Glauben abgefallen, um die Menschen zu retten."

„Nein, nein, niemals." Der Priester schlug die Hände vor das Gesicht, durch seine Finger sickerten mühsam die Worte: „Nein, niemals!"

„Christus hätte auf den Glauben verzichtet aus Liebe. Selbst wenn er sein ganzes Ich aufgeopfert hätte!"

„Hören Sie auf, mich noch mehr zu martern! Gehen Sie weg! Ganz weit weg!"

Der Priester weinte laut. Mit einem dumpfen Geräusch löste sich der Riegel, die Tür ging auf. Durch die offene Tür strömte das weiße Morgenlicht herein. „Nun!" sagte Ferreira, und sanft legte er die Hand auf die Schulter des Priesters. „Noch nie hat einer aus Liebe so viel gelitten wie du!"

Taumelnd schleppte sich der Priester dahin. Ferreira schob ihn, der Schritt für Schritt wie von schweren bleiernen Fußfesseln behaftet setzte, vorwärts. Der Gang, dem er im morgendlichen Zwielicht folgte, schien ewig geradeaus zu führen. Am Ende standen zwei Beamte und der Dolmetscher gleich drei schwarzen Puppen.

„Herr Sawano, zu Ende? So? Kann ich das Tretbild vorbereiten?"

Der Dolmetscher stellte die Kiste, die er kaum auf den Armen zu halten vermocht hatte, auf den Fußboden, hob den Deckel auf und nahm ein großes hölzernes Brett heraus.

„Noch nie hat ein Mensch aus Liebe so sehr gelitten wie du...", flüsterte Ferreira noch einmal weich in die Ohren des Priesters. „Die Kirche wird dich verurteilen. So wie sie mich verurteilt, wirst du von ihr vertrieben werden. Aber es gibt noch größere Dinge als die Kirche, als die Mission. Das, was du jetzt tust..."

Das Tretbild war nun zu seinen Füßen. In das dünn mit Schmutz bedeckte aschfarbene Holzbrett, auf dem die Fasern in kleinen Wellen liefen, hatte man ein einfaches Kupfermedaillon eingesetzt. Darauf war, die mageren Arme ausgebreitet, die Dornenkrone auf dem Haupt, Christi häßliches Antlitz.

Mit gelben trüben Augen sah der Priester hinab auf das Antlitz des Herrn, das er, seit er in dieses Land gekommen war, zum erstenmal vor sich hatte.

„Nun!" sagte Ferreira. „Nur Mut!"

O mein Gebieter! Lange, lange Zeit, unzählige Tage, habe ich mir dein Antlitz vorgestellt. Besonders oft, seit ich in dieses

Land Japan gekommen bin. Als ich mich in den Bergen von Tomogi verbarg, als ich das Meer im Boot überquerte, in den Nächten in jenem Gefängnis. An dein angebetetes Antlitz dachte ich bei jedem Gebet, dein segnendes Antlitz fiel mir ein, wenn ich einsam war, dein mit dem Kreuz beladenes Antlitz erwachte am Tag meiner Verhaftung zu neuem Leben, dein Antlitz, tief hineingeschnitten in meine Seele, lebt in meinem Herzen als das Schönste, das Erhabenste auf dieser Welt. Und darauf soll ich jetzt mit diesen meinen Füßen treten!

Verschwommenes Licht der Morgendämmerung. Es fiel auf den entblößten, dem eines Hahnes ähnlichen Hals des Priesters und auf dessen Schultern mit den ausschweifenden Schlüsselbeinen. Der Priester hob das Tretbild mit beiden Händen in die Höhe und brachte es nahe an sein Gesicht. Sein eigenes Gesicht wollte er an dieses von zahlreichen Menschen getretene Antlitz drücken. Der Herr auf dem Tretbild starrte, infolge der Tritte zahlloser Menschen abgenützt und eingesunken, den Priester mit einem gleichsam traurigen Blick an. Aus seinen Augen schien eben eine Träne herabzufallen.

„Oh", zitterte der Priester. „Wie weh das tut!"

„Es ist nur eine Formsache. Was gilt so eine Formalität denn!" drängte der Dolmetscher aufgeregt. „Es genügt, wenn du nur der Form halber darauf trittst."

Der Priester hob den Fuß. Er fühlte in den Beinen einen dumpfen, schweren Schmerz. Das war nicht nur eine Formsache. Er selbst trat jetzt auf das, was er in seinem Leben für das Schönste gehalten und an das er als an das Reinste geglaubt hatte, auf das, was alle Träume und Ideale der Menschen erfüllte. Wie dieser Fuß schmerzte!

Tritt nur auf mich! sagte da der Herr auf der Kupferplatte zum Priester gewendet. Tritt nur auf mich! Ich selbst kenne am besten die Schmerzen deiner Füße. Tritt nur! Um von euch getreten zu werden, wurde ich in diese Welt geboren, um eure Schmerzen zu teilen, nahm ich das Kreuz auf die Schultern.

Als der Priester den Fuß auf das Tretbild setzte, kam der Morgen. Ein Hahn krähte in der Ferne.

X.

Im Sommer dieses Jahres gab es wenig Regen.
Wenn die abendliche Windstille einsetzte, glich ganz Nagasaki einem Dampfbad. Das Licht der Abenddämmerung, das von der Meeresbucht auf die Stadt zurückstrahlte, drückte schwanger von schwüler Hitze auf die Bewohner. Die Räder der Ochsenkarren, die beladen mit Strohsäcken von der Landstraße in die Stadt hereinrollten, wirbelten gleißend weißen Staub in die Höhe. Wohin man sich um diese Stunde wandte, überall trieb der Gestank von Kuhmist.

Um die Mitte des Monats hingen wieder Laternen von den Enden der Dachtraufen. An den großen Geschäften befestigte man ebenfalls Laternen, doch diese waren vier-, sechs- oder achteckig und mit Blumen, Vögeln und Insekten bemalt. Noch war es nicht dunkel, aber die Kinder konnten es nicht erwarten, sie reichten einander die Hände und sangen:

O Lampion, bei, bei, bei.
Wer einen Stein drauf wirft, dem fault die Hand!
O Lampion, bei, bei, bei.
Wer einen Stein darauf wirft, dem fault die Hand!

Ans Fenster gelehnt summte der Priester die Melodie dieses Liedes mit. Er verstand zwar den Sinn des Kinderliedes nicht, aber die Weise schien ihm irgendwie melancholisch. Ob das am Lied lag oder an dem Herzen, das ihr lauschte, wußte er selbst nicht. Im Haus gegenüber ordnete gerade eine Frau, deren langes Haar hinten zusammengebunden war, eine Gabe aus Pfirsichen, Brustbeeren und Bohnen auf dem mit Schilf bedeckten Opferregal. Dieses nannte man Ahnenaltar, und die Handgriffe der Frau gehörten zu den Bräuchen, die die Japaner in der Nacht des Fünfzehnten ausführten, um die Seelen, die da in jedes Haus zurückkehrten, zu beruhigen. Diese Sitte bildete für den Priester nichts Neues. Er wußte nicht, wieso ihm das gerade jetzt einfiel, aber auf jeden Fall war das Bon-Fest in dem Wörterbuch, das er von Ferreira erhalten hatte, mit „festa dos finados" übersetzt.

Als die Kinder, die Hand in Hand spielten, ihn an das Gitterfenster gelehnt sahen, spotteten sie wie aus einem Mund: „Abgefallener Paulus, abgefallener Paulus!" Einige machten sogar Anstalten, Kieselsteine zu werfen.

„Ihr schlimmen Kinder!" schalt die Frau mit den herabhängenden und hinten zusammengebundenen Haaren die Kinder, worauf sie davonliefen. Traurig lächelnd sah er ihnen nach.

Mit einemmal erfüllte ihn die Erinnerung an die christliche Allerseelennacht. Allerseelen war ja gewissermaßen das Bon-Fest des Christentums. Auch die Sitte, in den Fenstern der Häuser von Lissabon Lichter zu entzünden, sobald die Nacht sich senkte, ähnelte dem Totenfest in diesem Land.

Das Haus, in dem er wohnte, befand sich in Sotouramachi. In einer der vielen an die Hügel von Nagasaki geschmiegten Straßen, in denen die Hausdächer von beiden Straßenseiten zusammenzustoßen scheinen. Da direkt hinter seiner Gasse das Böttcherviertel begann, schallte den ganzen Tag das trockene Tapptapptapp der Schlegel in seine Ohren. Auf der gegenüberliegenden Seite erstreckte sich das Viertel der Färber — an schönen Tagen flatterten indigoblaue Tücher wie Fahnen im Wind. Alle Häuser bedeckten Bretter- oder Schilfdächer, Geschäfte mit Ziegeldächern wie in den belebten Straßen um Maruyama gab es hier kaum. Es war ihm untersagt, ohne Erlaubnis des Statthalteramtes seine Wohnung zu verlassen. In müßigen Stunden tröstete er sich, indem er ans Fenster gelehnt die Leute auf der Straße beobachtete. Am Morgen eilen Frauen, Körbe mit Gemüse auf dem Kopf balancierend, aus Omura und Isahaya an seinem Fenster vorbei in die Stadt. Um die Mittagszeit ziehen Männer durch seine Gasse, sie tragen nur einen Lendenschurz, singen Lieder mit lauter Stimme, und ihre mageren Pferde tragen schwere Lasten. Am Abend steigen Bonzen mit bimmelnden Glöckchen den Hang hinab. Alle diese Szenen des japanischen Alltags nimmt er mit seinen Augen auf, als ob er sie sich einprägen müßte, um in seinem Heimatland davon zu erzählen. Wenn ihm dann einfällt, daß er niemals mehr in die Heimat zurückkehren wird, steigt auf seine hohlen Wangen langsam ein Lachen schmerzlicher Resignation. In solchen Minuten quillt die selbstzerstörerische Empfindung „Was macht das schon aus!" in seiner Brust herauf. Er hat keine Ahnung, ob die Missionare in Makao und Goa bereits von seiner Abkehr vom Glauben Kunde erhalten haben. Aber es ist denkbar, daß sich die Geschichte seines Abfalls über die holländischen Kaufleute, die sich in Deshima vor Nagasaki aufhalten dürfen, schon bis nach Makao herumgesprochen hat, und in diesem Fall hat ihn die Missionskirche ohne Zweifel bereits in Acht und Bann getan.

Möglicherweise verstieß man ihn nicht nur aus der Missionskirche, sondern entkleidete ihn auch aller seiner Rechte als Priester, und sicherlich betrachtete ihn die Geistlichkeit als beschämenden Schandfleck. Aber das war gleichgültig. Was hieß das schon! Nicht jene, der Gebieter allein wird mich richten. Er schüttelte den Kopf und biß sich in die Lippen.

Manchmal jedoch weckt ihn diese Vorstellung mitten in der Nacht aus dem Schlaf und zerreißt sein innerstes Herz wie mit scharfen Klauen. Ohne es zu wollen, stöhnt er laut auf, springt aus dem Bett. Vor seine Augen drängt sich das Bild eines kirchlichen Gerichtsverfahrens — es sieht aus wie das Jüngste Gericht, das die Offenbarung schildert.

Was wißt denn ihr! Ihr! Ihr Vorgesetzten in Europa, in Makao! Und in der Dunkelheit verteidigte er sich vor ihnen. Ihr lebt euer behagliches Leben, die Religion verbreitet ihr an friedlichen und sicheren Orten! Dort, wo ihr seid, toben nicht die Stürme der Unterdrückung und Folter. Weil ihr auf der anderen Seite des Meeres im sicheren Hafen seid, verehrt man euch als vorbildliche Diener des Herrn. Feldherren seid ihr, die ihre Soldaten auf das wilde Schlachtfeld schicken und sich selbst am Lagerfeuer wärmen. Kann ein solcher Feldherr die Soldaten zur Rechenschaft ziehen, weil sie in Gefangenschaft gerieten?

Nein. Das sind Ausflüchte. Ich betrüge mich selbst. Schwach bewegte der Priester den Kopf. Warum nur kann ich diese schmutzigen Einwände nicht lassen?

Ich habe dem Glauben abgeschworen. Aber, mein Gebieter! Du allein weißt, daß ich den Glauben nicht aufgegeben habe. Die Geistlichkeit wird mich fragen: „Warum hast du den Glauben verleugnet? Weil du dich davor gefürchtet hast, in die Grube gehängt zu werden?" — „Ja, ja." — „Weil du es nicht ertragen konntest, das Stöhnen jener Bauern, die in der Grube litten, zu hören?" — „Ja, ja." — „Und weil du an die Versprechung glaubtest, daß jene bemitleidenswerten Kreaturen erlöst würden, wenn du selbst abschwörst, der Versprechung, mit der dich Ferreira in Versuchung führte?" — „Ja, ja." — „Doch möglicherweise hast du unter dem Vorwand, aus Liebe zu handeln, nur deine eigene Schwäche legitimiert."—„Ich gebe das alles zu. Ich verstecke meine Schwäche nicht mehr. Ihr werdet fragen, wo der Unterschied ist zwischen Kichijiro und mir. Aber ich weiß auch das eine — daß der Gott, den die Geistlichen in der Kirche lehren, sich unterscheidet von meinem Gebieter, dem ich vertraue."

Wie eingebrannt haftete die Erinnerung an jene Tretbildszene auf den Augenlidern des Priesters. Das Holzbrett, welches der Dolmetscher vor seine Füße legte. In dieses eingesetzt die Platte aus Kupfer, in der Kupferplatte das Antlitz des Herrn, von einem Handwerker einfach einem anderen Christusbild nachgeahmt. Es sah ganz anders aus als das Antlitz Christi, wie es dem Priester unzählige Male bis zum heutigen Tag in Portugal, in Rom, in Goa, in Makao vor Augen getreten war. Aus diesem Antlitz Christi strahlte weder Würde noch Stolz. Dieses Antlitz prägte kein edler Schmerz. Es war kein Antlitz, das, die Versuchung zurückweisend, überfloß von unerschütterlicher Willenskraft. Abgemagert und vollkommen erschöpft lag dieses Antlitz des Herrn zu seinen Füßen.

Die Füße vieler Japaner, die schon daraufgestiegen waren, hatten auf dem Brett, das die Kupferplatte umrahmte, die Spuren ihrer schmutzigen großen Zehen hinterlassen. Und weil man das Gesicht schon allzuoft getreten hatte, war es eingesunken und verwischt. Das ausgehöhlte Antlitz wandte sich schmerzerfüllt zu ihm empor. Und die Augen, die so schmerzerfüllt zu ihm hinaufschauten, beschworen ihn: Tritt ruhig! Tritt ruhig! Denn ich bin da, um von euch getreten zu werden.

Täglich wurde er vom Bezirksvorsteher oder dem Leiter der Nachbarschaftsgruppe kontrolliert. Der Bezirksvorsteher, dem die Angelegenheiten des ganzen Viertels unterstanden, brachte ihm einmal im Monat frische Kleider und stattete mit ihm einen Besuch im Gouverneursamt ab.

Bisweilen geschah es auch, daß er über den Bezirksvorsteher eine Vorladung zu einem Beamten des Gouverneursamtes erhielt. Bei solchen Gelegenheiten zeigte man ihm in einem Raum des Statthalteramtes irgendwelche Dinge, die die Japaner nicht kannten, und er hatte zu erklären, ob sie etwas mit dem Christentum zu tun hatten oder nicht. Nur er oder Ferreira vermochten sofort zu bestimmen, was von den vielen fremdartigen Gütern, die die Ausländer aus Makao mitbrachten, dem Christentum diente. Hatte er diese Arbeit beendet, so überreichte man ihm Geld oder Kuchen als Dank des Gouverneursamtes für die geleisteten Dienste.

Die Beamten im Statthalteramt in Motohakatamachi und auch jener Dolmetscher begegneten ihm stets mit Höflichkeit. Niemals wurde er demütigend oder als Verbrecher behandelt. Der Dolmetscher schien die vergangenen Ereignisse vollkommen aus seinem Gedächtnis gewischt zu haben. Sowohl er wie auch der Priester zeigten ein Lächeln, als ob nie etwas geschehen wäre. Trotzdem aber brannten in dem Augenblick, da seine Füße das Statthalteramt betraten, die Erinnerungen, die man beiderseits zu beschwören vermied, durch sein Herz wie ein Brenneisen. Besonders haßte er es, durch das Vorzimmer zu gehen, von wo man den dunklen Gang sah, der den Innenhof teilte. Dort war er an jenem weißen Morgen in den Armen von Ferreira gewankt. Jedesmal, wenn er vorbeikam, suchten seine Augen eilig diesem Anblick zu entfliehen.

Es war ihm sogar verboten, Ferreira zu treffen, wann er wollte. Er wußte, daß Ferreira in einem Tempelbezirk in der Nähe des Saishoji wohnte, aber er durfte weder Besuche machen noch welche empfangen. Sie begegneten einander nur, wenn er sich mit dem Bezirksvorsteher zu seiner monatlichen Visite im Statthalteramt begab. Auch Ferreira wurde so wie er vom Bezirksvorsteher begleitet. Beide trugen vom Gouverneursamt erhaltene Kimonos. Die Begrüßung war knapp und hatte in ihrem sonderbaren Japanisch abgehalten zu werden, damit die Bezirksvorsteher sie ebenfalls verstanden. Wenn sie sich derart im Statthalteramt begegneten, schien zwar Vertrautheit zwischen ihnen zu bestehen. Die wirklichen Gefühle gegen Ferreira vermochte er aber mit Worten nicht auszudrükken. Sie umfaßten die ganze Palette der Empfindungen, die zwischen zwei Menschen möglich sind. Haß hegten sie und gegenseitige Verachtung. Der Grund seines Hasses war nicht der, daß Ferreira ihn zum Abfall von der Kirche verleitet hatte. Deswegen grollte er ihm nicht im geringsten. Er haßte ihn, weil Ferreira die eigene tiefe Wunde vor seine Augen hielt. Ferreira kauerte vor ihm wie ein unerträgliches Spiegelbild, aus dem ihm sein eigenes widerwärtiges Gesicht entgegenblickte — Ferreira, wie er im japanischen Gewand, Ferreira, wie er japanische Worte auf den Lippen, Ferreira, wie er selbst ausgestoßen aus der Kirche.

„Hahaha", lachte Ferreira unterwürfig zum Beamten hin. „R. Cocks vom holländischen Handelshaus ist schon nach Edo abgereist, wie ich letzten Monat auf Deshima hörte."

Schweigend lauscht er Ferreiras heiserer Stimme, starrt aus seinen tiefliegenden Augen auf die Schultern, von denen das Fleisch abgefallen ist. Auf diese Schultern fällt das Sonnenlicht. Auch bei ihrem ersten Treffen im Saishoji hat die Sonne diese Schultern berührt.

Aber nicht nur Verachtung und Haß empfindet er für Ferreira. Auch eine Art Gemeinschaftsgefühl mischt sich dazu, denn sie teilen das gleiche Los, und ein Mitleid, das Selbstmitleid beinhaltet. Die Augen auf Ferreiras Rücken fixiert, sinniert er, daß sie beide mißgestalteten Zwillingen ähnlich sind. Zwillinge, die ihre Deformation gegenseitig hassen und verachten und sich doch nicht trennen können — solche Zwillinge sind er und Ferreira.

Als die Abenddämmerung hereinbricht, sind ihre Geschäfte beim Statthalteramt erledigt. Fledermäuse streifen zwischen Tor und Bäumen, streifen über den trüben violetten Himmel. Die Bezirksvorsteher deuten sich mit den Augen ein „Auf Wiedersehen!" und gehen mit den Fremden, für die sie die Verantwortung tragen, in entgegengesetzte Richtungen auseinander. Im Weitergehen wendet er sich heimlich nach Ferreira um. Auch Ferreira blickt zu ihm zurück. Bis zum nächsten Monat treffen sie sich nicht mehr. Bis zum nächsten Monat können sie sich nicht mehr in die Verlassenheit des anderen vertiefen.

XI.

Aus dem Tagebuch von Jonasen,
einem Angestellten der holländischen Handelsfirma
auf Deshima, Nagasaki.

Juli 1644 (sechster Monat des ersten Jahres Shoho)

3. Juli
Drei chinesische Dschunken liefen aus. Da die Abreise der Lilo für den fünften freigegeben wurde, müssen morgen Silber, Munition und gemischte Güter auf das Schiff gebracht und alle Reisevorbereitungen beendet werden.

8. Juli
Endgültiger Rechnungsabschluß mit den Kaufleuten, Münzrichtern, Landeigentümern und Herrn Shiroemon; außerdem wurde auf Befehl des Firmendirektors der Bestellschein zur Vorbereitung der Waren zum nächsten Termin für die holländische Koromandel-Küste und Siam geschrieben.

9. Juli
Im Haus eines hiesigen Bürgers entdeckte man ein Bild der heiligen Maria, woraufhin die Bewohner des Hauses sofort eingekerkert und einem Kreuzverhör unterzogen wurden. In der Folge machte man den Verkäufer ausfindig und befragte auch ihn. An dem Verhör sollen der vom Christentum abgefallene Pater Chuan Sawano sowie der ebenfalls abtrünnig gewordene portugiesische Pater Rodrigo teilgenommen haben.

Vor drei Monaten entdeckte man im Haus eines Bürgers von Nagasaki eine kleine Münze unter dessen Besitztum, auf der das Bild eines Heiligen eingraviert war. Die ganze Familie kam in Gefangenschaft, und man folterte sie auch, um ihren Abfall vom Christentum zu erreichen, aber sie sollen alle standhaft geblieben sein. Der abtrünnige portugiesische Pater Rodrigo, der dabei war, bat beim Statthalteramt wiederholt für das Leben der Familie, aber man erhörte ihn nicht und verurteilte sie zum Tode. Wie berichtet wird, schor man dem Ehepaar und den zwei Kindern die Köpfe zur Hälfte, setzte sie auf ein mageres Pferd und führte sie vier Tage lang durch die Stadt. Wie ich hörte, unterzog man das Ehepaar vor kurzem der Gruben-Folter, wobei die Söhne zuschauen mußten. Diese warf man nachher wieder in den Kerker.

Abends. Im Hafen lief eine chinesische Dschunke ein. Die Ladung besteht aus Zucker, Porzellan und einem geringen Quantum Seidenstoffen.

1. August
Ankunft einer chinesischen Dschunke mit gemischten Waren aus Fuchow. Um etwa zehn Uhr bemerkte der Wächter ungefähr sechs Meilen außerhalb der Bucht von Nagasaki ein Segelschiff.

2. August
Am Morgen machte man sich an die Löschung der Waren des gestern abend eingelaufenen Schiffes. Die Arbeit ging glatt vonstatten.

Um die Mittagszeit suchten mich Abgesandte des Statthalteramtes, nämlich der Sekretär des Gouverneurs und ein Dolmetscher, in meinem Büro auf, und sie verhörten mich über zwei Stunden lang. Der Grund dafür war, daß die zwei vom Christentum abgefallenen Patres aus Portugal in Nagasaki, Chuan Sawano und Rodrigo, dem Statthalteramt mitgeteilt hatten, man habe in Makao beschlossen, Patres in einem holländischen Schiff von Indien nach Japan zu schicken.

Chuan Sawano behauptete weiter, daß die Kirche in Zukunft die Patres nach Japan einschleusen wolle, indem man sie pro forma auf den Schiffen der Holländer für niedrige Arbeit anstellen ließ. Sollte dies zutreffen, würde das die Firma in äußerste Schwierigkeiten bringen, warnte uns der Sekretär und ermahnte uns zu höchster Vorsicht. Es würde den Ruin für die Holländer in Japan bedeuten, wenn man in Zukunft einen Pater ergreife, der wegen der strengen Bewachung keinen anderen Weg fand, an Land zu gehen, als sich von einem unserer Schiffe heimlich einzuschleichen. Da die Holländer der Gerichtsbarkeit Seiner kaiserlichen Majestät und Japans unterlägen, müßte man sie auf die gleiche Art wie die Japaner bestrafen. Dann überreichte er folgendes Memorandum in japanischer Schrift, das er mir vom Statthalteramt überstellte:

Pater Sawano, vom Fürsten von Hakata im vorigen Jahr festgenommen, sagte vor den höchsten Behörden in Edo aus, daß sich sowohl unter den Holländern hier wie auch in Holland selbst zahlreiche Anhänger der Kirche von Rom befänden. Weiters gab er zu Protokoll, daß in Kambodscha Holländer Patres besucht hätten, um ihnen ihre Zugehörigkeit zum gleichen Glauben zu eröffnen. Es sei beschlossen worden, Patres in Europa als Schiffsleute oder Angestellte der Firma zu heuern und sie auf den Schiffen der Firma nach Japan zu bringen. Das Statthalteramt konnte dieser Behauptung keinen Glauben schenken und hielt Sawano vor, er versuche wohl den Erzfeinden der Portugiesen und Spanier, nämlich den Holländern und Engländern, Schwierigkeiten zu bereiten, aber Chuan Sawano beharrte auf seiner Darstellung. Aus diesem Grund sieht sich der Statthalter bemüßigt, dem Kapitän den strengen Befehl zu erteilen, sofort zu klären, ob sich unter der Besatzung des im Hafen liegenden Schiffes römisch-katholische Christen befinden. In diesem Fall soll unverzüglich Meldung gemacht werden. Wenn in Zukunft ein Anhänger der römisch-katholischen Kirche nach Japan übersetzt, ohne das Statthalteramt davon zu unterrichten, so wird dies bei der

Entdeckung durch die japanischen Behörden dem Kapitän zu außerordentlichem Nachteil gereichen.

3. August
Am Abend Beendigung der Löschung des vorhin erwähnten Schiffes. Auf eine Anfrage des Statthalters, ob sich auf dem Schiff kein Artillerist aufhielte, welcher einen Mörser handhaben könne, schickte ich den Hilfsangestellten der Firma, Paulus Ver, zum Schiff, damit er sich erkundige, jedoch er erfuhr nur, daß es niemanden gab, der dem Statthalter zu dienen vermochte, und ich übermittelte eine Antwort in diesem Sinne. Daraufhin befahl der Gouverneur, es ihn wissen zu lassen, falls in Zukunft auf einem anderen Schiffe jemand auftauche, der der Handhabung des Mörsers kundig wäre.

4. August
Am Morgen erschien Herr Honjo, ein hoher Beamter des Gouverneursamtes, auf dem Schiff und durchsuchte es bis zur letzten Schachtel im äußersten Winkel. Diese strenge Nachforschung verdanken wir der Aussage von in Nagasaki lebenden ehemaligen Patres, die vor den obersten Behörden angaben, unter den Holländern lebten auch römisch-katholische Christen, welche auf holländischen Schiffen nach Japan gereist seien. Der Beamte sagte, vor dem Auftreten dieser neuen Verdachtsmomente hätte man die Absicht gehabt, die Untersuchungen im Vergleich zum Vorjahr zu lockern. Dies erklärte er auch den Offizieren des Schiffes. Auf ihr Geheiß begab ich mich selbst zum Schiff und setzte in Gegenwart der Japaner der Schiffsbesatzung auseinander, sie sollten, falls sich jemand auf dem Schiff verberge, der Beziehungen zur römisch-katholischen Kirche hege, diesen herausgeben, ohne sich vor einer Anklage fürchten zu müssen. Sie antworteten, sie wüßten von keinem Katholiken, und ich las ihnen die Verordnungen und Gesetze vor, denen sich die Seeleute zu unterwerfen haben. Als Herr Honjo den Inhalt des Gesagten zu wissen verlangte, gab ich ihm Auskunft, worauf er erwiderte, er werde dies alles dem Statthalter mitteilen und ihn

beruhigen. Daraufhin kehrte er mit seinem Gefolge zurück. Am Abend Ankunft einer Dschunke aus Chüanchow. Die Ladung besteht großteils aus bedruckter Seidengaze, gemustertem Satin, Seidenkrepp und anderen Stoffen, Waren, die insgesamt auf achtzig Kan geschätzt wurden, außerdem noch Zucker und verschiedene andere Waren.

7. August
Die zwei Knaben — die Hinrichtung ihrer Eltern erwähnte ich schon früher — wurden mit einem dritten zusammengebunden, auf einem mageren Pferd zur Hinrichtungsstätte gezerrt und enthauptet.

Dezember 1644 und Jänner 1645 (Zweites Jahr der Periode Shoho, elfter und zwölfter Monat)

19. Dezember
Eine chinesische Dschunke aus Nanking brachte ungefärbte Seide, bedruckte Seidengaze, gemusterten Satin, Brokat, Seidendamast usw., ungefähr achthundert oder neunhundert Kan Waren. Die Besatzung behauptete, nach eineinhalb oder zwei Monaten kämen weitere drei, vier Schiffe mit reicher Fracht. Sie sagten auch, es sei ihnen gestattet, sooft sie wollten, nach Japan zu fahren, wenn sie nur den Behörden ihrer Heimat, der Ladung entsprechend, hundert bis sechshundert Tael zahlten.

26. Dezember
Eine kleine Dschunke aus Chanschew ging vor Anker, die eine Ladung aus Leinen, Alaun, Geschirr usw., geschätzt auf mehr als zwei Kisten, trug.

29. Dezember
Am Morgen kamen zwei vom Gouverneur beauftragte Dolmetscher in die Firma. Sie zeigten uns eine Abbildung Marias, unter der in holländischer Sprache die Zeile geschrieben stand: „Gegrüßet seist du, Maria, voll der Gnade. Der Herr ist mit dir. Du bist gebenedeit unter den Frauen. Lukas-Evangelium, 1. Kapitel, 28. Abschnitt." Angeblich haben sie dieses Bild von

einem buddhistischen Priester aus der Umgebung von Shimonoseki zugespielt bekommen und wollten nun wissen, um welche Sprache es sich handle und was die Bedeutung der Worte sei. Der abgefallene portugiesische Pater Rodrigo und auch Chuan Sawano hätten gesagt, die Worte seien weder lateinisch noch portugiesisch noch italienisch, weshalb sie den Sinn nicht verständen. Unter dem Bild stand das holländische Ave-Maria, und das Ganze mußte aus Flandern stammen, wo man ebenfalls holländisch spricht. Dieses Bild rührte, da besteht kein Zweifel, von einem unserer Schiffe her. Ich entschloß mich jedoch zu schweigen, bis man mich noch einmal fragte. Die Zahlen erklärte ich wahrheitsgemäß, da ich annahm, daß Chuan Sawano oder Pater Rodrigo sie schon ausgedeutet hatten.

30. Dezember
Schönes Wetter. Am frühen Morgen Transport der Steuerruder und des Schießpulvers auf das Schiff und Beendigung des übrigen Aufladens. Mittags begab ich mich auf das Schiff und kehrte nach dem Appell und der Übergabe der Dokumente in die Firma zurück, wo ich Bonjoy und sein Gefolge mit Reiswein und Speisen bewirtete. Vor dem Abend drehte der Wind nach Nordwesten, so daß die Overschie nicht absegeln konnte.

5. Jänner
Um Mittag besuchte mich wieder ein Dolmetscher, der sich nach dem Einkaufsgebiet der Waren erkundigte, die wir einführen. Ich antwortete, wir versorgten uns hauptsächlich aus Holland und China. Darauf fragte er, ob es zu Schwierigkeiten kommen würde, wenn die chinesischen Schiffe nicht mehr einliefen.

Seit ich nach Japan gekommen bin, interessiere ich mich für das Los der Patres, die dem Glauben abgeschworen haben. Ein Japaner namens Thomas Araki weilte lange in Rom und bekleidete sogar die Funktion eines Kammerherrn des Papstes. Später denunzierte er sich wiederholt selbst als Christ; der

Statthalter aber hielt ihn zuerst wegen seines Alters für nicht mehr zurechnungsfähig und beachtete ihn nicht weiter, später jedoch hängte man ihn einen Tag und eine Nacht in die Grube, worauf er seinen Glauben verwarf. Jedoch in seinem Herzen soll er bis zum Tod an Gott geglaubt haben. Jetzt existieren hier nur noch zwei christliche Priester, einer ist ein Portugiese namens Chuan, er war ursprünglich das Oberhaupt der hiesigen Societas Jesu, doch er besitzt ein tückisches Herz. Der andere heißt Rodrigo, wurde zu Lissabon in Portugal geboren und trat ebenfalls im Statthalteramt auf das Tretbild. Beide wohnen gegenwärtig in Nagasaki.

9. Jänner
Ich sandte an Herrn Saburosaemon wie auch dem Shogun und dem Herrn von Chikugo verschiedene Salben und drei Döschen mit allerlei Arzneien, worüber er sich sehr gefreut haben soll. Der Statthalter hat anscheinend besonders geschätzt, daß ich einen Katalog mit der Wirkung der Medikamente in japanischer Sprache beifügte. Am Abend lief ein Schiff aus Fuchow ein.

15. Jänner
Fünf chinesische Schiffe segeln ab.

18. Jänner
Vier chinesische Schiffe segeln ab. Vier oder fünf Männer der Schiffsbesatzung aus Nanking baten, ob sie nicht in eine andere chinesische Dschunke umsteigen dürften, die nach Tonking oder Kochin fuhr, aber der Gouverneur lehnte ab.

Einer der Landbesitzer auf unserer Insel hat gehört, daß der Apostat Chuan in nächster Zeit einen Bericht, der verschiedenes über Holländer und Portugiesen enthalten soll, an den Hof zu senden beabsichtigt. Ich bin soweit, daß ich nicht davor zurückschrecke, den Tod dieses gottvergessenen Bösewichtes zu wünschen, um unsere Firma vor Schwierigkeiten zu bewahren. Allein ich vertraue, daß Gott uns vor weiteren Verdächtigungen schützt. Am Nachmittag legten vor dem

Handelshaus zwei Schiffe an. Wir begaben uns an Bord des einen, die Kamele luden wir auf das andere. Abends langten die Dolmetscher ein, welche uns nach Kyoto begleiten sollen. Einer von ihnen ist ein Wäscher, der ein wenig Holländisch spricht, und ich wünschte, daß er vorderhand als Koch mitreist, Denbei und Kichibei jedoch behaupteten, der Gouverneur habe Leuten, die Holländisch sprechen, die Mitreise verboten. Ich glaube aber, sie sind nur dagegen, um alles nach ihren Wünschen durchführen zu können. Für uns genügt Japanisch und Holländisch. Unter allen Sprachen ist Portugiesisch die verabscheuenswerteste, nicht Holländisch. Ich sagte, ich wüßte nicht einen Anhänger der Kirche von Rom, der Holländisch spräche, jedoch mehr als genug, die Portugiesisch sprechen.

23. Jänner
Die kleine Dschunke aus Fuchow segelte ab. Abends sichtete man eine große chinesische Dschunke vor der Bucht von Nagasaki. Wegen des Gegenwindes mußte sie während der Nacht mit zahlreichen Ruderbooten nach Nagasaki hereingeschleppt werden. An Bord drängten sich eine Menge Leute, die mit Trommeln und Tscharamelas lärmten und Fahnen aus Seidenkrepp schwenkten.

XII.

Am ersten Tag des Jahres ziehen Männer durch die Straßen, die auf einen Gong oder eine Trommel mit Schnurspannung schlagen. Frauen und Kinder kommen an die Türen und schenken ihnen ein paar Münzen.

Am selben Tag wandern auch Bettler aus der Gegend von Funatsu und Kakuibara zu zweit oder zu dritt herum, sie tragen aus Binsen geflochtene Hüte und singen an den Haustüren das Yaara-Lied.

Am zweiten Tag öffnen die Geschäfte wieder, man schmückt die Läden vom frühen Morgen an und hängt neue kurze Vorhänge, die hier Noren heißen, über die Eingangstür. Seegurkenverkäufer gehen von Geschäft zu Geschäft.

Am dritten Tag suchen die Ältesten jedes Bezirkes beim Statthalteramt um das Tretbild an.

Am vierten Tag schließlich wird für alle Bewohner der Stadt die Tretbild-Zeremonie durchgeführt. An diesem Tag nehmen die Bezirksvorsteher und Leiter der Nachbarschaftsgruppen von Edomachi, Imazakanamachi, Funatsumachi, Fukuromachi und so weiter vom Statthalteramt die Tretbilder in Empfang, wobei Haus für Haus mit dem „Tretbildregister für Gläubige" verglichen wird. Jede Familie hat schon den Weg gereinigt und wartet ruhig auf die Ankunft des Bezirksvorstehers und seines Gefolges. Wenn schließlich aus der Ferne halb gesungen die Mitteilung ertönt: „Sie kommen!", so reihen sich die Mitglieder der Familie jedes einzelnen Hauses im Raum neben dem Eingang auf, um reglos der Durchführung der Prozedur zu harren.

Das Tretbild ist ein Brett — meistens acht bis neun Zoll lang und vier bis sechs Zoll breit — mit einer Abbildung der Mutter Gottes oder Jesu in der Mitte. Zuerst tritt der Hausherr darauf, dann dessen Frau, hernach die Kinder. Die Mutter stützt die kleinen Kinder, wenn sie auf das Bild treten. Kranke berühren liegend unter den Augen des Beamten das Tretbild mit ihren Füßen.

An diesem Vierten kam der Dolmetscher unerwartet mit einer Sänfte und überbrachte dem Priester eine Einladung des Statthalters. Kein Windhauch regt sich, aber am Himmel hängen trübe Wolken, und es ist empfindlich kalt. Die hügeligen Straßen sind wahrscheinlich wegen der Tretbild-Zeremonie ganz im Unterschied zu den vorhergehenden Tagen wie ausgestorben.

Im Statthalteramt in Motohakatamachi erwartet ihn auf dem eiskalten Bretterboden ein Beamter in zeremonieller Tracht.

„Der Herr Statthalter wartet." Der Herr von Chikugo saß aufrecht im Empfangszimmer vor einem kleinen Feuerbecken aus Eisen. Als er den Priester eintreten hörte, wandte er ihm das Gesicht mit den großen Ohren zu und starrte ihm bewegungslos entgegen. Um die Wangen und die Lippen zeichnete sich ein Lächeln ab, die Augen jedoch lächelten nicht.

„Schönes neues Jahr!" sagte der Herr von Chikugo ruhig.

Der Priester begegnete dem Statthalter zum erstenmal, seitdem er den Glauben aufgegeben hatte. Dennoch fühlte er sich diesem Mann gegenüber nicht als Unterlegener. Er hatte nicht gegen die Japaner mit dem Herrn von Chikugo als Vertreter gekämpft. Allmählich war ihm klar geworden, daß er gegen seinen eigenen Glauben gekämpft hatte. Doch so etwas würde der Herr von Chikugo niemals begreifen.

„Wir haben uns lange nicht gesehen, wie!" Beide Hände über das Feuerbecken gestreckt, nickte der Herr von Chikugo mit dem Kopf. „Sicher haben Sie sich in der Zwischenzeit in Nagasaki gut eingewöhnt!"

Weiters fragte der Gouverneur den Priester, ob es ihm an etwas ermangle, und riet ihm, sich im Falle von Unzulänglichkeiten ohne Scheu beim Statthalteramt zu beschweren. Unverkennbar steht das Bemühen des Statthalters im Raum, das Gespräch nicht auf den Glaubensabfall des Priesters zu lenken. Verstohlen erhebt der Priester von Zeit zu Zeit seine niedergeschlagenen Augen und versucht, in den Zügen des anderen zu lesen, ob dies nun der Rücksichtnahme oder aber einem Siegesgefühl entspringt. Doch keinerlei Empfindung ist auf der ausdruckslosen Miene des alten Mannes zu erkennen.

„Ich würde vorschlagen, daß Sie in etwa einem Monat nach Edo übersiedeln. Ein Haus ist bereits für Sie vorbereitet, Padre. Und zwar das Anwesen in der Gegend von Koninatachɔ, in dem ich früher wohnte."

Hatte ihn der Herr von Chikugo bewußt mit „Padre" angesprochen? Scharf durchstach dieses Wort die Haut des Priesters.

„Noch etwas! Sie werden sich darauf einrichten müssen, Ihr ganzes Leben in Japan zu verbringen. Daher gebe ich Ihnen den Rat, sich von jetzt an mit einem japanischen Namen zu benennen. Glücklicherweise ist da gerade jemand gestorben; er hieß Sanemon Okada. In Edo sollten Sie unter diesem Namen leben!"

In einem Atemzug sprach der Statthalter, der sich auch während dieser Worte die Hände über dem Feuerbecken rieb, weiter:

„Der Tote hatte eine Frau. Immer allein zu leben, ist sicher unbequem für Sie, Padre, drum können Sie diese Frau heiraten."

Mit gesenkten Augen lauschte der Priester ergeben dem Gouverneur.

Auf der Hinterseite der Lider tauchte ein Abhang auf. Immer weiter, ohne ein Ende in Sicht, rutschte er diesen Abhang hinab. Ob er nun Widerstand leistete, ob er das Angebot ablehnte, nichts mehr konnte ihn auf seinem Weg nach unten aufhalten. Gut, er hatte mit einem japanischen

Namen gerechnet, aber doch nicht daran gedacht, daß er auch die Frau, die zu diesem Namen gehörte, nehmen mußte!

„Nun?"

„Es ist mir recht."

Die Schultern zusammenziehend, nickte er mit dem Kopf. Ein Gefühl — als Müdigkeit oder Resignation nicht mehr ausreichend beschreibbar — beherrschte ihn jetzt.

Wenn nur du allein, der du alle Demütigungen durchlitten hast, verstehst, wie mir zumute ist, bin ich zufrieden. Denn was die Gläubigen und die Geistlichen denken, ob die mich als Schandfleck für die Geschichte der Mission betrachten oder nicht, kümmert mich nicht mehr.

„Wie schon gesagt, dieses Land Japan ist nicht für die christliche Lehre geeignet. Niemals schlägt die Lehre des Christentums Wurzeln in Japan."

Dem Priester fielen die Worte ein, die Ferreira beim Saishoji gesagt hatte.

„Sie sind keineswegs von mir besiegt worden, Padre."

Den Blick reglos auf die Asche im Feuerbecken gerichtet, sprach der Herr von Chikugo weiter: „Dieser Sumpf namens Japan hat sie vernichtet."

„Nein — ich habe", unwillkürlich erhob der Priester die Stimme, „gegen die Ideen des Christentums in meinem eigenen Herzen gekämpft."

„Glauben Sie?" Das Gesicht des Herrn von Chikugo durchblitzte ein ironisches Lachen. „Wie ich hörte, haben Sie nach Ihrem Abfall zu Ferreira gesagt, Sie seien abgefallen, weil Christus auf dem Tretbild Sie dazu aufgefordert habe. Aber wollen Sie auf diese Art nicht nur Ihre eigene Schwäche vertuschen? Was mich, Inoue, anlangt, so kann ich mir nicht vorstellen, daß das wirklich christlich gesprochen ist."

„Was immer der Herr Statthalter zu denken geruht, ist mir gleichgültig."

Beide Hände auf die Knie gelegt, blickte der Priester zu Boden.

„Lassen Sie es sich gesagt sein, andere Leute können Sie

vielleicht täuschen, mich täuschen Sie nicht", sagte der Herr von Chikugo kalt. „Vor längerer Zeit habe ich einmal einen anderen christlichen Pater gefragt, wie sich das Mitleid Buddhas vom Erbarmen des christlichen Deus unterscheidet. In Japan lehrt man, Buddhas Erbarmen sei die einzige Stütze der Menschen und rette alle Geschöpfe aus ihrer hoffnungslosen Schwäche. Dieser Pater aber machte mir deutlich, daß die Rettung, von der das Christentum spricht, sich davon unterscheidet. Daß nämlich die Christen sich nicht allein auf Deus verlassen dürfen, sondern selbst mit aller Kraft ihres Herzens an ihrer Erlösung mitarbeiten müssen. Überlege ich es recht, so hat dieser japanische Sumpf wohl auch Ihre eigene Auffassung vom Christentum entstellt."

Das Christentum ist anders, als du es beschreibst, wollte der Priester schon rufen. Aber das Gefühl, niemand — weder dieser Inoue noch der Dolmetscher — würde begreifen, was er meinte, was immer er auch sagte, dieses Gefühl der Vergeblichkeit hielt seine Worte im Mund zurück. Die Hände auf die Knie gelegt, ließ er schweigend und mit den Augen blinzelnd alles über sich ergehen, was der Statthalter noch sprach.

„Sie werden es nicht wissen, Padre, aber auf Goto und Ikitsuki gibt es sogar jetzt eine Menge Bauern, die an das Christentum glauben. Das Statthalteramt beabsichtigt jedoch nicht mehr, diese zu verhaften."

Auf die Frage des Dolmetschers: „Warum?" lachte der Gouverneur.

„Weil wir ihnen die Wurzeln abgeschnitten haben. Kämen aus den Ländern des Westens noch mehr Herrschaften wie Sie, Padre, könnten wir nicht umhin, auch diese Gläubigen zu verhaften...", sagte der Statthalter. „Aber auch das fürchten wir nicht mehr. Sind die Wurzeln einmal abgetrennt, so verfaulen nach den Gesetzen der Natur auch die Stengel und die Blätter. Einen Beweis dafür liefert die Tatsache, daß der Gott, den die Bauern auf Goto und Ikitsuki heimlich verehren, sich nach und nach zu einem Wesen gewandelt hat, das dem christlichen Deus zwar gleicht, sich aber nicht mehr vollkommen mit ihm deckt."

Der Priester erhob sein Gesicht und betrachtete den Herrn von Chikugo. Wieder lächelten seine Wangen und seine Lippen, nicht aber seine Augen.

„Die Zeit ist nicht fern, in der das Christentum, das die Patres hier eingepflanzt haben, von seinem Ursprung entfremdet und seines eigentlichen Gehaltes verlustig gegangen sein wird." Und der Herr von Chikugo stieß einen Seufzer aus, den er vom Grund seiner Seele zu holen schien. „Japan ist nun einmal so. Daran ist nicht zu rütteln. Nicht wahr, Padre!"

Im Seufzer des Statthalters schwang echte schmerzliche Resignation.

Der Priester erhielt Kuchen, bedankte sich und zog sich mit dem Dolmetscher zurück.

Noch immer bedeckten trübe Wolken den Himmel; am Heimweg fröstelte den Priester. Von der Sänfte geschaukelt, starrte er verloren hinab auf das Meer, das sich unter dem bleifarbenen Himmel bleifarben dehnte. Binnen kurzem würde er nach Edo geschickt. Der Herr von Chikugo hatte zwar von einem Haus gesprochen, in Wahrheit bedeutete dies wohl, daß man ihn in das berüchtigte Gefängnis für Christen zu stecken beabsichtigte. Seine Tage würde er in diesem Kerker hinbringen. Keine Hoffnung mehr auf eine Rückkehr ins Heimatland jenseits dieses bleifarbenen Meeres. Noch in Portugal hatte er gedacht, die Mission sei fruchtbringend für die Leute des betreffenden Landes. Er wollte nach Japan und dort das Leben der japanischen Christen leben.

Was war daraus geworden? Sein Wunsch ging in Erfüllung. Er erhielt sogar einen japanischen Namen, Sanemon Okada, er wurde selbst Japaner...

Sanemon Okada.

Ein leises spöttisches Lachen kam über seine Lippen. Rein äußerlich betrachtet, hatte ihm das Schicksal alles gegeben, wonach er verlangte. Aber voll heimtückischer Ironie! Er, der sein ganzes Leben der Enthaltsamkeit geweiht hatte, erhielt eine Frau.

Ich grolle dir nicht. Ich lache nur über das menschliche Los.

Mein Glaube an dich ist zwar anders als früher, aber dennoch liebe ich dich.

Bis zur Abenddämmerung beobachtete er ans Fenster gelehnt die Kinder. Sie liefen, Fäden, an denen Papierdrachen hingen, in den Händen, den Hügel hinauf und hinab. Aber es fehlte der Wind, und sie zerrten die Drachen nur auf der Erde hinter sich her.

Zur Zeit der Abenddämmerung rissen die Wolken ein wenig auf, und ein paar schwache Sonnenstrahlen lugten durch. Die Kinder waren des Drachenspielens müde. Sie reichten die Bambusstöcke, welche an den Neujahrskiefern vor den Haustoren befestigt waren, von Hand zu Hand, klopften damit an den Eingängen und sangen ein Lied:

Wer den Maulwurf schlägt, wird nicht bestraft, wird nicht bestraft.

Augen des Kleinen! Augen des Kleinen! Wir feiern dreimal!

Du heißt Ichimatsu, du heißt Niimatsu,

und du, Kleiner, Sanmatsu, und du Yonmatsu!

Er versuchte, leise die Melodie nachzusummen, aber er fühlte nur Traurigkeit, weil es ihm nicht recht gelang.

Wer den Maulwurf schlägt, wird nicht bestraft, wird nicht bestraft! Jenes einfältige Tier, das sich blind einen Weg durch das Erdreich bahnt, schien ihm selbst sehr ähnlich. Im Haus gegenüber schalt eine alte Frau die Kinder. Es war die alte Frau, die ihm jeden Tag sein Essen zustellte.

In der Nacht kam Wind auf. Während er ihm lauschte, erinnerte er sich an das Rauschen des Windes, der hinter dem Gefängnis, in welchem er früher eingesperrt war, durch das Gehölz zog. Und dann ruft er wie jede Nacht das Antlitz des Herrn vor seine Augen. Das Antlitz des Herrn, auf das seine Füße getreten waren.

„Padre, Padre!"

Er wendet seinen eingesunkenen Blick zur Tür, von wo eine Stimme ertönte, die ihm bekannt war.

„Padre, ich bin's. Kichijiro!"

„Ich bin kein Padre mehr", antwortete der Priester, die Knie mit den Händen umfassend, leise. „Es ist besser, wenn du schnell heimgehst. Wenn dich der Herr Bezirksvorsteher hier entdeckt, kann die Sache schlimm enden."

„Aber Sie haben doch noch die Macht, eine Beichte anzunehmen?"

„Ich weiß es nicht." Er schlug die Augen nieder. „Ich bin ein Padre, der Gott verleugnet hat."

„In Nagasaki nennt man Sie den abgefallenen Paulus. Es gibt niemanden, der diesen Namen nicht kennt."

Die Hände um seine Knie, lachte der Priester in seiner Verlassenheit. Auch ohne diese Belehrung wußte er schon lange, daß man für ihn diesen Spitznamen gebrauchte. Ferreira hieß „der abgefallene Petrus" und er „der abgefallene Paulus". Manchmal hatten ihn auch die Kinder vor dem Haustor laut mit diesem Namen verspottet.

„Wenn Sie, obwohl Sie der abgefallene Paulus sind, noch meine Beichte anhören können, dann erlösen Sie mich von meinen Sünden!"

Nicht der Mensch ist es, der richtet. Allein der Gebieter, der unsere Schwäche am besten kennt, dachte der Priester bei sich.

„Ich habe den Padre verraten. Ich habe den Fuß auf das Tretbild gesetzt", fuhr Kichijiro mit weinerlicher Stimme fort. „Auf dieser Welt, hören Sie, gibt es Schwache und Starke. Die Starken verlieren auch unter der Folter nicht ihren Mut und gehen ins Paradies ein, von Geburt an Schwache aber wie ich steigen auf das Tretbild, wenn die Beamten sie quälen..."

Auch ich habe meinen Fuß auf das Tretbild gesetzt. Auch mein Fuß stand damals auf dem eingesunkenen Antlitz des Herrn. Auf dem Antlitz, das ich unzählige Male vor meine Augen beschworen hatte. Auf dem Antlitz, das — ob in den Bergen, als ich herumirrte, ob im Gefängnis — meine Gedanken niemals verließ. Auf diesem schönsten und besten Antlitz, seit Menschen die Erde bevölkern. Auf dem Antlitz, das ich lieben wollte bis an mein Ende. Dieses Antlitz, verwischt und eingesunken im Holz des Tretbildes, füllt seine Augen mit Mitleid und wendet sie mir zu.

Tritt nur! sagt dieser von Mitleid erfüllte Blick. Tritt nur! Dein Fuß tut dir wohl weh in diesem Augenblick.

So wie die Füße all der Menschen, die bis zum heutigen Tag auf mein Gesicht getreten sind. Jedoch, allein die Schmerzen der Füße sind schon genug. Ich leide mit euch eure Schmerzen und Qualen. Denn dazu existiere ich.

O mein Gebieter! Ich habe dir gezürnt, weil du immer geschwiegen hast.

Ich habe nicht geschwiegen. Ich habe doch zusammen mit euch gelitten.

Aber du hast zu Judas gesagt: Entferne dich! Du hast ihn geheißen: Was du tun willst, tue bald! Was geschieht mit Judas?

So habe ich das nicht gesagt. Wie ich jetzt zu dir sage: Tritt nur auf das Tretbild!, sagte ich auch zu Judas: Führe nur aus, was du vorhast! Denn sein Herz schmerzte wie jetzt dein Fuß.

Da senkte er den Fuß, schmutzig von Staub und Blut, auf das Tretbild hinab. Die fünf Zehen lagen direkt auf dem Antlitz desjenigen, den er liebte. Niemals konnte er Kichijiro seine ungestüme Freude, all seine Empfindungen, erklären.

„Es gibt weder Starke noch Schwache. Niemand weiß, ob nicht ein schwacher Mensch mehr leidet als ein starker", sprach der Priester eilig zum Eingang gewendet.

„Ich nehme an, daß in diesem Land kein Padre mehr lebt, der dir die Beichte abnehmen könnte. Darum werde ich es für dich sprechen. Das Gebet, das dich von deinen Sünden erlöst... Gehe hin in Frieden."

Zornig weinte Kichijiro mit unterdrückter Stimme, bald aber entfernte er sich von der Tür.

Jetzt habe ich mir angemaßt, jenem Mann das Sakrament der Beichte zu spenden — dies ist nur einem Geistlichen erlaubt. Und die Geistlichen würden meine Handlung gotteslästerlich nennen. Aber wenn ich sie auch verraten habe, den Herrn habe ich doch niemals verraten. Ich liebe ihn nun auf eine andere Weise als vorher. Alles, was mir bis heute widerfuhr, war notwendig, damit ich diese Liebe kennenlernen konnte. Immer noch bin ich der letzte christliche Priester in diesem Land. Und es stimmt gar nicht, daß der Herr geschwiegen hat. Aber selbst wenn der Herr geschwiegen hätte — mein Leben bis heute erzählt über ihn.